NORD ALICE

DU MÊME AUTEUR

La foi du braconnier, Leméac, 2009.
Hollywood, Leméac, 2012.

MARC SÉGUIN

Nord Alice

roman

LEMÉAC

Ouvrage édité sous la direction
de Marie-Josée Roy

Illustration de la couverture : Marc Séguin, *Étude numéro 3*, 2015, encre et crayon sur papier, © Marc Séguin (SODRAC), 2015.

Leméac Éditeur remercie le Conseil des arts du Canada, la Société de développement des entreprises culturelles du Québec (SODEC) et le Programme de crédit d'impôt pour l'édition de livres du Québec (Gestion SODEC) du soutien accordé à son programme de publication.

Financé par le gouvernement du Canada
Funded by the government of Canada | Canadä

ISBN 978-2-7609-4717-7

© Copyright Ottawa 2015 par Leméac Éditeur
4609, rue D'Iberville, 1er étage, Montréal (Québec) H2H 2L9
Dépôt légal – Bibliothèque et Archives nationales du Québec, 2015

Couverture : Gianni Caccia
Mise en pages : Compomagny

Imprimé au Canada

Ma belle inquiète.

«T'es une ostie de folle», j'avais crié sur le bord de la rivière George. Juste avant l'attaque de l'ours. Ce n'était pas la première fois que je lui disais et ce ne serait pas la dernière. J'avais pris du temps à me rendre là et je m'y étais rendu en l'aimant de toutes mes forces. Les mots étaient sortis, nécessaires, d'une voix éraillée par manque de souffle.

Elle n'avait pas répliqué, mais ses yeux de feu m'avaient fixé. Puis elle m'avait tourné le dos.

Je savais que j'avais dépassé les limites. Les nôtres. Une fraction de seconde de regret. Probablement un peu de culpabilité. Quand même une satisfaction de l'avoir dit aussi fort. Je l'avais atteinte. Piquée au sang. Celui qui coule lentement.

Assez pour la ralentir.

Je n'étais pas de taille. À l'usure, elle irait plus loin. Elle faisait déjà du triathlon quand on s'était rencontrés à vingt ans, pendant nos études de médecine à Montréal.

Notre relation était maniacodépressive et belle. Une codépendance. Depuis longtemps il n'y avait plus de passion entre nous.

Elle était à moitié inuite, par sa mère. Trois années après nos débuts, on était allés «descendre» la George jusqu'à Ungava. Cinq cent soixante-trois kilomètres d'eau, de chutes, de torrents et de vie sauvage. Une rivière qui monte vers le Nord. Dans sa langue maternelle, ça veut dire «la rivière sans arbres». C'est

Alice qui avait insisté. « Ma grand-mère disait souvent que tout ce qu'il nous reste quand on est vieux, c'est nos souvenirs. Viens, on va s'en fabriquer. » J'avais été facile à convaincre. En homme amoureux. Et parce que mon arrière-grand-père avait été chercheur d'or au Klondike, à Dawson, au début du xxe siècle : j'avais toujours voulu voir la toundra. C'était jusque-là resté un rêve.

L'avant-dernière journée du voyage, à une trentaine de kilomètres de la baie salée d'eau de mer d'Ungava, à Helen's Falls, la nuit, un ours polaire avait déchiré notre tente et avait presque arraché l'avant-bras gauche d'Alice. Comme tous les soirs, on avait installé le fil électrique de protection autour de notre abri, mais cette nuit-là l'ours devait être affamé. La banquise fond, les animaux descendent plus au sud pour se nourrir. On s'était réveillés en panique, dans l'urgence et l'instinct.

Elle a dit sèchement, sans crier et en se débattant : « Tue-le. » Puis l'ours l'a agrippée par le bras avec son immense mâchoire et l'a traînée sur les galets. Sans façon. Elle tentait de freiner sa fuite avec ses pieds.

J'ai trouvé la lampe de poche, pris et chargé l'arme à feu de très petit calibre que le guide inuit nous avait recommandée « au cas où » et j'ai suivi les traces de sang sur les galets de rivière à la lueur d'une *flashlight*. En août, le niveau de l'eau est au plus bas.

La bête, trente mètres plus loin, reculait tranquillement, la tête d'Alice maintenant prise dans sa gueule. Je voyais les yeux de l'ours qui brillaient comme des tisons. Ses yeux à elle me regardaient avec plus d'interrogation que de douleur. Je me suis approché doucement. Lui aussi me regardait, aussi inquiet qu'elle. Nous nous disputions le même butin. J'aurais pu abréger ses souffrances, la délivrer complètement. J'ai posé le canon de la carabine directement sur son front et j'ai appuyé sans compter le nombre de coups.

Puis le silence. Nos respirations. Et celle de l'ours qui expirait.

« Le téléphone satellite, vite », elle m'a ordonné.

La masse saignait toujours, affalée, plusieurs minutes après sa mort. Le sang, noir, a continué de se répandre longtemps et de s'infiltrer entre les pierres. J'ai dirigé la lumière sur la forme inerte des milliers de fois pour vérifier qu'il était bien mort, encore et encore mort, tout en parlant avec Alice pour la rassurer, en espérant chaque seconde un bruit d'hélico dans le ciel, par-dessus celui des chutes. Il commençait à faire jour au loin. D'une seule main, elle a enlevé le cordon du capuchon de son kangourou pour se faire un garrot. « Donne-moi de l'eau, j'ai soif. Et je veux enlever le sang. » Les dents de l'ours dans son crâne avaient allumé des charbons. C'était comme si on lui avait versé de l'huile bouillante sur la tête. « Mais je vais survivre, elle avait dit. Faudra juste qu'ils écoutent ce que je leur dirai de faire. »

On entretient l'idée romantique que l'ours polaire est blanc. En réalité, il est jaune.

Cinquante-trois minutes d'attente. Puis quarante minutes de vol jusqu'à l'urgence de l'hôpital de Kuujjuaq. C'était il y a trois ans. Elle n'allait conserver que des séquelles esthétiques de cette attaque. Elle et moi, on l'avait soignée, je l'avais recousue. Quelques semaines plus tard, elle s'était fait tatouer le mot DESPEREDATA sur la suture de son bras gauche. J'ignorais alors que je retournerais un jour travailler dans cet hôpital, pour nous fuir.

Alice a réussi à réveiller en moi la violence. Pas au sens utile du terme. Mais dans celui d'une véritable violence.

Celle qui préside à la naissance. Humaine. Qui reste en latence. J'ai toujours voulu la remercier pour ça. Surtout dans les moments où je l'ai repoussée. Parce qu'elle avait cette façon de toucher ce qui était à vif. Je l'ai aimée intensément. Avant de la détester. Et de l'aimer à nouveau, pendant encore d'autres années.

Le jour de notre rupture, elle portait un chandail noir presque transparent. Bien après l'ours. Ouvert dans le dos, son pull. J'ai claqué la porte de notre appartement de Queens, et je suis parti dans l'intention de ne plus jamais la revoir. Avec l'idée de tout laisser derrière. J'ai fui vers le Nord en sauvage. Un animal blessé. J'ai demandé un poste à Kuujjuaq. Dans l'hôpital même où on l'avait soignée. Comme je suis surqualifié et qu'on n'avait pas besoin de moi comme chirurgien, j'ai consenti à faire les urgences et la clinique de jour en leur disant que j'avais besoin de nature. En plein hiver. Du froid et la nuit sans fin.

12 février.

Au lendemain de mon arrivée. Cinq jours après la fin de notre histoire. Encore tremblant. La nervosité me rend obsessif. Ou c'est l'obsession qui me calme. Je l'ignore. *Black Dose, Green Highlander, Undertaker, Green Machine, Crystal Godbout, George River, Crevette...* Depuis trois heures, je classais mes mouches à saumon en pensant à l'été qui arriverait bien un jour. Les gestes mécaniques me rassurent, ils tempèrent mes angoisses. Toute ma vie tient dans une douzaine de boîtes de plastique. Entre les vêtements et quelques souvenirs. La première contenait mes agrès de pêche. Je n'arrivais pas à me chasser de la tête cette femme inuite traitée la veille à l'urgence pour de prétendues brûlures de cuisson et qui faisait respirer de l'essence à ses sept enfants pour les endormir. Elle portait sur elle un mélange d'odeurs de sans-plomb, de patates frites et de poils brûlés.

Je m'installerais à Kuujjuaq. Alice resterait à New York. On avait échangé nos territoires. Je soignerais, imbu de toute la prétention occidentale, un peuple à qui on répète depuis un siècle qu'il n'existe pas. Les agrafes ne guérissent que les coupures et les antidépresseurs n'endorment que les inquiétudes. Je suis chirurgien. Je fends les chairs et je les recouds. Je sais que le mal de l'identité fait beaucoup plus de ravages biologiques qu'on le croit. Et ça dépasse ce qu'on veut savoir. Nos dommages et nos catastrophes.

Je l'ai fuie, elle. Mais c'est aussi moi que je voulais éviter. Jusqu'à l'évidence de mes origines.

Montréal. 13 février 1898.

Il neigeait à Montréal ce matin-là. Dix degrés Fahrenheit sous zéro. Un vent humide. Roméo avait descendu son énorme sac en cuir rigide, qui pesait certainement cent livres, du troisième étage d'un grand logement de la rue Henri-Julien. Il était déjà en sueur au pied de l'escalier. Pantalon de laine brun. Une épaisse chemise blanche en lin. Un manteau de flanelle et une tuque tricotée. Il sentait l'eau couler dans son dos.

Il avait posé le sac à l'arrière de la carriole de son oncle, livreur de charbon, qui s'était offert pour le reconduire à la gare. Il aurait pu prendre le tramway, mais l'oncle avait insisté et il avait convaincu sa mère qui s'en était un peu consolée. Le jeune n'avait pas dit un mot du trajet. Son oncle se taisait aussi. Les émotions enfoncées, il ne s'était pas retourné. Il n'avait pas vu les yeux mouillés de sa mère derrière les rideaux. Roméo était le bébé d'une famille de seize. Sa mère avait accouché de dix-sept enfants, dont un mort-né. Dix-sept grossesses en vingt-deux ans. Treize deviendraient adultes.

Sa mère l'avait embrassé sur le front quelques minutes plus tôt. Il tenait la lettre d'un de ses frères dans sa main, froide et humide.

«Je vous écrirai en arrivant, maman.» Il savait à peine écrire. Ses frères l'aideraient. Et, espérait-elle, il aurait le temps d'apprendre là-bas.

Roméo avait seize ans. Quand il était né, à vingt-huit semaines, le médecin avait envoyé le curé une heure plus tard pour qu'il soit baptisé avant de mourir. On ne lui donnait pas vingt-quatre heures. Il a survécu, couché dans une boîte à chaussures en carton déposée sur la porte du four de la cuisinière à bois, pendant trois mois. Nourri au compte-gouttes avec du lait de vache chaud dans lequel on diluait de la cassonade. Sa mère et ses sœurs s'étaient relayées jour et nuit pour le veiller. Au début, il pesait à peine deux livres et demie. Le curé, rassuré dans sa foi, avait parlé en chaire d'une intervention divine quand le petit avait ouvert les yeux la première fois, douze semaines après sa naissance.

Un samedi, sa mère avait envoyé une des filles au presbytère : «Va dire à monsieur le curé que Roméo a mangé de la soupe aux pois ce midi.»

Seize ans plus tard, le 13 février 1898, il partait rejoindre trois de ses frères et un cousin, à Dawson, dans les Territoires du Nord-Ouest. La rumeur, propagée à 3500 kilomètres, disait que la région regorgeait d'or. Les journaux de l'époque commençaient à parler de richesse. De fortune instantanée. Pour l'Histoire, ça deviendrait la Ruée vers l'or. Depuis l'automne précédent, une foule de migrants venus de toute l'Amérique répondait à l'appel de l'or. L'appel de l'espoir et de la magie, de la richesse subite. Une ville construite en quelques mois. Même Jack London y séjourna un peu plus d'un an. Rabbit Creek. Bonanza River. On avait véritablement trouvé de l'or. «L'or, c'est comme les molécules d'alcool, ça catalyse la nature des hommes», Alice avait dit un jour que je lui racontais l'histoire de mon arrière-grand-père.

Roméo avait presque pleuré au premier coin de rue. Il avait fixé son regard sur l'attelage. Tous ces nœuds, toutes ces attaches. Son oncle l'avait senti. Il n'avait rien dit. Il avait juste fait claquer sa langue contre son palais en secouant légèrement les guides entre ses mains. Le cheval aussi l'avait senti. De longues traînées de vapeur sortaient de leurs narines et de leurs bouches quand ils expiraient.

À la gare centrale, Roméo avait salué son oncle : « Merci, mon oncle », il avait dit en lui serrant la main. Elzéar était le plus jeune de la famille et lui servait, par moments, de père. Roméo avait six ans dans ses souvenirs quand on avait porté son père en terre ; il ne l'avait pas vraiment connu. Ses frères avaient dû lui montrer ce qu'était, ou devrait être, une vie d'homme. Entre les gestes de ruelles ou du travail et ceux de la chambre à coucher et des femmes.

Après avoir hissé son sac sur ses épaules, Roméo était passé devant la carriole et avait collé une longue minute son front contre celui du cheval. Il aimait la compagnie des chevaux.

Sans parler un seul mot d'anglais il allait prendre le train pour Boston. De là, un autre pour Chicago. Cinq mille kilomètres encore jusqu'à Seattle. Puis un bateau jusqu'au cap Home. Et, de là, trois jours de carriole, encore, et de cheval, vers le nord, jusqu'à une gare à cent kilomètres de Dawson. Puis un autre train de campagne. C'était avant le canal de Panama. Avant que le train relie l'Est à l'Ouest canadien. Vingt-quatre jours de voyage harassant.

Le 9 mars, Roméo est arrivé à destination. La gare de Dawson était en fait une petite cabane vitrée, du verre au plomb avec des bulles, pouvant contenir tout au plus quatre personnes. Devant la cabane, un quai de planches clouées sur des troncs d'arbres, de trois pieds de large sur cent pieds de long. Pour le reste, un mélange de neige et de boue. De boue surtout.

« Eille, Méo, t'es en retard », a lancé une voix derrière lui, avant de l'empoigner par la taille et de le soulever de terre. Un de ses frères, le deuxième.

Vingt-sept ans. Ils se sont serrés très fort. « Comment va maman ? » a demandé le grand frère.

Roméo ne pensait pas autant à sa mère qu'à Émilya, à qui il avait promis d'écrire toutes les semaines même s'il savait à peine tracer et aligner des mots. À qui il avait surtout juré de trouver et de rapporter de l'or avec autant de naïveté que de foi. Assez pour « se partir » ensemble en ménage.

Aujourd'hui. 21 février.

Aurait-on pu encore tenir en couple? Je pense à elle tous les jours depuis que je suis ici. Surtout à l'hôpital. C'est là que j'aurais besoin d'Alice. Un enfant inuit est mort à l'urgence ce matin. Le reste du temps, elle ne me manque pas. Je coule les heures où je ne travaille pas à regarder de la porno en ligne. On dit que c'est parce que les hommes s'ennuient qu'ils s'inventent toutes ces histoires. On dit aussi que les chimpanzés, dans leur lassitude, se masturbent pour passer le temps. Je perds des journées entières de congé sur le web à tenter de me guérir d'une femme, en m'imaginant avec d'autres, virtuelles. Hâte que le printemps arrive. Avec sa lumière, sa chasse, sa pêche.

Est-ce qu'elles pensent à moi, toutes ces femmes qui se déshabillent devant une caméra? En latin *in camera* veut dire «dans la chambre». Elles sont des centaines, ou des milliers, chaque semaine, à me rendre moins malheureux. Quand elles ont des prénoms, elles s'appellent Anna, Mandy, Isabelle, Kennedy, Chase, Anjelica, Phœnix, Eva. Souvent, elles ne sont nommées que par une description sommaire de scène ou des attributs typés: étudiante sexy, femme mature, fille aux cheveux noirs et fille rousse qui branlent un gars chanceux. J'imagine qu'elles existent pour vrai. Quelque part. Pour quelqu'un. Je ne crois pas avoir été plus heureux avec Alice en chair et en os. Mais la vraie vie ensemble était trop intense. Je sais faire la différence, il me semble. Aujourd'hui, je préfère les écrans. Sans chercher le bonheur. Jouir. Ça compense et ça suffit.

Je suis un homme moyen. Un peu au-dessus de la moyenne, quand même, à cause de mes études de médecine. Pourtant personne ne m'a enseigné comment soigner un enfant qui se présente à l'urgence, la poitrine ensanglantée parce qu'il y a gravé DEAD à la pointe d'un couteau de chasse. On m'a montré comment découper un t-shirt délavé Jack Daniels, nettoyer et désinfecter une plaie avec de l'eau distillée et du peroxyde, mettre un onguent antibiotique, coller de la gaze et faire des points de suture. Mais on ne m'a jamais appris quoi dire ou faire quand la douleur devient aussi symbolique et spectaculaire. Dans ce genre de nuit, je pense à elle, et je voudrais qu'elle soit vraie de nouveau. La vraie vie est souvent décevante.

J'aurais aimé que la mère et l'enfant attendent avec nous la travailleuse sociale. Les solutions ont des heures de travail fixes régies par des horaires qui échappent aux urgences. J'ai soigné les plaies. Pas les mots. L'enfant a coulé entre mes mains. Je n'ai pu le retenir. Quelques jours plus tôt, je l'avais vu dans le stationnement de l'école, à quatre pattes derrière un camion en marche, tout sourire, à respirer le monoxyde de carbone.

J'aime les nœuds. C'est important, les nœuds, dans une vie. L'hiver, je pratique ceux de l'été. J'attache toutes mes mouches à pêche avec un nœud en huit, qui serre à mesure que le poisson tire. Je les coupe et je recommence.

Certaines générations sont plus attachées que d'autres aux précédentes. Je peux remonter jusqu'à mon arrière-grand-père. Avant lui, c'est le néant. On a des mémoires de cent ans. Au-delà, ça devient flou comme des prévisions météorologiques. Les traces s'effacent. Pas celles des photos, mais celles du présent d'alors. On retient ce qui nous sert ?

Quand j'ai lu DEAD gravé dans les chairs du garçon, j'ai pensé à Alice en me demandant si elle serait une trace qui allait demeurer. Combien de fils, de filles, de petits-enfants et d'arrière-petits-enfants faut-il pour effacer une marque ? En langage médical, dans le premier rapport avant son décès, j'avais noté : « patient mâle, 9 ans, automutilation au thorax-sternum avec pointe de couteau ou tournevis, faible saignement coagulé et plaie en cicatrisation avancée à l'admission, administré antibiotique cutané, pansement doit être changé aux 24 h, 500 mg d'acétaminophène aux 4 h pour la fièvre ».

Je ne soigne que des corps.

J'ai attrapé mon premier poisson à sept ans. Avec une mouche *Bumble Bee*. Noire, quelques fils dorés sur l'abdomen. L'achigan était venu voir la mouche sans l'attraper. Une des premières et rares leçons de pêche de mon père : quand le poisson vient voir et qu'il ne mord pas, tu fais une pause de deux ou trois minutes pour lui laisser le temps de se replacer au même endroit dans le courant, dans son trou, et tu « itches » ta mouche ; tu refais un nœud simple et stupide sur celle-ci pour la faire travailler « tout croche » dans l'eau. Ça fonctionne neuf fois sur dix.

Le poisson s'était laissé prendre au leurre. Ma grand-mère avait pris une photo. Je souriais quand j'avais sept ans.

Dawson. 1898.

Roméo écrivait à Émilya tous les dimanches après-midi. Ses gros doigts traçaient lentement des lettres attachées sur du papier jaune. Une seule page par semaine. Tout devait tenir sur une feuille à cause du timbre. La peau de sa main craquait, séchée par toute la terre qu'il déplaçait à la pelle quinze heures par jour, et toujours de la saleté sous les ongles. Ses sœurs Albertine et Réjeanne lui avaient sommairement fait l'école et montré les lettres et les chiffres. Pas d'argent pour l'instruire, cadet de famille. C'est tout ce que mon arrière-grand-père avait souhaité : apprendre à lire, à écrire et à compter. Pour le reste, il s'arrangerait. Son frère le plus proche, à qui il pouvait se confier, relisait sa lettre et la corrigeait du mieux qu'il pouvait. Un rituel. Un respect solennel et ordonné dans un monde d'hommes ; le temps de dire aux femmes. Prendre ce temps.

Kuujjuaq.

J'ai d'abord cru que c'était à cause de son obsession du ménage que je lui en voulais. Une réalité beaucoup plus sérieuse et viscérale que la poussière sur le piano et les plinthes, les traces de doigts sur le frigo ou les miettes sur le comptoir. J'ignore en fait si c'était contre elle ou ses habitudes, mais j'éprouvais parfois fois une haine sourde envers ces gestes qu'elle posait. Alice était impossible à rassurer. Même en lui disant cent fois par jour que je l'aimais ou qu'elle était belle. «J'ai peur que tu me désires plus.» Ces habitudes dénuées de sens se multipliaient: le comptoir essuyé vingt-deux fois par jour, la couette de lit lissée et sans plis, les coussins de divan replacés toujours et toujours dans un ordre qu'elle avait décidé. J'ignore totalement pourquoi, alors qu'elle tolérait pourtant la poussière sur les feuilles de l'amaryllis que je lui avais offerte sans raison, elle devenait folle quand ça s'accumulait entre les livres ou sur ma table de chevet. Les Inuits, depuis qu'ils sont sédentaires, vivent dans des fouillis indescriptibles, parmi des accumulations de déchets et à travers un désordre sans fin. Loin des siens, Alice incarnait le contraire.

Dawson.

Roméo a eu dix-sept ans le 20 mars 1898. Le jour de son anniversaire, il a reçu par la poste un chandail gris en laine qu'Émilya lui avait tricoté. Sur le colis, il avait lu les lettres tracées au crayon de cire bleue : Monsieur Roméo S., Concession 46-55, Dawson City, NWT, Canada. Il n'a pas pleuré, mais quelque chose à l'intérieur est devenu tout chaud quand il a ouvert le paquet ficelé, en papier brun. Il l'a d'abord senti. Une odeur mêlée d'humidité et de boules à mites. Puis il a touché les mailles du tricot une à une avant de l'enfiler. Le dimanche suivant, sa lettre commençait par : « Je porte ton chandail, Émilya. Il me tient chaud et te rappelle à moi. »

Roméo a porté le chandail d'Émilya tous les jours du printemps jusqu'à la fin de l'été, sauf le premier samedi de chaque mois, jour de lessive au campement. Il s'assurait de ne jamais le mettre à sécher trop près de la cheminée du poêle. Il l'a porté humide après toutes les lessives. Sa chaleur finissant de sécher la laine doucement.

Un jour, vers la mi-août, une première maille a filé. Il a essayé de la rattraper par tous les moyens. Même si les mailles d'un tricot sont plus nombreuses que les chaînons d'une chaîne, le vêtement a fini dans le feu du camp. Et Roméo, sans être un romantique, a eu un serrement au cœur en ouvrant la porte du poêle à bois. Il n'a rien laissé paraître, ses frères et son cousin se trouvaient dans la même pièce que lui. Ce qu'on montre fait ce qu'on est, et on est jugé à ce qu'on est capable de retenir. Roméo s'était construit des digues. À part deux fois par mois, quand ils allaient à la banque et ramenaient de l'eau-de-vie ou sortaient au bar le samedi soir, les hommes à Dawson ne parlaient jamais d'eux-mêmes, des sentiments. On respectait toutefois l'heure passée à écrire aux femmes, le dimanche après-midi. La vie acharnée reprenait aux aurores le lundi, sans pitié.

Quand Émilya a reçu la lettre de Roméo qui la remerciait pour le chandail, elle a ressenti son bonheur. En la lisant, debout, elle a senti une grande chaleur dans sa poitrine. Puis elle s'est appuyée d'une main sur le comptoir de la cuisine. Pour se retenir. Émue devant ses sentiments.

28 février. Kuujjuaq.
Je dis oui à tous les quarts de travail qu'on me demande de faire. À cause d'une pénurie de médecins dans le Nord. Je travaille illégalement jusqu'à trente heures d'affilée : urgences, chirurgie, médecine familiale, orthopédie. Ici, il faut se débrouiller sans définition de tâche. De toute façon, il n'y a personne d'autre. Je voudrais rester éveillé des centaines d'heures. Oublier mes limites physiques. Je tente de les repousser. Il m'arrive de confondre les vibrations de mon estomac affamé avec celles du téléavertisseur. J'aime mieux quand c'est la «pagette» qui sonne. Me nourrir par obligation m'écœure. J'ai détesté voyager pour cette raison : devoir trouver à manger. Ça freine l'élan et ça oblige à suivre un horaire. Je préfère, de loin, avoir à recoudre un doigt ou amputer un pied gangréné.

J'oublie la faim quand ça saigne. Je n'aurais pu me contenter de pratiquer la médecine familiale et d'écouter des patients. Je n'ai pas beaucoup de respect pour ceux qui entrent à l'hôpital d'eux-mêmes, sur leurs deux pieds. J'éprouve d'emblée beaucoup plus d'empathie envers ceux qui arrivent sur une civière. Ils sont plus vrais.

Alice et moi, on s'était rencontrés pendant nos études. Je me foutais de ses origines et de l'avenir. Elle était pas mal et elle avait des seins. Au début, c'est souvent tout ce que ça prend pour que j'écoute une fille. Alice ne parlait pas trop. Elle m'avait raconté une histoire de gars à Berlin : ce gars, son amoureux de l'époque, était bizarre. Elle avait insisté pour qu'il parle.

« On s'en allait voir le bébé ours polaire Knut au zoo de Berlin. Il avait fini par me dire qu'il ne m'aimait plus. C'était son idée d'aller voir Knut. » Je l'avais écoutée deux minutes me raconter ça avant de lui dire que c'était franchement sans intérêt. Elle avait juste répliqué : « Vraiment ? » Puis elle avait changé de sujet. Des ours polaires, elle en avait vu des centaines. Des hommes, pas beaucoup, « pas assez intéressants ».

À Montréal on avait chacun son appartement. On échangeait les jours et les nuits chez l'un ou l'autre, sans cérémonie. Deux années ont passé. On a voulu faire nos spécialités. Elle a d'abord été acceptée en gynéco-obstétrique à McGill avant de l'être aussi à NYU, où je venais moi-même d'être admis en chirurgie. Les beaux hasards. J'avais soumis une demande de stage quand je l'avais entendue parler sérieusement d'aller étudier à New York.

« On pourrait vivre ensemble ? » elle avait dit. Cette idée est devenue une évidence. Un chemin tout tracé, qu'on ne voit pas car on y est déjà plaqué. Celui d'une suite. Voulue et dirigée. La nôtre.

Dawson.

Roméo avait dormi sur un lit défoncé, sans se plaindre, durant des années. Pour le redresser, il avait installé des planches dures de sapin de Douglas, du « BC Fir », et sous le matelas, une paillasse de chiffon. À son âge, on n'a pas mal au dos. Pour rêver d'avenir, il aurait même pu dormir sur le sol dur, sale et humide du camp de bois qu'il partageait avec ses frères.

Ce n'était pas une maison. Ils y passaient les heures des repas, celles des orages et des blizzards et toutes les nuits. Trois paires de lits superposés, en planches grossièrement équarries. Même si l'industrie produisait des clous de fer « coulés », ils étaient réservés aux grandes villes. Ici, à l'autre bout du monde, on les forgeait. Carrés. Depuis presque trois ans déjà, Roméo comptait les clous au-dessus de lui tous les soirs en s'endormant. Un clou, Émilya. Un autre clou, Émilya. Encore un autre, encore Émilya. Ses frères et lui s'échangeaient les quarts de garde pour entretenir le feu. Il aimait se recoucher après avoir bourré la truie. Entre les ronflements de ses frères et le bruit des bûches qui brûlent, dans le noir de la nuit, il pouvait tranquillement penser à elle à travers les grandes fatigues.

Il s'imaginait fonder une famille. Elle et lui. Quand il songeait à Émilya, Roméo la voyait toujours à seize ans, habillée d'une robe de lin blanc. Il aimait la voir de dos. Entre ses souliers et le bas de sa robe, à mi-mollet, dans ses rêves il voyait la couture de ses bas fins couleur chair. Et son corps réagissait à ces pensées. À ce qu'il pouvait imaginer de vrai.

Émilya serait bientôt institutrice. Il trouvait que c'était un métier honorable pour une femme, parce qu'elle allait certainement prendre grand soin d'élever leurs enfants un jour.

Tous les deux allaient avoir vingt ans, à dix jours d'intervalle, d'ici quelques semaines. Dans sa dernière lettre, il lui souhaitait un joyeux anniversaire et il avait glissé une photographie toute neuve et luisante, un daguerréotype, de lui et ses frères, posant fièrement devant leur concession de terre octroyée par un bail de cinq ans, délivré par « The State of Yukon » au nom de l'aîné pour la somme de quarante et un dollars par année. Une fortune. Empruntée à une banque improvisée de financement de risque.

J'ai encore cette photo que mon arrière-grand-père avait envoyée à Émilya. Elle ne m'a jamais quitté, m'a toujours suivi. Comme un animal de compagnie. La certitude précieuse que j'ai une histoire. Justifier par des faits historiques ce que je suis devenu. Ce que je pourrais devenir. Rebondir sur les images. D'ailleurs, je suis certain que ce sont elles qui nous propulsent le plus loin et sur elles qu'on échafaude des vérités. J'aime l'idée que Roméo est allé chercher de l'or à l'autre bout du monde. « On en cherche tous », m'avait dit Alice un jour. Avant même de sortir mon coffre à pêche, c'est cette photographie que j'ai accrochée en tout premier lieu sur le mur de ma petite maison préfabriquée, en débarquant ici. Un rituel. Pour faire comme eux.

Sur cette image, cinq hommes appuyés sur des pelles, des bêches et des râteaux. Ils regardent tous vers la caméra. Le temps d'exposition d'alors, en plein jour, en 1900 : au moins une longue minute sans bouger. À fixer le temps qui va s'arrêter et s'imprimer sur une feuille de papier. Chose rare pour des hommes qui coupent, tranchent et égrainent un sol gelé à l'année, le pergélisol, à la recherche d'un métal précieux. Une minute dans leur vie. Pouvaient-ils deviner les radiations de cette image ?

Chercher et fuir a toujours fait partie des gènes de ma famille. Sur la photo, on devine la misère de ces hommes qui, seize heures durant, chaque jour, par temps clair et de nuit, ont émietté le sol dans l'espoir d'y trouver l'espoir. Ils sont devant un petit monticule de terre gelée où ils ont creusé un trou, une étroite caverne fermée par une porte de toile fixée sur un cadre de bois. L'embrasure est à peine plus petite qu'une porte normale de maison. Un tuyau de tôle de plusieurs mètres de longueur s'élève au-dessus du monticule. Les hommes se relayaient pour entretenir le feu de bois dans ce trou. La seule manière de dégeler le sol afin de le pelleter et de le tamiser. Le lot – le claim, comme on appelle ce bout de terre loué – n'est pas à proximité d'un cours d'eau. Les hommes du canton ont formé une association et détourné une rivière pour avoir l'eau courante nécessaire à la filtration de la terre qu'ils réduisent en boue et en sable. Un ruisseau en forme de U construit en planches de bois, sur des pilotis. Comme les aqueducs romains. Un homme bûche le bois et le transporte à bras jusqu'au claim. Il entretient le feu. Ses frères brisent la terre au pic et à la pioche, puis la transportent jusqu'au ruisseau surélevé, dans des brouettes de planches montées sur des roues de métal. Ensuite ils filtrent leur matériel dans le courant. Ils y vident la boue qui reste brunc et qui s'accumule. Puis ils recommencent. Leurs vêtements sont trempés de sueur. Et, comme il ne fait jamais vraiment chaud à Dawson, ils n'arrêtent jamais de travailler de peur de prendre froid et d'attraper la grippe ou la crève. À l'époque, on croit que c'est le froid qui rend malade. Sur la photo, ils sont sales et teintés par la poussière du sol. Leurs vêtements sont toujours gris. Ils portent tous des salopettes sur des chandails qu'on devine usés. Eux et moi, on se ressemble physiquement à s'y méprendre, les couleurs contemporaines mises à part. Même tête. Même corps. Même port. Une étrange ressemblance. Sauf qu'eux ont réussi à être amoureux.

De temps en temps, à travers le gris et la boue du ruisseau apparaît une petite lueur jaune et solide qu'ils ramassent en criant.

Alice s'était assise tout près de moi. C'était à la fin de notre deuxième année d'université. On était sortis avec des amis dans un bar de la rue Saint-Denis. Elle avait dit qu'elle devait aller aux toilettes, mais c'était pour changer encore de place. Au retour, elle s'était placée un peu de côté sur la banquette, de trois quarts, de manière à devoir replier une jambe pour me faire face. Une partie de sa cuisse, et de son genou, s'est légèrement appuyée sur la mienne.

Mon cœur s'est mis à battre très vite. Jusqu'aux tempes. Elle s'était trouvée nerveuse. J'essayais de garder mon calme sans étouffer. Elle m'avait fixé du regard de longues minutes sans parler. Pour sonder l'écho. Et on s'était presque embrassés à cet instant. On s'était gardé une gêne. On était rendus là. Tous les détails me sont restés, ses vêtements, la bretelle rouge, l'élastique qu'elle enlevait et remettait sans cesse dans ses cheveux, elle n'avait pas de boucles d'oreilles – les bijoux ne sont pas bienvenus en médecine –, le courriel qu'elle m'avait envoyé le soir, une fois rentrée chez elle : « Faisons ça simple. Ces sentiments ne sont pas un jeu pour moi. Je ne te demande pas toute ta vie, mais j'aime profondément être avec toi. On peut garder ça sincère ? Je suis comme un petit truc dans le fond de ta main, vas-y doucement. » Un grand X comme signature. En post-scriptum : « J'espère que t'as un sourire. »

J'avais relu plusieurs fois. Paralysé par l'euphorie. D'abord inquiet de mes émotions. Pour une fois, elles devançaient ma tête. Si ça avait été une urgence, tout le monde serait mort. Un sourire. J'ai compris qu'il était trop tard pour reculer. Comme dans un manège de Disney, quand la ceinture fait clic. Ici, des mots sur mon écran. Les siens.

Il m'a fallu des heures pour lui répondre. Un petit paragraphe composé de grands mots : respect, considération, simplicité. Convaincu que je les pensais. Pire. Convaincu d'avoir dit exactement, même dans ma gaucherie, ce qui devait l'être dans ces circonstances. Comme d'avoir raison. Sans autre explication possible.

Depuis mon arrivée à Kuujjuaq, j'essaye de comprendre par où et comment ça commence à s'effriter. Quand les premiers signes d'affaissement apparaissent. On est rarement des bombes secrètes et silencieuses. Il y a toujours un tic-tac avant que ça pète.

Alice avait une lucidité qui l'empêchait souvent de dormir. D'abord comme Inuite. Elle voyait son peuple dans une sorte d'antichambre, à l'intérieur du cadre d'une carte postale. Toute petite, quand débarquaient des étrangers avec des Kodak, elle était fascinée. À l'adolescence, elle avait cultivé le cynisme comme on s'entraîne à apprendre les tables de multiplication. Aujourd'hui, elle se moquait sans affect et balayait du revers de la main la vanité des touristes, qu'elle traitait de colons sans idées. « Nous, on visite pas vos *fucking* pays. »

« Ils veulent voir des Esquimaux comme on va voir un éléphant au zoo du Bronx, en mangeant une barbe à papa. Mes préférés, c'étaient ceux en bateaux de croisière. On savait qu'ils n'allaient rester que quelques heures, de jour. Le temps de faire semblant de manger du phoque et de la baleine. D'acheter un souvenir inuit fait en Chine et de se faire prendre en photo devant un immense *inukshuk* en pierre guillotinée construit par des Blancs avec une grue et une pelle mécanique.

31

— Ces gens veulent peut-être simplement se consoler. Ou se protéger de leur propre existence, j'avais dit.

— Sans doute. Ils pourraient aussi se pincer, attraper une maladie ou s'acheter des trucs neufs. »

Jamais heureuse plus d'une minute à la fois. Un jour, elle m'avait dit combien elle aimait l'espace que je lui donnais. Ça lui rappelait son enfance.

2 mars.

Hier, une mère est venue à l'urgence me dire que son aînée de dix-sept ans était déprimée. La fille portait un chandail d'Ozzy Osbourne, du temps de *Crazy Train* et de Randy Rhoads, le jeune guitariste mort dans un accident d'avion. J'ai voulu savoir si c'était son album préféré. Elle a juste dit oui de la tête, au ralenti. Dix-sept ans, et toutes les dents cariées. Le sucre.

Je déteste prescrire des antidépresseurs ou des anxiolytiques. Je me demande si on a le droit de faire ingérer des substances de synthèse à des corps qui n'ont jamais vu d'asphalte ou de verres de contact. Je n'aime pas être de garde seul à l'urgence sans généraliste. Ici, je dois m'habituer. J'ai choisi la chirurgie pour éviter de parler aux patients. Je les préfère anesthésiés. Cinquante milligrammes d'Ativan au besoin, des benzodiazépines pour le soulagement rapide de l'anxiété et du Zoloft pour repousser l'horizon.

Je suis débarqué ici en février. Deux semaines après mon arrivée, au cœur creux de l'hiver, il faisait régulièrement jusqu'à moins cinquante-cinq degrés Celsius. Les Inuits se promènent quand même à motoneige sans écharpe, le visage à découvert. Même la nuit face au vent. Ils ont une résistance au froid admirable, forgée par des millénaires de génétique appliquée.

Ma deuxième nuit à l'urgence. Les valises encore intactes. J'avais donné la consigne au personnel de garde de m'appeler pour tous les cas. Je dors dans une baraque chauffée à l'huile, à cent mètres de l'hôpital, vestige des années soixante-dix. On a cogné à ma porte un peu avant trois heures du matin. Quand je suis arrivé dans la salle de soins, deux personnes étaient étendues sur les civières. Un policier debout m'a salué en silence. D'abord une jeune femme de quinze ans, Naka, m'avait dit l'infirmière, les boutons de sa chemise arrachés sur une poitrine dénudée. Une peau lisse et parfaite. Les yeux ouverts, un filet de sang foncé à la commissure des lèvres, à droite. Rien d'autre d'apparent, sinon son cou, anormalement tordu et désaxé. Brisé. Morte sur le coup, Naka.

À côté d'elle un homme sur un lit, Abraham Mitkijuk, soixante-six ans, le visage explosé et décharné. Difficile de lui deviner des yeux. J'ai dû chercher à tâtons ses narines et sa bouche à travers des chairs gluantes et du sang caillé. Pendant qu'on l'intubait de partout et qu'on installait une perfusion, l'infirmière m'a raconté l'accident. Soûl, Abraham avait plus ou moins kidnappé l'adolescente après l'avoir fait boire pendant des heures. Il filait à toute allure pour la ramener chez elle, probablement pour la violer en chemin, l'homme était connu des policiers, il avait déjà fait le même coup plusieurs fois. En ratant un virage, la motoneige a fini sa course sur la façade d'une maison. On a stabilisé Abraham et, pendant quelques heures, on a attendu le seul avion-ambulance du pays. Il irait se faire soigner au Sud. Dans cette attente, l'infirmière de garde m'a raconté, remplie d'émotions, son peuple, ses âmes et l'alcool.

Abraham Mitkijuk, malgré un traumatisme crânien sévère, est revenu à Kuujjuaq quelques semaines plus tard, avec quelques cicatrices de cet accident. Il a repris sa vie normale d'homme marié et de guide de chasse et pêche.

Alice était Alice Eqqamavaa Sivisumik. Sa mère disait Eqqa. Mais elle l'avait aussi fait baptiser parce que c'était la mode d'être chrétien à l'époque. Et la mode aussi de se donner des prénoms modernes. Les efforts d'évangélisation n'avaient pas eu peur du froid et de la neige. On se demande comment l'Église fait son bilan comptable quand tout le territoire au nord du soixantième parallèle ne porte que quarante mille âmes. Aucune richesse naturelle apparente. Du moins aux yeux des croyants.

Enceinte, sa mère avait lu le mot «Alice» dans un poème d'Emily Dickinson. Elle s'était dit que ce serait un signe d'évolution de prénommer ainsi sa fille. Puisque ce mot provenait d'un autre monde. Évolué, lui avait-on répété. Civilisé.

Un soir, Alice : «Pourtant, depuis plusieurs milliers d'années, mon peuple ne croit pas. Il a seulement peur. C'est sa réalité. Nous n'avions pas de religion parce que nous avions naturellement peur de disparaître. De manière saine, il nous suffisait de croire en nous.»

Depuis sa naissance, Roméo allait à l'église tous les dimanches avec sa mère et ses sœurs. Le même rituel : un bain le samedi soir, le seul de la semaine, dans l'eau déjà souillée par les plus vieux. Un pantalon propre et une chemise de coton lourd, empesés dans un mélange d'amidon de maïs et d'eau. Posé sur le poêle de fonte, un lourd fer à repasser dont la poignée en bois tournait. Aussi, le dimanche matin – et uniquement le dimanche matin –, Roméo se peignait. Le luxe venait avec le droit au miroir de ses sœurs, pour quelques minutes. Mis à part le reflet dans la verrière d'une voisine ou la vitrine d'un commerce un jour par hasard, Roméo n'avait pas besoin de voir son image. Depuis quelques mois, à Dawson, il revoyait ces gestes qui maintenant lui manquaient. Et se rappelait les mots de sa mère, le dimanche toujours : « On ne sait jamais quand on va croiser la femme de sa vie. » Sa chemise ternie avait déjà été blanche. Usée et fatiguée par trois frères avant lui. Roméo était le bébé de la famille. Ses sœurs s'en occupaient avec zèle.

Comme tous les dimanches, quand toute la famille était prête, que les filles piaillaient et que Roméo se berçait en attendant le départ, la mère finissait d'éplucher un chaudron de patates qu'elle mettait au feu et qui serait prêt au retour de la messe.

À Dawson, au début du xxe siècle, la messe se disait en anglais. Roméo parlait à peine l'anglais. Tout au plus savait-il mimer la faim ou demander les toilettes dans le train. Mais ses frères et lui allaient tout de même prier dans ce bâtiment de culte rectangulaire en planches mal équarries tous les dimanches. C'était une église protestante, bâtie en quatre jours, une fin de semaine de Pâques. Ville instantanée. Roméo ne connaissait pas de protestants. C'était la religion de l'ennemi. Des patrons. On avait finalement consenti à faire venir un curé catholique à la demande de plusieurs. La bâtisse servait aux deux offices, mais la liturgie catholique était en anglais. Suivant le rythme, Roméo récitait les répons en français, là où il croyait qu'ils devaient être dits. Avec une certaine satisfaction, il était le seul à connaître encore le service religieux par cœur. Avec l'impression de faire l'effort nécessaire, requis par le devoir de croyance.

4 mars.
Certains jours, je l'aurais embrassée des heures et des heures, et d'autres j'aurais aimé la voir disparaître. Je ne suis plus certain qu'on avait besoin l'un de l'autre dans nos vies. Un moment elle devenait essentielle, et le suivant je l'aurais fuie. J'ai souvent le sentiment que les relations d'autrefois étaient plus faciles. Sans complexes. Comme si s'aimer en noir et blanc engageait moins de conflits qu'à l'ère atomique. Sans véritable habileté, j'ai toujours débordé avec des mots simples et des désirs. Nommés en vrac. Désorganisés mais sincères, tel qu'elle le souhaitait. Je ne serai jamais une histoire d'amour comme celle qu'on lit ou qui traverse le temps, racontée et embellie par la distance. Peut-être est-ce donné au hasard à quelques hommes seulement. Comme les rations d'eau pendant la sécheresse. En faire usage utile, ou tout caler d'un coup?

Le passé ne me paraît pas rassurant. Au final, il m'inquiète plus qu'il n'explique.

Alice portait un short court, rouge. Des souliers à talons et une chemise de rayonne à carreaux, noire et blanche, transparente. Son soutien-gorge noir se voyait à travers les petits carrés blancs.

Un resto branché de Queens, pendant nos spécialités à NYU. Elle s'était moquée du plat d'omble de l'arctique, *Arctic char*. Juste avant d'entrer, sur le trottoir, elle avait dit : « J'aimerais ça, m'occuper de toi. » Ça m'avait foudroyé.

« La chair n'est pas du tout de la bonne couleur, c'est un poisson de pisciculture. Personne ici ne peut faire la différence. Les gens sourient, payent et se font mentir. C'est quand même bon, c'est juste pas le poisson qu'on annonce. »

On ne se voyait pas si souvent. Séparés par des gardes interminables et des heures pas possibles. En orbite l'un de l'autre. À la fois inquiets et heureux. Contents d'être ensemble, mais soucieux en silence de ne pas savoir jusqu'à quand. Pour que deux vies parallèles se touchent, une des deux doit dévier pour croiser l'autre. Ce serait la mienne.

Alice avait raison pour l'omble chevalier. Fin mars, je m'étais retrouvé dans le petit village de Qaqtaq, sur la rive nord de la baie d'Ungava. Cent cinquante habitants, ou ce qu'il en restait. Comme médecin de garde à l'urgence de Kuujjuaq, je devais faire une semaine par trois mois dans les différents dispensaires du territoire. Plus ou moins éloignés selon nos références, à une journée de motoneige. Une semaine de soins de fortune à traiter des problèmes indigènes avec la médecine des Blancs. Avant nos tentatives d'évangélisation et nos caprices d'évolution, les Inuits n'avaient pas de maladies modernes. Je ne pouvais traiter que ce que mon monde connaissait. « Tant que la mort n'a pas de mot, elle n'existe pas », ils disent.

On m'avait invité à la grande fête du printemps. Tous les habitants du village étaient là. Sans exception. Au menu, de l'omble chevalier de l'Arctique, effectivement d'une tout autre couleur.

Quand les hommes chassent le caribou à la fin du printemps, lors de l'éviscération, ils conservent l'estomac du mammifère. Ils le vident du lichen puis ils y fourrent de la viande de morse, dans les quatre poches de l'estomac, la panse, le feuillet, le bonnet et la caillette. Tout est cru. Ils referment du mieux qu'ils peuvent, l'attachant avec un tendon et un nœud grossier, creusent un trou de quelques centimètres et l'enfouissent sous de grosses pierres à l'abri des renards, des loups et des ours. Ça, c'est l'année précédente. La viande vieillie est prête à partir de novembre. Nous étions dix mois plus tard. Les hommes se souviennent des sites d'enfouissement, autrefois d'une grande utilité de survie pour les voyages de chasse et de pêche migratoires. Ils déterrent au besoin ce qu'ils considèrent comme une nourriture exceptionnelle et raffinée. Un peu comme le caviar ou les macarons parisiens. Une fierté. Évidemment, la viande fermente. Quand ça réussit, c'est d'une grande délicatesse et d'une finesse remarquable. Les Inuits ont insisté pour que j'y goûte. J'ai d'abord senti. Dans tout mon être, les alarmes et les sirènes hurlaient à tue-tête : botulisme. Juste comme j'allais céder, un homme d'une cinquantaine d'années s'est approché de moi en titubant, le visage subitement paralysé. Avec l'infirmière, on a fait vomir tous ceux qui avaient mangé l'*igunaq*. Juste à temps. Je ne crois pas qu'on en aurait parlé aux infos. Un village entier décimé. Et ceux qui auraient survécu auraient été paralysés pour le reste de leurs jours.

17 mars 1901.
Mon arrière-grand-père a passé plusieurs années à espérer de l'or dans le nord du Nord-Ouest. Avec la régularité d'une horloge, ses frères et lui ont cherché dans la terre ce qui devait transformer leurs vies. Même horaire abrutissant sans pause à l'exception des principales fêtes religieuses. La fièvre de l'or s'est essoufflée. De plus en plus d'hommes retournaient dans leurs villes d'origine, au sud pour la plupart. À peu près tous avaient fait leurs frais, mais sans surplus. Sans vraiment s'enrichir. Le rêve devenu travail. Un quotidien. On sait maintenant que l'or du Klondike n'était en fait qu'un gros filon, une veine que le dernier glacier avait écrasée, pulvérisée et traînée sur quelques kilomètres, répandant ainsi des poussières et quelques gravats d'or sur son passage.

Roméo et ses frères en ont trouvé juste assez pour payer leur bail foncier, leur subsistance, en rapporter un peu pour commencer une autre vie et conserver quelques pépites souvenirs, de la grosseur de raisins secs, qu'ils offriraient à leurs femmes et leurs familles. Et pour justifier toutes ces années d'absence et de distances. Une des pépites trouvées par mon arrière-grand-père s'est rendue jusqu'à moi, cent ans plus tard.

Roméo a quitté Dawson à la hâte le 18 mars 1901, au petit matin. Il avait dix-neuf ans. Presque vingt. Ses frères l'avaient aidé à boucler ses bagages et l'avaient mis sur le train à la première heure. La veille, il avait tué un homme. Le corps n'a jamais été retrouvé.

Alice.

Alice se plaignait souvent de la télé. Pas vraiment de la télévision, mais des nouvelles d'ailleurs. « J'en ai rien à foutre des bombes et des guerres au Moyen-Orient, j'ai aucune empathie pour leurs guerres éternelles. Je vis dans un monde d'émotions concentriques, et seul ce qui se passe autour de moi me touche. » Elle portait déjà un tatouage au bas du dos. « Un *tramp stamp* », elle avait dit. Juste au-dessus des fesses, et sous les deux petits trous du bas du dos. Les fossettes sacro-iliaques, on avait appris dans nos cours.

« *Tramp stamp*, un sceau de salope, t'imagines quand j'ai montré ça à ma mère.

— Ça s'appelle aussi la salière de Vénus, j'avais dit.

— Ou le losange de Michaelis, je sais. »

Une tête de poisson et une griffe d'ours sur une lune. Elle avait fait écrire, en lettres attachées et en anglais, autour de la lune : *Full heart. Time to attack.* Peut-être le cœur est-il une lune.

Un jour qu'on revenait de New York, sur la 87, elle avait dit que son sandwich au thon, acheté dans un *rest area* sur le bord de l'autoroute, goûtait la nourriture à poisson rouge.

« T'en as déjà mangé ? j'avais demandé.

— Oui, pas toi ? »

Je n'avais pas répondu, elle avait baissé la fenêtre de la voiture et jeté le sandwich sur la route. Je l'avais vu rouler et rebondir sur l'asphalte dans le rétroviseur.

Mars 1901.

Kyle Robert Wingate avait vingt-sept ans. Il venait d'un petit village de l'Alberta. Arrivé à Dawson presque en même temps que les frères de Roméo. Il buvait beaucoup. Ou ne supportait pas l'alcool. C'est selon. Il se faisait engager comme journalier par quiconque pouvait l'endurer. Quand Roméo est arrivé là, il a remplacé Kyle, que ses frères employaient depuis plusieurs mois comme homme à tout faire. Il n'a d'abord pas apprécié se faire relever par un jeune d'à peine seize ans. Kyle n'avait pas aimé être remercié. Trois ans plus tard, un samedi soir, à l'hôtel-bar le Goldcreek, Kyle Wingate avait dévié, perdu la carte.

Roméo et ses frères prenaient une bière. Kyle a calé trois ryes blancs à la file avant d'empoigner par-dessus le comptoir une des filles du proprio venue aider son père. Liza, qu'elle s'appelait. Elle avait dix-neuf ans, l'âge d'Émilya. Il s'est mis à l'embrasser dans le cou. Le malaise traversait le bar. Les hommes regardaient leurs verres, en espérant que ça passe. Comme une forme de prière. Les hommes qui boivent ne souhaitent pas que le moment se complique au-delà du verre qu'ils ne veulent jamais vide. Roméo s'est levé en criant à travers la rumeur bruyante d'un samedi soir : « Laisse-la tranquille. » Kyle Wingate a relâché Liza. Il s'est tourné, toujours sur son tabouret, vers la table d'où était venu l'ordre. Il a souri, puis il a fixé Roméo directement dans les yeux : « *Are you talking to me ?* » Ses frères ont essayé de le freiner, de le protéger.

« *Go back home, Kyle, you're drunk. Leave the girl alone.* » Kyle s'est tourné vers la fille et a demandé : « *Am I bothering you, sweetie ?* » Liza n'a rien dit. Son père l'a éloignée et a servi à Kyle un autre verre de rye, en espérant que l'alcool l'amortirait et qu'il rentrerait chez lui. Kyle s'est effectivement calmé. Il a pris un autre verre et est sorti tranquillement du Goldcreek.

Un peu avant minuit, Roméo et ses frères ont quitté le bar pour aller se coucher. Vingt minutes de marche. Quatre frères et un cousin. Des histoires, surtout de femmes, de belles histoires malgré cette apparence de fierté. Des hommes en réalité très tendres. Engagés d'affection amoureuse. Tous. Simples et francs. Loin des clichés. Entre eux, mais souvent en silence, les hommes sont profondément amoureux d'une ou de plusieurs femmes. Toujours. Une vérité absolue.

Il était appuyé sur un des poteaux qui soutenaient la véranda de leur cabane. Leur maison. Kyle Robert Wingate avait relevé ses manches de chemise au-dessus des coudes. Il faisait froid en mars dans les Territoires du Nord-Ouest. Le sol dégèlerait à nouveau dans quelques semaines. Le travail de l'or redeviendrait difficile dans la boue. Les jours plus longs. Les nuits plus courtes.

« *Hey, kid! You and me* », il avait dit.

Les frères de Roméo ont tenté de le raisonner. Mais l'alcool n'était pas sa raison. C'était autre chose. Peut-être l'humiliation. L'orgueil, le dernier retranchement d'un homme chargé de fautes. Roméo n'a pas dit un mot. Il avait compris que l'instant avait ses codes. Ancestraux, depuis des siècles avant lui, inscrits dans ses cellules. Comme seules armes l'illusion et la force de se détruire. Quand ils sont deux, c'est une bataille. Quand ils sont plusieurs, sous des ordres, c'est une guerre. Roméo allait se battre. Ses tempes battaient. Il avait plein d'aiguilles dans le sang. Son corps savait, avant même les coups, qu'il aurait mal.

Il a aussi remonté ses manches et repoussé ses frères qui voulaient le retenir en tentant de dissuader Kyle. Puis est venu un moment où tous ont compris que ça aurait lieu. Ils se sont tus, ils ont laissé les deux hommes se faire face. Spectateurs. Sachant fort bien qu'advenant la défaite de leur frère, ils céderaient le chemin au vainqueur. Par respect. Un millième de seconde. L'issue commande. Les hommes savent gagner sans fierté, mais ils savent aussi perdre avant même que le sang coule. Quand on accepte le combat, on connaît les issues possibles. Il existe des conflits qui ne seront résolus que par la violence. Trop peu. Malheureusement.

Ils ont fait cercle autour d'eux.

Kyle a d'abord laissé Roméo porter le premier coup. Kyle avait dix ans de plus. Roméo l'a atteint sur l'oreille gauche. Sans dommage. Kyle a ensuite frappé et cassé le nez de Roméo du poing droit. Ça pissait le sang. Roméo a vu des étoiles. Mais il s'est aussi enragé. Une rage animale et sauvage. Il s'est mis à respirer par la bouche. Tout son corps le suppliait de ne pas perdre. Kyle a eu le temps de lui placer une autre droite au thorax. Roméo a perdu le souffle quelques secondes. Quand l'air s'est mis à entrer de nouveau, il a mis une droite, un crochet, de tout son poids, vers Kyle. Il l'a touché derrière l'œil gauche. Sa main s'est mise à lui brûler, les os probablement broyés. À travers un clignement de paupières et le sang qui coulait de sa bouche et de son nez quand il expirait, il a vu Kyle s'effondrer. Les yeux révulsés. L'homme est tombé dans la boue, renversé sur le dos. En convulsions durant une dizaine de secondes. Et puis tout s'est éteint. Roméo ne savait pas si c'était des larmes ou du sang qui coulaient sur sa chemise. Kyle Robert Wingate avait succombé à un furieux coup direct porté à la tempe.

Il s'est mis à neiger en cette nuit de mars 1901. Une neige mouillée. Ses frères ont rapidement creusé à la pelle un trou de quelques pieds pour y cacher un homme. À trois pas derrière leur cabane. La terre ne gelait pas autour des habitations, à cause du chauffage. La pluie et le temps effaceraient les traces en une nuit.

Personne ne dirait rien. C'était convenu. Tant d'efforts à creuser le sol depuis des années, à l'écumer, avec l'espoir de trouver de l'or. Et, cette nuit de printemps, cette même terre accueillait dans sa merveille une horreur. Une faute à faire disparaître.

Maintenant.

Avais-je été le seul à voir et lire le tatouage d'Alice? Quand je la prenais par-derrière. Au milieu d'un ébat, elle arrêtait tout et se mettait à quatre pattes, le cul relevé. Je comprenais mon rôle. J'écartais ses jambes avec mes genoux, je me plaçais et je la prenais sans doucéur en n'ayant comme but que notre plaisir. Elle avait la face enfouie dans l'oreiller. À chaque secousse, ses cheveux remontaient sur sa tête ébouriffée. Du vrai sexe. Sans compter. Celui de l'instant. Du moment. Unique. Sa nuque se dénudait. Rare. Sa nuque m'impressionnait beaucoup plus que le creux de ses hanches ou son tatouage. Alice résonnait à chaque coup donné. Se penchait, se tordait. Un peu de sueur au bas du dos. Cette femme redevenait juste un corps. On l'oublie souvent. L'animal peut disparaître. Mais il peut aussi subitement réapparaître sur notre chemin. Une fois, elle m'avait lancé en riant, juste après, encore tout essoufflée : «Serre jamais la main d'une femme dans la tienne quand tu fais l'amour, si tu ne veux pas faire ta vie avec elle.»

Alice ne pouvait donner de leçons à personne. Pas littéralement. Elle était le moment présent. Quand elle mangeait de la viande de phoque crue, avec un couteau pour seul ustensile et la bouche ensanglantée, elle ne le faisait pas par romantisme, mais parce qu'elle aimait vraiment ça. En tous lieux, en toutes circonstances, ses gestes devenaient le réel.

Avril 1901.

Roméo a fait le trajet inverse avec le visage et une main enflés. Trois longues semaines de train. À la gare de Montréal, les contours de ses yeux étaient redevenus couleur chair. Son nez, par contre, allait rester croche, et même s'il demeurait encore sensible, rien n'y paraissait. «J'ai reçu un coup de pelle sur le nez. Un accident de chantier», il dirait à sa mère quand elle mettrait un doigt dessus, les sourcils relevés.

En descendant du train, il a d'abord aperçu une femme seule qui attendait sur le quai. Roméo ne l'a pas reconnue tout de suite. Il l'a trouvée trop éclatante et féminine. L'image qu'il avait gardée était celle d'une jeune femme d'à peine seize ans. Émilya a souri la première. Roméo a vite regardé à gauche, à droite et derrière, pour s'assurer que cette apparition s'adressait bien à lui. Puis il a compris. La plus belle de toute la gare, aujourd'hui, était venue l'accueillir. Émilya avait vingt ans. Une robe pêche ornée de broderies discrètes et de trois perles cousues sous le col. La robe descendait juste en bas des genoux. Un moment au-delà de toutes ses espérances. Au-delà des milliers d'images inventées soir après soir en s'endormant. Depuis des années. Roméo s'est senti envahi par une euphorie sans nom et une très grande nervosité. Semblables à celles de sa rage à la fin de son combat contre Kyle Wingate. Une femme était venue l'attendre. Le rejoindre. Lui.

Fébrile, il a pris sa main et lui a demandé d'être sa fiancée, sur place, dans le bruit des trains et à travers les pas pressés des passagers. Elle a répondu oui très fort. Sans gêne aucune, avec des yeux luisants. Ils se sont embrassés. Pour la première fois.

Émilya enseignait à l'école Saint-Féréol, à deux heures de voiture à cheval, à l'ouest de Montréal. Elle connaissait déjà toutes les familles du village. Roméo s'est trouvé un travail de journalier dans une ferme des environs. Labours de printemps, semences, foins, moissons des céréales et labours encore à l'automne. Six jours sur sept. Seize heures par jour. À travers le train quotidien d'une ferme, les vaches à traire et les animaux à soigner. L'odeur du fourrage, des litières, du lait chaud, des vaches qui vêlent, la sueur des hommes. Quand on se construit, on ne compte pas. Roméo le savait.

Elle et lui ont mis trois années pour amasser «assez d'argent pour se partir». Chacun vivant de son côté. Ils se voyaient le dimanche, de la fin de l'automne au printemps. L'été, elle venait le voir à la ferme des Miller où il travaillait. Un après-midi de novembre 1904, au retour de la messe et juste avant son arrivée, Roméo s'était regardé dans le miroir d'étain terni de la salle d'eau. Il s'était cherché du courage en se regardant dans les yeux. Le courage qu'un homme a une seule fois dans sa vie. Celui du devoir officiel.

«Émilya – il l'avait tutoyée –, je pense à toi tous les jours depuis que j'ai seize ans, tu crois qu'on pourrait se marier maintenant?» Sa poitrine s'était infusée de chaleur. Comme un écho. Depuis si longtemps.

Elle s'était soudainement sentie légère. Elle attendait ces mots depuis des années. Tous les signes étaient là. La promesse, par fiançailles, avait été prononcée à la gare en revenant de Dawson trois ans plus tôt, mais la demande officielle n'était pas encore venue. Émilya avançait dans la vingtaine, vingt-trois ans. Elle pouvait être inquiète, car elle risquait de finir vieille fille. Ou religieuse. Elle n'avait jamais forcé Roméo, mais secrètement, cette pensée l'avait tourmentée bien des fois.

Roméo, timide, rêvait de mettre ses mains sur les hanches d'Émilya, de sentir la chaleur de sa peau et son corps à travers le tissu de coton ligné. Mais il fallait attendre leur maison, et leur lit à eux. Émilya espérait aussi les mains de Roméo sur ses hanches. Sentir le poids et la force de cet homme se poser sur elle. Au milieu de son être. Un geste de tendresse et de désir. Une projection. Leur chambre. La vie avait fait son chemin. Sa trace.

Kuujjuaq.

Les imperfections des femmes m'attirent. Des fenêtres ouvertes. Alice n'aimait pas l'espace entre ses deux dents du haut. Petite, elle pouvait faire sortir un jet d'eau par cette fente. À l'adolescence, elle s'était retenue de sourire pendant des années. Un soir, dans un bar de New York : «Un homme a toujours une bonne raison de ne pas se laisser aimer complètement.» Puis elle m'avait lancé en pleine figure de la bière par sa craque de dents. J'avais souri. Sans même m'essuyer. J'étais resté silencieux, inquiet. Je savais que c'était une question.

Elle ignorait que je me sentais prêt à me faire aimer complètement. C'était nouveau. Aimer une femme et le lui dire des milliards de fois. Depuis, Alice m'a montré que je pourrais. Une révolution. J'avais oublié toutes les autres, les serments, les mensonges. Petit à petit, elle avait creusé son chemin, comme l'eau. Au début, j'avais résisté. Probablement effrayé par sa nature.

D'où je viens, l'amour avait toujours été un sentiment de femme. Un soir de juin, en secret, ça m'a appartenu. Elle était entrée en moi.

Ce n'est pas vraiment à l'église qu'on se marie. Un homme dit d'abord oui dans sa tanière. En silence. Avant les mots. De toutes les vies possibles, j'avais pensé, il me faut en choisir une. Avec elle.

«Il faut faire semblant pour continuer», Alice avait dit, il y a deux ans. J'étais venue l'attendre au Wyckoff Hospital de Brooklyn, à la fin de son quart de travail. Obstétrique. «Le bébé était mort-né. J'ai sorti le truc tout formé avec des cheveux, des yeux, des doigts et des *fucking* oreilles, neuf mois de gestation, une tête, quatre membres et toutes les apparences de la vie, mais plus de cœur, j'ai demandé à la femme de pousser encore une fois et j'ai tiré de toutes mes forces sur le bébé, pour la délivrer.» Alice, j'avais pensé sur le coup, ne me raconte pas d'horreurs. Pas ce soir. Je venais de voir un gars dans le métro qui mangeait des œufs brouillés au fond d'un pot en verre, avec ses mains. Je t'en prie, ne me raconte pas des histoires plus tristes que celle-là. Il faisait noir. Éclairage de rue au mercure. Elle avait répété: «J'ai tout fait pour rester calme et rassurer les parents, mais y a des jours où il faut faire semblant pour continuer.» Je sais, je m'étais dit.

J'avais laissé Gavin pour toi et projeté une image claire: grande, mince, cheveux mi-longs – jusqu'au cœur –, regard un peu perdu. Tu étais apparue. J'avais aussi beaucoup voulu que tu existes. J'ai souhaité des milliers de fois pouvoir aimer.

Depuis, je me méfie de mes souhaits.

«Ostie que t'es belle», j'avais dit. Sans imaginer la portée d'un compliment qui m'aidait à me décharger d'un surplus impossible à nommer. Lui dire, comme une soupape. Pour elle et pour moi. Pour nous. Mais avant tout parce que ça débordait.

Elle ne saura jamais combien j'ai voulu entrer en elle. Pas entre ses cuisses. Entièrement entrer en elle. Par une seule ou par toutes les portes qu'elle a accepté d'ouvrir. J'y suis parvenu de partout en même temps, comme un psychopathe. Pour prendre sa peau. Vouloir être elle. Ne concevoir aucun ailleurs que l'endroit où nous étions deux. Réaliser tous les rêves de bonheur et de tristesse à travers elle. Vouloir aussi les malheurs, à deux. Alice.

Le désir était au-delà. Décuplé dans notre attente. Non pas dans la mesure des heures ou du quotidien, mais dans une idée d'absolu. Comme dans «on pourrait faire toute notre vie ensemble». Les promesses ne sont peut-être pas dites pour être tenues, mais pour mesurer le présent. Des jauges. Le temps se chargera du reste. À la fin, c'est lui qui a raison. C'est là que j'ai failli.

Alice avait toujours envie de quelque chose. Faire une tarte, acheter un oreiller, laver le frigo, les armoires, aller au théâtre, faire l'amour, boire du vin, lire ou parler. Un jour, je lui avais demandé c'était comment, naître au Nord loin des envies modernes, dans un monde que les ondes n'ont pas encore totalement pollué. «J'ai appris, toute petite, à prendre soin des autres, des miens, et à jouer avec des cailloux. Tout ce qui vient après ça est facile. N'oublie pas qu'avant les années cinquante, on n'avait pas d'alphabet. On s'est parlé pour traverser les siècles et on s'est rendus ici en suivant ceux qui nous ont précédés. Les mots écrits compliquent la patente.»

Automne 1904.

Roméo a acquis, avec quelques pépites et ses économies de journalier, une terre de quinze arpents. Et aussi avec l'aide du notaire du village, un peu banquier. Les notaires servaient souvent d'intermédiaires entre les banques et les habitants. Les paysans.

Roméo a d'abord défriché une parcelle de terre en abattant les arbres durant le premier hiver. En avril, il se battait encore contre le sol durci par le froid. Des journées entières à couper les fardoches, les aulnes, les saint-michel et à dessoucher avec un cheval loué de race canadienne. D'autres journées entières à piocher la terre qui cassait par galettes de gelée, jusqu'à la noirceur.

Mai 1905. Le bois scié au moulin du village est arrivé. Des pins et des épinettes. Équarris sur deux faces seulement, moins dispendieux. Des poutres récupérées d'une vieille grange abandonnée. Et des planches non planées. Sauf pour la mise en place des chevrons, mon arrière-grand-père a construit sa maison seul. En clous forgés, à tête carrée. Il avait préparé son mortier à pierre en enterrant à l'automne le mélange de sable et de chaux. Il avait attendu tout l'hiver que «ça prenne». Il a loué un cheval au cultivateur qui l'employait, avec l'aide duquel il a creusé la cave dans une terre caillouteuse en portant le matériel plus loin pour remblayer le sol de la future grange. Des milliers de pierres roulées et enterrées par la mer de Champlain. Il avait trouvé, en creusant, des coquillages petits comme des boutons de pantalon. Fier, il avait montré sa trouvaille à Émilya un soir de mai. Elle lui avait expliqué qu'autrefois leur lot, c'était bien à eux maintenant, était recouvert par l'océan. Roméo y pensait souvent à cette mer, il avait de la difficulté à concevoir le temps aussi loin. Pour lui, cent ans, c'était déjà la fin et le début de son monde. Il n'imaginait pas un siècle. C'était une année à la fois.

Il gardait les plus belles et les plus grosses, celles qu'il pouvait lever avec ses bras, pour les murs de fondations. Il se penchait, les empoignait et, en expirant toute sa force, les levait du sol jusqu'à la taille pour les transporter sur quelques pieds et les laisser tomber plus loin, avec satisfaction. Il aimait le bruit des pierres qui s'empilaient.

« On va se marier quand la maison sera debout. Avant l'automne. J'en fais pas beaucoup, mais celle-là, c'est une promesse, Émilya. »

Ils se sont épousés devant le curé à l'église de la paroisse Saint-Romain, du village de Sainte-Marie-des-Neiges, le 12 septembre 1905. En justes noces. Ce soir-là, ils ont dormi chez eux.

L'année de sa construction, tous les dimanches, Émilya était venue la voir. Elle était remplie d'admiration pour cet homme fort et vaillant. Mais surtout pour ce véritable effort. Celui de bâtir de ses mains la maison de leur vie. Sans métaphore. Simplement utile. Loin de tout romantisme. Un bâtiment isolé avec du grain d'orge et de blé. Une cuisine assez grande pour une table. Un salon et trois chambres à l'étage. Parce que, à l'évidence, l'avenir leur donnerait une famille. La maison avait vingt-six pieds de façade et vingt-deux pieds de profondeur.

Quand ils sont montés dans leur chambre la première fois, ils ne s'étaient encore embrassés que debout.

Mon arrière-grand-mère est tombée enceinte pendant sa nuit de noces. Elle l'a su dans la minute. La retenue dont elle et Roméo avaient fait preuve durant ces années d'installation défie tout entendement. Ils se savaient promis l'un à l'autre, au-delà du geste sacré. Est-ce par piété ou par peur qu'ils se sont ainsi évités durant ces heures entières où ils étaient laissés à eux-mêmes? Peut-être par gêne et par nervosité. Préoccupés par le quotidien. Sans plaintes. Pour Émilya et Roméo, construire l'avenir, c'était un peu pour eux, mais surtout pour ceux qui allaient suivre. C'est ainsi qu'ils sont parvenus à justifier les heures impossibles. Des semaines et des années qui marquent au-delà des actes qui résument nos vies entre parenthèses, le début et la fin. C'était comme ça.

Nos sentiments, ceux d'Alice et les miens, compliquent l'évolution. Ou plutôt la ralentissent. À l'époque, on était d'abord deux. On vivait dans une maison. On avait des enfants. On les élevait, pour la majorité vers le travail et vers la reproduction, pour se multiplier. Avec l'espoir qu'ils fassent un peu mieux que nous. C'est ça, les histoires qu'on retient.

Mon arrière-grand-mère accouchait dans son lit. Parfois à la lueur d'une lampe à l'huile. Assistée d'une voisine, de sa sœur ou d'une autre femme qui avait accouché au moins une fois. Sensible aux signes d'accompagnement. On allait chercher le docteur au village uniquement si la situation devenait grave. La gravité dans ces cas signifiait le risque de mort du bébé, ou la mort de la mère elle-même. Les mort-nés étaient fréquents. Ils faisaient partie du bilan, des généalogies et des émotions. Ce n'était pas plus facile d'accoucher, mais les enfants sortaient du ventre des femmes avec moins de contexte. Beaucoup plus de fatalité que de romantisme. C'était ainsi. Sans cérémonie et avec moins de drame. Dès le lendemain, il fallait reprendre le rôle de femme, une bouche en plus sur les seins.

On a réussi à modifier à peu près toutes les races de mammifères. On peut élargir les hanches des vaches pour faire des veaux plus gros dès la naissance, aider le gras d'un cochon à migrer vers son dos ou vers ses flancs et dégager les pattes arrière afin de construire de plus grosses masses de viande à jambon. Faire pousser plus de laine sur des brebis laitières, grossir l'encolure d'un cheval et augmenter sa force d'attelage. Pourtant j'ignore toujours, après dix ans de médecine, si on a réussi à faciliter les accouchements des femmes autrement que par l'anesthésie. Il y a les épidurales. Ce n'est pas plus facile. Ça fait moins mal. On évite. Comme une fuite. Mon arrière-grand-mère a passé la moitié de sa vie adulte enceinte. De vingt-trois à trente-quatre ans, sans répit. Une usine d'enfants, usures de vies. Ses plaintes ne se sont pas rendues jusqu'ici.

Des enfants élevés et nourris par la terre. Au rythme des saisons. Sauvés par la terre et les légumes racines : pommes de terre, betteraves, topinambours, salsifis. Par les farines de blé, d'orge et surtout par le sarrasin, la céréale des pauvres. Par un porc tué chaque année en octobre et les petits fruits sauvages mis en confiture. Une vache à lait, pour la crème et le beurre, quelques poules. Un homme et une femme, sans questions.

Le plancher de la maison était en pin. Émilya le lavait toujours agenouillée, avec un linge de coton et du savon de graisse de bœuf parfumé de fleurs sauvages. La veille de sa mort, elle l'a lavé, sur ses rotules. Éreintée, très justement, aussi usée que son plancher.

Roméo ne s'est jamais couché en rêvassant. Debout depuis toutes les aurores, mon arrière-grand-père ne s'est enfoncé dans son lit que pour y finir des journées épuisantes. Ou pour se retrouver entre les cuisses de sa femme quelques minutes par année.

2 avril.

Mes premières journées de congé consécutives depuis mon arrivée. Deux hommes de Kangirksuk, venus à Kuujjuaq pour ramasser les médicaments destinés aux diabétiques de leur village, m'ont invité à pêcher sur la banquise. Le sucre va bientôt tuer la moitié de l'Arctique.

Nous sommes partis à vingt-trois heures, en pleine noirceur. Le voyage en motoneige devait durer deux heures et demie. Mais on glissait depuis plus de quatre heures sur d'interminables plaines de neige sèche et l'aiguille de la jauge à essence approchait du E. Je n'étais pas inquiet, au sol d'autres traces de motoneige laissaient croire qu'on arriverait bientôt à destination. Aucune onde de communication ne se rend jusqu'ici. Mes compagnons se sont soudainement arrêtés devant moi. Sans doute pour mettre de l'essence, je me suis dit. Alors j'ai assisté à un spectacle hors du commun : dans la nuit noire, deux hommes inuits s'engueulaient à pleins poumons. À croire qu'ils en viendraient aux coups. Il devait faire quarante degrés Celsius sous zéro. La neige craquait sous nos pas comme du papier qu'on chiffonne. Au pire, je m'étais dit, s'ils en viennent à se taper dessus, j'ai une trousse de premiers soins dans mes bagages. Je pourrai les recoudre sans devoir leur geler la peau. Après quelques minutes, l'un des hommes s'est tourné vers moi pour m'expliquer, en anglais, que nous étions perdus parce qu'ils ne s'entendaient pas sur les étoiles à suivre dans le ciel.

Je n'étais pas rassuré.

Ils se sont calmés et ont remis de l'essence dans les machines. On transportait des jerrycans dans un *kamotik*. Celui en deuxième position a pris les devants. On a roulé encore une grosse heure jusqu'à une petite cabane carrée de trois mètres sur trois, en *plywood*, posée sur des patins de traîneau en bois attachés avec du cordage, au milieu de nulle part.

Tout ici se trouve nulle part. Nous étions arrivés. Au cœur du vide. Un sol blanc. Un sol sans fin. Nous étions éclairés par la lune et les étoiles. On aurait pu lire dehors. Mon ombre sur la neige. Amusé. Une ombre lunaire. Des points lumineux à perte de vue, au-delà de la ligne d'horizon qui nous encerclait. Aucun repère sur trois cent soixante degrés. Le sol était tellement plat qu'on pouvait deviner la courbure de la Terre quand on regardait à l'infini. L'étrange sentiment d'être au centre de tout et de rien à la fois. Exactement ailleurs. En entrant dans le cabanon, les Inuits ont allumé un feu avec des bûches semblables au bois blanchi que les marées font échouer sur les berges côtières. Il vient de loin, au Sud. Rare et précieux combustible. Le poêle avait l'air d'une vieille poubelle. Soit on chauffe au bois, par chance, soit on brûle du *fuel* d'hélico au fond d'une fournaise improvisée dans un baril en métal. On pouvait voir les flammes à travers la cheminée, percée de rouille. Mais la chaleur valait tout l'or du monde. Deux cents kilomètres au nord-est du continent de l'Amérique. Sur une mer gelée.

Debout sur la banquise.

Mon lit était une planche de *plywood*. À dix centimètres du sol. Comme oreiller, mon foulard. Dans le Nord, il faut dormir tout habillé. Manteau, tuque et gants. L'intérieur de la petite cabane s'est vite réchauffé. Une heure après notre arrivée, il devait faire plus de cinquante degrés Celsius. Traversé de sueurs, j'ai ôté une à une toutes mes pelures, jusqu'aux sous-vêtements, et suis sorti pisser avant de m'allonger. Mon t-shirt, mes cheveux et mon boxer se sont raidis en trois secondes, glacés. Un flash. Surgelés. Toute ma sueur a aussi disparu. Je suis devenu une vapeur durant une vingtaine de secondes. Sublimé. Moins cinquante-quatre degrés Celsius au thermomètre RC-Cola fixé sur le cadre de la porte extérieure. Cent quatre degrés de différence entre l'intérieur et l'extérieur. À deux mètres de distance. J'ai peut-être souri. J'aime les extrêmes. Je le sais maintenant. À cause d'elle. Puis j'ai levé les yeux en pissant. Des milliards de scintillements. Il y avait plus de lumières que d'espace vide. C'est la seule fois de ma vie où j'ai senti que la Terre était un vaisseau spatial. Un univers qui appartient plus à d'autres qu'à nous. Trop loin. Aussi ce que je pensais de l'amour, jeune adulte : le fait des autres. Un truc qu'on devait m'expliquer. Comme au planétarium. Je me suis trouvé stupide de penser à elle, cette amoureuse que je venais de quitter dix semaines plus tôt, sans trop comprendre pourquoi.

Je n'avais aucune idée de l'heure. *Inuit time.* Inutile. Comme le thermomètre d'ailleurs. À quoi bon savoir le froid. Je voulais dormir. Mes deux compagnons ronflaient déjà. La cheminée du poêle était transparente. Rouge doux. Juste avant la fusion. J'ai dû m'assoupir un peu. Le temps pour le feu de s'éteindre et pour le froid de nous glacer à nouveau. J'ai rallumé les braises. Puis chauffé à fond, comme ils l'avaient fait. Quand j'ai rouvert les yeux, il faisait clair. Une lumière rasante du matin. Seul dans la cabane. Le poêle était tiède mais le soleil chauffait. J'ai poussé la porte pour voir dehors. Une neige tellement blanche qu'elle était bleue. Les Inuits, à une centaine de mètres, couchés à plat ventre, la tête au-dessus d'un trou, tiraient sur un filet. À côté d'eux, un tas de poissons congelés, tortillés, durs comme des roches.

Sur le pas de la porte, dans la neige, un trait de crayon – une forme de cœur – en jaune. Mon urine de la nuit.

J'ai enfilé tous les vêtements, maintenant secs, que j'avais apportés, et j'ai rejoint les deux pêcheurs. Quand l'un des deux m'a demandé si je voulais pêcher, il a du même coup pointé son menton vers le vilebrequin à main. J'ai tourné et j'ai creusé. La glace devenait de la neige au contact de la lame. Ça faisait un bruit d'égrainage et j'avais l'impression de broyer de la roche. Les bras me brûlaient. J'ai commencé à percer la glace debout sur le siège de ma motoneige et j'ai terminé à genoux, au ras du sol. Le vilebrequin avait une jauge : quatre-vingt-dix-sept pouces de glace. Plus de huit pieds. Deux cent quarante-deux centimètres avant l'eau salée. Assez pour y poser des avions. Construire ici une piste, pour fuir plus loin encore. Loin des masses.

Les gens du Nord ont sans doute moins de lettres et de grammaire que ceux du Sud, mais ils ont tous les mots importants à leur vie courante. Naqnuak, un des deux pêcheurs, m'a expliqué dans un français approximatif mêlé d'anglais : les premiers engourdissements de l'eau de mer par le froid s'appellent frasil, quand l'eau de mer s'épaissit et devient huileuse. Ensuite, c'est nolas, des cristaux qui flottent sur plus d'un mètre. Après, ce sont des crêpes. Et puis la glace prend et durcit sur trois mètres en évacuant et repoussant vers le bas une grande partie du sel qu'elle contient. Jusqu'à la banquise sur laquelle on pêche. Dans quelques semaines il y aura des trous, des bébés phoques, des harpons et du sang, beaucoup de sang. Pour la télévision et conforter l'hérésie des vanités du Sud. De la viande, de la graisse, des grandes chaleurs et des conséquences pour ceux du Nord.

« La mer est d'une loyauté sans faille, elle nous donne, et on dit merci », Alice avait dit.

J'ai d'abord été très excité à l'idée de pêcher à plat ventre sur la banquise dans un trou large comme un DVD de huit pieds de profond. Une corde blanche en nylon tressé, un hameçon simple, appâté d'un morceau de foie de poisson. Les Blancs doivent pêcher à la ligne, un poisson à la fois. À tous les coups, à la même profondeur, ça mordait. Je ramenais le *char*, qui passait par le chemin de glace, et il allait rejoindre les autres poissons sur ce qui devenait un petit monticule. Je me sentais heureux jusqu'à l'oubli. Toutes les deux ou trois minutes, je devais écumer la surface de mon eau, des petits cristaux de glace qui se reformaient. Frasil encore. À main nue. Enlève la mitaine, remet la mitaine. En peau de phoque qui sent fort. C'est plus facile comme ça. Et l'eau n'est qu'à moins 1,8 degré Celsius, ce qui est relativement chaud comparé à l'air ambiant. Si on n'écume pas, le Nord reprend ses droits, reforme et cicatrise la banquise.

Mes compagnons ont passé sept heures complètes à plat ventre à remonter leurs filets. Hormis les quelques minutes où ils ont découpé de fines tranches d'*Arctic char* gelé pour s'en nourrir et m'en offrir. J'ai dû avaler deux kilos de poisson. Impossible d'arrêter. Une chair sucrée, rosée et grasse, douce et chaude quand elle fond sur la langue, comme de l'huile d'olive. Tranchée sans effort d'un geste simple et sûr. Sans assaisonnement ni cuisson. Ça goûtait l'ozone.

Vers seize heures trente, la nuit est tombée. La voûte s'est rallumée. La nuit n'est pas vraiment la nuit. C'est autre chose. Peut-être un moment pour dormir, mais surtout un lieu pour comprendre notre étonnante simplicité. À l'opposé d'une carte postale. Au contraire d'un tremblement intérieur. Une infusion d'humilité. La garder jalousement pour soi. Portée par un temps à l'écart de celui qu'on connaît. Qu'on croit connaître. Sans chronique. Un temps sans doute aussi enivré par la pureté de l'oxygène et la lumière. Le corps humain survit très bien à moins cinquante. Il suffit d'ignorer les chiffres et de respirer.

En deuxième année de médecine, Alice et moi, on avait pris de l'acide. LSD. Le pusher qui en vendait nous avait offert des *purple* et des *red dragon*. Pour expliquer la différence, il avait juste dit « huit ou seize heures ». Alice avait choisi « seize ». Gros comme les têtes en plastique multicolore des épingles de couture. Rouge dragon. On s'était demandé pendant seize heures comment une si petite chose pouvait altérer autant nos perceptions. Aucune résistance possible. Une expérience d'une profondeur insoupçonnée. Presque religieuse. Au moins spirituelle. Sauf que nous savions que nous avions gardé intactes nos consciences.

Cette première nuit sur la banquise m'a rappelé notre trip au *red dragon*. L'altération du temps et cette lucidité alternative d'exister encore plus à travers le présent. Rien d'ésotérique. Une résonance un peu plus longue que d'habitude. Un dédoublement lucide. Connecté non pas à un truc parallèle, mais au moment. Un peu moins ralenti par l'obsession du passé et de l'avenir.

La deuxième journée, j'ai oublié la mesure du temps. Nous avons dû nous coucher vers vingt-deux heures. Peut-être avant. Peut-être après. Nous avons mangé à nouveau du *char* et des foies de poissons. Mon corps ne demandait rien de plus. Samuk a sorti une bouteille d'alcool blanc. Sans nom. Je me souviens d'en avoir bu, mais je me rappelle surtout leurs sourires édentés. Puis le jour encore. J'avais sûrement parlé d'elle. Un autre tour de cadran.

Au matin, le jour prend vers sept heures. J'avais mal au dos d'avoir trop dormi. Les vertèbres distendues par ce trop-plein de sommeil. Trop d'horizon. J'ignorais, en accompagnant les deux Inuits, que j'allais passer deux jours à la pêche. Sans savoir que les deux hommes voulaient rapporter le plus de poissons possible à leur village. Séduit par la formule communautaire de notre entreprise, j'ai aussi passé toute la matinée à plat ventre sur la neige glacée d'une banquise qui disparaît et réapparaît chaque année depuis que le monde est monde. Quand mon estomac s'est mis à se contracter, j'ai tranché à mon tour des morceaux de poisson pour mes compagnons. Une montagne de poissons. Plusieurs centaines, j'imagine. Nourrir un village. D'autres hommes viendront sur la même banquise dans mille ans. On s'accroche à ce qu'on peut.

Puis j'ai eu froid. Pas à la peau, mais au creux des os. J'ai voulu bouger. Les deux hommes n'ont rien dit. Ils ont continué à fixer leurs trous de glace. Alice m'a appris que rien n'est plus dangereux que de se croire en sécurité, alors je n'ai pas voulu m'éloigner de la cabane. Marcher une heure ou deux suffisait pour perdre mon unique repère à cause du blanc partout. J'ai marché en rond autour de notre campement en traçant des dizaines de cercles, autour de nous, en m'éloignant petit à petit. Tourner en rond est beaucoup plus long que revenir au centre. Ça nous ressemblait. C'est une évidence. Tourner en rond, ça garde au chaud et ça occupe l'esprit. Ici, à deux cents kilomètres de la côte, l'absence de stimuli finit par jouer des tours. Mieux vaut garder un œil sur tous ses pas. Le danger, c'était moi.

Alice m'a soudainement manqué. En faisant mes ronds, je me suis senti traqué. Par moi. Le pire des pièges. Comme si toutes mes traces me suivaient. J'étais là, partout, à me poursuivre, dans une traque sans fin. À m'éloigner de ma petite vérité. Et toutes mes empreintes à mes pieds me rappelaient que j'existais, sans fuite possible, cette fois. Tous les moi. Mes fantômes. Le temps toujours comme un piège. Celui qu'on a tendu à l'autre, qu'on oublie, et dans lequel on finit par se prendre. L'issue de la fuite. De l'autre, évidemment. Mais de soi, surtout. C'est là qu'on tombe dans le trou qu'on a soi-même creusé, masqué et encensé d'un souhait : celui de prendre le contrôle. Décider du sort de l'autre. Prédateur-proie. Même en amour. Surtout en amour. Tourner autour du centre et se rassurer de son sillage. Elle m'a manqué sur la banquise. Dans cet espace d'extrême solitude où j'étais pourtant bien, seul. Où tout avait encore du sens, sans elle, la veille. Enfin. Ces jours-là, je la déteste de l'aimer.

« Toujours se méfier quand tout va bien. » Alice. Elle répétait souvent que son peuple ne croyait à rien, mais qu'il avait peur. « Ceux qui craignent savent qu'il y a une suite ; ceux qui n'ont pas d'inquiétude dans leurs jambes ne pourront pas continuer, ils n'ont que leurs sourires pour avancer et ils vont mourir gelés en croyant avoir été heureux. » Sur mes jambes tremblantes, je tournais en rond. Et ça faisait « crunch » à chaque pas. Je l'ai souhaitée avec moi, à cet instant. Comme le sang. Je l'aurais prise là, debout. Être en elle, entre ses jambes, en donnant des coups forts comme la glace dans la débâcle.

Nous avons entassé les poissons sur les traîneaux fixés aux motoneiges. Fermé la petite cabane de *plywood*. Pour d'autres. Et remis de l'essence dans les machines. Naqnuak et Samuk ont attendu que revienne la nuit noire et étoilée. Sauf quand il neige, il n'y a jamais de nuages dans le Nord en hiver. Ils ont parlé quelques secondes et nous sommes repartis vers Kuujjuaq.

Trois petites lumières se suivaient en glissant dans la nuit.

Alice. Alice. Alice.

Roméo se croyait blindé. Immunisé contre le malheur et les choses laides qui nous suivent et celles, plus laides encore, qui finissent par nous rattraper. Des heures interminables et quotidiennes à travailler avec et contre les éléments, les saisons, et ce but lointain : celui de faire et d'élever une famille. Il a rempli les assiettes à force de volonté et de sueur. Bâtir son avenir à travers d'autres comme soi. Les nourrir, en faire instruire quelques-uns, le premier garçon au moins, et leur montrer le rythme des saisons, les envoyer trouver une femme et construire à leur tour leur avenir. Pour les filles, dans leurs prières et leurs espoirs, une ou deux institutrices, quelques épouses et, si la Providence le veut, une ou deux religieuses.

Mais un matin de l'été 1916, l'usure de vivre est arrivée. Les nouvelles de la guerre parvenaient jusqu'à Roméo et Émilya. Cette histoire menée en sourdine dont ils devinaient quand même l'importance. Un de leurs neveux était dans l'armée. L'armée, un mot étrange et historique pour mon arrière-grand-père. Deux jeunes hommes du village voisin portaient aussi l'uniforme là-bas. Mais que sait-on du conflit des étrangers quand on est occupé à survivre ? Même si des bombes sont larguées sur Vichy, il faut tout de même semer le blé et l'orge, le récolter et l'engranger.

Ce matin de juillet, Roméo avait eu un étourdissement qui l'avait inquiété. Il avait regardé Émilya. Et, même si elle avait encore le ventre arrondi d'un nouvel enfant, il avait compris en quelques secondes qu'elle et lui ne seraient pas éternels. Une onde de choc l'a traversé. Toute en retenue. Ce n'est pas obligé de paraître. C'est une loi. Celle du silence. Ce qui ne paraît pas peut quand même exister. Roméo a su qu'une fin existait.

Des neuf grossesses jusque-là, sept enfants avaient survécu. Un était mort-né, et l'autre était décédé de grande fièvre, à deux ans. Quand l'Histoire retient et raconte le départ d'un enfant, on finit par se dire « qu'il en était ainsi » dans l'ancien temps. La réalité est ailleurs que dans les phrases creuses. Roméo et Émilya, elle surtout, ont vécu avec ces absences tous les jours de leur vie. Leurs silences meublés par des trous vides. Évidemment que la vie continue. Mais on ne peut jamais effacer complètement ce qui aurait pu exister.

La maison s'est agrandie. Par les planches et en nombre de bouches à nourrir. Dans l'effort commun de se « peupler ». De devenir. Un pays. Le rythme des couches. Réclamé par l'État et imposé par le clergé, ces pouvoirs indissociables. « Faire des bébés. » Se construire.

Le dernier s'est appelé Ovide. Mon grand-père. Émilya s'est déchiré l'utérus en le mettant au monde. « Une maladie de vache », le médecin avait dit. Par chance, elle s'en est sortie. Opérée d'urgence à la « matrice », que le docteur lui a retirée presque à froid, dans son lit. Une hystérectomie. L'abondance de sang avait traversé la paillasse au complet jusqu'au bois du plancher. Inconsciente de douleur, Émilya s'était réveillée après trente heures de sommeil et de limbes avec un bébé tétant sur sa poitrine. Les deux fillettes aînées de la famille, Albertine et Germaine, dix et huit ans, se relayaient à son chevet et lui mettaient le nourrisson au sein quand il avait faim. Émilya avait plus souri de bonheur et de contentement à la vue de ses filles s'occupant d'Ovide qu'à celle du bébé lui-même.

Dix jours plus tard, il n'y avait aucune trace de malheur. La vie reprenait ses droits par le quotidien. Ovide, mon grand-père, allait devenir un homme. Avec une descendance lui aussi.

La ruée vers l'or du Klondike a duré sept ans. J'aurais aimé expliquer à Roméo que l'or qu'il était allé chercher avec ses frères il y a plus d'un siècle n'était qu'une traînée mince et précieuse laissée sur à peine deux kilomètres par un glacier. Lui dire aussi combien l'or est toujours autant investi d'espoir que de véritable valeur. L'espoir qu'il puisse instantanément changer le cours d'une vie menée jusque-là. Des vies normales, sous-développées par l'idée qu'on se fait de soi ou celle d'une existence trop générique. Espoir de richesse. Que la vie soit plus facile ailleurs. Docile. Comme une loterie. Avec d'autres métaux, d'autres technologies, d'autres énergies et d'autres promesses.

Roméo avait quand même choisi, en second lieu, d'avoir cette vie normale, sans éclat, loin de l'or, après des années dans un Nord qui n'était pas à lui, à chercher et piocher son rêve. Une vie certes plus lente, mais mieux en accord avec ses idées. Aussi loin que le glacier au fond des millénaires, Roméo avait enfoui l'homme qu'il avait tué d'un coup de poing. Beaucoup plus profondément que le trou creusé avec ses frères pour faire disparaître le corps de Kyle. Il lui arrivait parfois de se demander si tout ça était vraiment arrivé, un épisode bloqué dans le temps mais rendu flou et rangé à l'écart de sa mémoire. Scellée par la distance. Il avait préféré oublier. Un jour, ce ne serait qu'une histoire à raconter. Une histoire dont la portée tragique l'avait densifié pour toujours.

Je me souviens de l'enfant que j'ai reçu à l'urgence en m'installant ici. Un garçon de neuf ans. Un gamin que j'avais croisé la veille dans la cour de son école. J'avais reconnu Olaf malgré la fièvre et son teint. Olaf Isi-Angun. Le prénom venait de son père, un marin finlandais de passage dans l'Arctique sur un navire marchand. Débarqué à terre un soir. Un enfant.

Le petit était arrivé à l'urgence en ambulance, frappé par une fièvre intense. L'infirmière m'avait d'abord regardé de ses yeux nerveux. L'enfant ne portait pas de chandail. «Salut, Olaf.» Je l'avais ausculté, d'abord de dos et ensuite devant; en travers de sa poitrine, de gauche à droite, on pouvait lire ces lettres gravées dans sa peau : DEAD. Toutes les cellules de mon corps, d'un coup violent, avaient vibré, jusque dans les entrailles de mon temps. Jusqu'à cet homme dont je n'avais de lointain souvenir que celui que son fils, mon grand-père, avait pu me raconter. Et je m'étais sincèrement demandé si les cellules avaient une mémoire. Comment ce garçon aux chairs gravées de déceptions pourrait-il, un jour, devenir un homme aux yeux d'un autre ? Je sais que les cellules ont une mémoire biologique. La science en a fait la preuve. Mais je crois qu'elles ont aussi des souvenirs qui transcendent nos dates de naissance. Le garçon allait mourir dans la nuit.

1932.

Ovide avait seize ans quand son père Roméo est mort. 1881-1932. Un soir d'automne, à table. Un dimanche. Jour de messe et des soupers en famille. Foudroyé. Sans doute un anévrisme au cerveau. À l'époque, les causes étaient moins précises et jugées moins importantes. Depuis quand la cause d'un décès est-elle devenue rassurante? Depuis quand définir la fin constitue une réconciliation?

Ce soir-là, Ovide a prononcé pour la première fois le prénom de son père, «Roméo», lorsqu'il a vu son visage tordu, crampé de l'intérieur. Sa tête est tombée d'un coup sourd et définitif sur la table en pin qu'il avait lui-même fabriquée au début du siècle en même temps que la maison. Ovide était le plus jeune et le dernier garçon à la maison. Les filles pleuraient. Lui aussi, mais par en dedans. Il s'était levé d'un bond. Puis quand il a eu compris, il a ralenti le pas, résigné. Une fois rendu à lui, il a mis sa main sur la tête de son père. C'était la première fois qu'il le touchait. Les doigts dans les cheveux, juste au-dessus de la nuque. Un réel contact. Il a regretté longtemps de ne pas l'avoir serré dans ses bras. Émilya, immobile, debout, à l'autre bout de la table, les yeux mouillés elle aussi, s'est approchée de son homme et a posé sa main sur celle d'Ovide. Le fils a doucement retiré la sienne de sous celle de sa mère. Émilya est restée ainsi une bonne minute avant de se pencher et d'embrasser son mari dans les cheveux. Et d'une voix douce : «Apporte-le dans notre chambre.»

Ovide a couché son père sur son lit. Émilya a fermé la porte de leur chambre. Elle a lavé son corps, l'a habillé propre, s'est couchée à côté de lui. Elle lui a parlé pendant des heures.

Durant la nuit le curé. Le médecin. Le croque-mort.

Le dernier été de nos résidences, à New York, on avait réussi à organiser une semaine de vacances en même temps. Un miracle. Autrement, on se croisait la nuit, ou dans les escaliers, entre deux gardes. Les spécialités et les internats en médecine ne sont pas vraiment difficiles, hormis les heures interminables et la quantité astronomique d'informations à retenir. Le reste demeure à échelle humaine. On avait réservé huit jours consécutifs sans gardes et sans patrons. À la dernière minute, Alice a voulu aller au Népal. C'était l'année après l'incident de l'ours et de la George. N'importe quoi, du moment que je me trouvais avec elle. Je n'ai jamais été porté sur les choses de l'âme ou sur la spiritualité, encore moins sur celle des autres. Je l'ai suivie. Jusqu'à cet endroit dont la réputation avait traversé les frontières. Le Népal, comme le Tibet, demeure un haut lieu spirituel et religieux. Porté par un sens d'espoir. Je n'ai jamais voulu croire au-delà du bon confort chrétien : la culpabilité et la vie simple. Mais Alice venait d'un autre monde. Où la vie était moins narcissique qu'au Sud. Comme si le gel avait une emprise sur l'enflure de soi.

John F. Kennedy Airport, Paris-Orly, Manama au Bahreïn, Katmandou.

Je sais que j'ai véritablement aimé cette femme, et j'ai cru l'aimer pour toujours, au troisième jour du voyage. On était à Pokhara. Sur une moto louée, on se promenait dans les montagnes quand, devant nous, un camion de poulets vivants s'est renversé dans le virage d'un col. Le véhicule couché sur le côté et deux cents poulets en liberté sur la route. L'homme du camion rattrapait les oiseaux un à un. Alice et moi avons décidé de l'aider. On a certainement passé plus de deux heures à courir après des poulets qui nous fuyaient dès qu'on s'approchait. Fallait se jeter au sol. On faisait équipe. On a ri comme jamais on avait ri. Le gars du camion riait aussi de toutes ses dents, seule communication entre nous. Il hochait de la tête et nous remerciait à chaque oiseau qu'on rapportait dans les cages. Il était heureux. On l'était aussi, mais on ne savait pas encore à quel point.

Quand on lui a rapporté le dernier, il a cessé de sourire. Il l'a repoussé sur nous quand on a voulu le lui donner. Il en a pris un second, qu'il a mis entre nos mains, en souriant cette fois, timidement. Puis il a mis ses deux mains ensemble, comme une prière, et a baissé la tête en prononçant un mot. Il venait de dire merci en nous donnant deux poulets. On a hoché de la tête à notre tour en ajoutant «merci» et «*thank you*». Et Alice, «*nakurmik*».

On est revenus vers la moto, chacun un poulet dans les mains, Alice n'a rien dit, mais j'ai senti un mouvement sec de sa part, suivi du bruit d'un battement d'ailes. Et du vent. Rendue à la moto, Alice a pris celui que je tenais, et d'une main elle l'a fait tourner par le cou sur lui-même quatre ou cinq fois. Trois secondes de sons et de mouvements. Poulet mort. Cou brisé. Disloqué. Elle m'a souri. C'était entendu. C'est comme ça si on veut manger. L'homme au camion riait de toutes ses dents, heureux et honoré de son geste.

71

On est remontés sur la moto. Elle derrière, moi devant. C'est là, dans l'heure qui a suivi, que le choix de l'aimer s'est imposé. Dans les rétroviseurs, sur la route derrière nous, sur des kilomètres, je voyais des plumes au vent. Alice plumait les oiseaux pendant qu'on roulait. Merveilleuse et sans gêne. Femme de coutumes et de présent. À l'auberge, le soir, on a cuisiné avec les employés en partageant la viande avec eux.

Qu'a donc raconté Émilya vivante à Roméo mort pendant ces dernières heures passées ensemble sur leur lit? J'espère qu'il y avait aussi des plumes au vent. Je te parlerais de cette histoire, Alice, si tu étais froide, morte, à mes côtés. Moi aussi, je laverais ton corps de mes larmes. Et je l'embrasserais jusqu'à ce qu'on t'arrache à moi.

On a «veillé au corps» de mon arrière-grand-père pendant trois jours. Sommairement embaumé, Roméo était étendu sur une table fleurie au salon. Famille, voisins, connaissances. Condoléances à tour de rôle. Tous sont venus voir le mort et lui témoigner du respect. Émilya en noir. Les filles aussi. Tous ces gens venus voir la mort et en accuser réception. Au quatrième jour, le curé a dit quelques mots durant les funérailles. À la fin du service, les fils ont porté leur père en terre. Au cimetière. Dans un trou qu'ils avaient eux-mêmes creusé à la pelle. Qu'ils ont eux-mêmes remblayé. En sueurs et en larmes, ralentis une fois rendus aux dernières pelletées. Ils sont revenus à la maison, et la vie a continué.

« Ce qui étonne le plus, c'est la naïveté naturelle des gens, Alice avait dit.

— Tu voudrais quoi ? Qu'ils soient méfiants comme des loups ?

— Non, mais plus directs, avec moins de codes, moins d'égards pour les règles sociales. On n'en finit plus de faire des approches, de marcher sur des œufs ou de réfléchir aux paroles qu'on dit et aux gestes qu'on pose. Je souhaiterais plus de transparence et moins de réseaux sociaux.

— Comme dans les documentaires sur la survie animale, où le guépard tue la gazelle ?

— Non, simplement assumer nos solitudes. S'approcher de notre vérité. Ne plus s'éviter. Foncer dans les cônes orange. »

Alice n'arrêtait jamais de faire du ménage. Notre appartement de Queens restait toujours aussi propre qu'une salle d'opération. Elle frottait sans cesse. « Ça fait passer mon angoisse », elle disait. Pas une obsession maladive, mais un réflexe cent fois quotidien. Je n'ai jamais compris comment la poussière invisible sur le plancher pouvait compromettre l'avenir. C'était des habitudes. Des automatismes conscients plutôt. On allait bientôt être médecins. Elle pouvait expliquer ses gestes. Le lit devait être fait en tout temps. La vaisselle lavée et rangée selon un ordre déterminé. Le comptoir toujours bien essuyé. Chaque fois que quelqu'un venait nous voir, elle ne pouvait pas dormir sans avoir refrotté le plancher une fois la soirée terminée, le même plancher qu'elle avait déjà lavé juste avant que la visite arrive. Quand je me brossais les dents, elle passait derrière moi pour essuyer les gouttelettes d'eau dans le lavabo. Après sa douche ou la mienne, elle remettait les serviettes de bain dans la forme exacte où elle les avait pendues, sèches, sur leur support. Si je laissais un livre sur la table du salon, la table de chevet ou celle de la salle à manger, elle le replaçait à l'endroit exact où elle l'avait mis la dernière fois. Quand je faisais la vaisselle, elle repassait encore derrière moi pour essuyer de nouveau et réaligner les ustensiles dans un ordre plus soigné que le mien. Je classais pourtant les fourchettes avec les fourchettes et les couteaux avec les couteaux. À ce moment-là je ne comprenais pas, mais j'acceptais. Jusqu'au jour où j'ai pris la mesure de toute la détresse que son organisation masquait. Et compris que je n'aurais pas la force de la porter.

On était tous les deux conscients de ses gestes, et c'était pourtant de plus en plus un sujet de dispute.

«Qu'y a-t-il de grave à ce que mon manteau soit sur la chaise en entrant, à côté des souliers, plutôt que sur un cintre? j'avais un jour demandé.

— Ça change rien, sauf que c'est pas là qu'il doit être», elle avait répondu.

Ce serait venu avec le temps, mais je ne me souviens pas avoir eu de rage ou de colère pour autre chose. Le ménage. Ce n'était toujours que le début. Car Alice avait cette capacité de contenir et d'archiver ses émotions et de tout vider d'un seul coup. Comme un orage. Chaque fois, des phrases lancées en pleine face, jusqu'au moment où un silence inattendu s'interposait. Cet instant vide, suspendu à travers les disputes les plus graves, où même nos mains ne savaient plus quoi faire. Des mains qui cherchaient un verre d'eau, un papier à froisser, une chaise à replacer. Jusqu'à ce qu'Alice finisse par dire : « De toute façon, c'est toujours moi qui cède et qui fais un compromis. » Je n'arrivais toujours pas à comprendre. On avait pourtant fait chacun vingt-trois années d'études bien comptées pour soigner et aider les autres. Comment une femme qui accouche d'autres femmes et qui peut sauver une vie en quelques secondes dans un cas de complications peut-elle perdre son sens pratique parce que la porte vitrée de la douche n'a pas été essuyée à son goût ?

« Tu fais quoi quand tes patientes crèvent leurs eaux et aspergent le personnel, la salle d'accouchement ? j'avais un jour demandé en me disant en riant qu'elle était folle et que c'était aussi pour ça que je l'aimais.

— C'est vraiment, vraiment pas pareil », elle avait riposté en roulant des yeux.

Elle avait toujours, toujours raison, et j'en perdais la voix.

Mon arrière-grand-mère, Émilya, a été en travail durant vingt-neuf heures pour la naissance de mon grand-père Ovide. Épuisée, à bout de corde, et tout de même obligée de trouver en elle l'énergie finale. Dans le même lit où le bébé avait été conçu. On n'accouchait pas autrement. Les poings sortis. Dans ces heures difficiles, soit on donnait la vie, soit on y laissait la sienne. Rites de l'époque et pourtant encore toujours ceux des femmes. Aujourd'hui, Alice accouche et sauve des femmes qui seraient autrefois mortes en couches.

Elle : « L'évolution, ça se mesure à partir des faibles qu'on réussit à sauver ou par la loterie biologique de ceux qui survivent *in extremis* ? »

Moi : « Sans faire de toi une nazie, tu as déjà une réponse d'Inuite, non ? »

Son sourire en levant les épaules : « On aime tellement les miracles, même s'ils nous affaiblissent. »

Ce soir-là, on avait fait l'amour sans s'embrasser. J'avais été surpris car on apprend aux hommes que les femmes suivent des étapes très précises avant d'arriver au grand plaisir. D'ailleurs, pendant mes années en médecine, d'études et de pratique, je n'avais jamais croisé d'homme sexologue. Une chasse gardée. Mon grand-père disait qu'il n'y a vraiment que deux preuves d'évolution : l'invention du romantisme et les pierres tombales. Auxquelles il faudrait ajouter de nos jours les femmes sexologues. Ce sont elles qui, en sortant des ordonnances biologiques, apprennent aux hommes tous les trucs à faire loin du rythme des ovaires. Pour l'un comme pour l'autre. Mais ça demeure à sens unique. Les hommes aiment avec violence. Pas celle des corps, mais celle du temps.

Alice m'avait pris sans retenue. On était debout. J'avais relevé le bas de sa robe d'un geste brusque en écartant sa culotte. Elle avait juste ouvert les cuisses en me tirant à l'intérieur d'elle avec ses mains sur mes reins. Puis elle me repoussait. Ses ongles surtout. Un autre rythme. Le sien. Mes bras croisés sur son dos, mes mains sur ses côtes. Ses yeux ailleurs. Elle respirait par la bouche. Quand je voulais l'embrasser, elle reculait la tête d'un coup. Je serrais. On était soudés. La chaleur au centre de nous deux. Une étreinte brutale. Sans faux sentiment. Sauvage et juste. Déchargé. Jusqu'à cet endroit calme et sans nom où l'expiration vaut toutes les phrases et tous les mots et tous les sons. Ces quelques secondes où nos souffles existent à notre place.

Ovide est né le 24 octobre 1916. Le quatrième garçon en ligne. L'importance du rang dans la famille est toujours aussi peu considérée pour les filles, même si elles jouissent un peu plus. On parle moins de l'aînée ou de la cadette. Les femmes, ses sœurs, sont restées noyées dans le lot. Le quotidien avec plusieurs filles était mieux tenu qu'avec moins. Il s'est aussi marié un 24 octobre.

3 avril. Kuujjuaq.
La maigreur étonne toujours dans le Nord parce que seule la graisse permet de survivre. Les Inuits ont un dicton : « Plus on voit tes os, plus tu te rapproches de la terre. »
        Les salles d'examen de l'urgence sont séparées par des rideaux qu'on tire. Les anneaux s'entrechoquent quand j'entre et quand je sors. Cette fois-là, assise sur le lit, une femme en t-shirt jaune. Maigre à faire peur, sans âge. Tête baissée. Accompagnée d'une adolescente. C'est elle qui a montré du menton les mains de sa mère. Une demi-douzaine de flacons en plastique. La femme maigre a relevé les yeux vers moi. Sa bouche débordait de pilules. Elle mangeait ses ordonnances. L'estomac incapable de tolérer de la nourriture. Elle avalait, au ralenti, des pilules multicolores. La bouche pleine de

Skittles. Officiellement prescrits par un médecin. Le seuil des volontés pharmaceutiques. Comme les vapeurs d'un réservoir vide. Juste assez pour un dernier tour de piste. J'ai demandé un lavement. Par tube. Dans un tel cas, je ne prends même pas le temps de consulter le dossier. D'abord rincer l'intérieur de l'estomac, pour qu'elle retombe naturellement malade en observation. On repartira de là et on pourra savoir où ça craint vraiment. Peut-être finira-t-elle encore dans le plat de bonbons. Mais dans ce cas, c'est moi qui serai responsable des ordonnances.

Ovide est un fils d'octobre. Des jours plus courts. La noirceur étirée. Toujours un peu de neige alors à cette époque. Une couche blanche, apaisante, surtout le matin. Et qui encourage à persister. Passer à travers l'hiver à la campagne s'avérait une véritable épreuve au début du siècle dernier. On devait prévoir assez de bois pour se chauffer, assez de conserves et de marinades, et les salaisons devaient être terminées. Ovide s'est rappelé toute sa vie le dernier samedi d'octobre où l'on faisait boucherie. À neuf ans, il tenait déjà le cochon par les pattes arrière avec ses frères pendant qu'on le saignait au cou. Son père s'assoyait sur l'animal nerveux, un petit couteau fin et effilé dans une main. Sa mère attendait avec une soupière en fonte. Le sang coulait, par à-coups, d'un petit trou percé du côté gauche de la gorge. Émilya remuait à la main, dans le grand récipient, le liquide épais, opaque et fumant qui pissait du cochon. Puis elle retournait dans la maison quand la bête cessait de bouger. Les yeux grand ouverts. Du boudin au repas du soir.

Ovide avait neuf ans. Le cochon, c'était la vie. L'odeur, les grognements, le bruit visqueux des viscères qu'on retire, le feu de foin pour brûler ses poils, et enfin la boucherie : le cœur, le foie, les rognons mangés dans les heures et les semaines qui suivaient. Les fesses, les côtes, les flancs conservés pour le reste de l'hiver. Le lard salé pour éviter la famine. Dans les pots de salaison en grès, empilés. Un rang de lard, un rang de sel. Un rang de lard, un rang de sel. Quand le cochon n'était plus qu'un souvenir, on sortait un bloc de lard salé du pot, tranché et mis sur le feu du poêle à bois, avec des patates grillées. Un souvenir heureux. Toute la bête y passait. La tête en fromage. Les boyaux en saucisses. La queue braisée avec le groin. Le cuir des oreilles comme des friandises à chiquer des heures et des heures.

Toute sa vie mon grand-père a fait boucherie une fois l'an. Même quand le cochon est devenu du porc emballé sous pellicule transparente et qu'on a commencé à choisir les morceaux selon les goûts et les humeurs de chacun. Il est resté loyal à cet animal à quatre pattes et deux yeux.

Alice a toujours mangé de la viande crue. Quand on cuisinait de la bavette ou de la côte de bœuf, elle se tranchait d'abord un morceau saignant qu'elle avalait après l'avoir mâché sommairement. Ses lèvres devenaient rouges. Elle aimait le goût de la viande crue. Même le foie. Pour elle, faire une césarienne, c'était comme se brosser les dents. À Aupaluk, elle avait fouillé dans les entrailles et le sang des animaux toute sa jeunesse durant. Pour survivre. « La seule différence entre ouvrir une femme pour l'accoucher et un caribou qu'on éviscère, c'est qu'on doit laisser tous les organes de la mère à l'intérieur. Pour le reste, c'est pareil. »

Ovide était trop jeune pour se souvenir de la Grande Guerre. Il jouait au soldat avec ses frères plus vieux, ignorant que l'Histoire tracerait elle-même sa mémoire, en belles grandes lettres d'or. L'aventure humaine des conflits. On lui avait raconté la vie d'un cousin, mort au front. Héros malgré lui, sans véritable témoignage, on n'en finissait plus d'en dire du bien et d'honorer sa mort. Comment parvient-on à raconter ou s'expliquer par une absence? L'estime par le vide. Mon grand-père ne comprenait pas. Pour lui, c'était un malaise, autant par l'honneur rendu au cousin disparu que par l'absurdité de mourir. Jeune adulte, Ovide avait été déchiré entre cette volonté de vivre et l'admiration des soldats, jusqu'à la mort. Une cause, et une conséquence. Tant d'amour et de considération dans les mots des survivants. Et tant de vérités dans les gestes et les yeux des proches pour, lui semblait-il, justifier d'y perdre la vie. La sienne. Ignorant à ce moment tout le cynisme de mourir au nom de la liberté.

Ovide avait repris et tenu la ferme familiale, avec un frère plus vieux, pendant quelques années. Davantage de vaches, encore plus de champs et un surcroît de travail. Six jours par semaine. Dix heures les jours d'hiver et dix-huit l'été. Une seule journée sur sept pour les mots. Ceux des Évangiles.

Le dimanche, c'est congé. Le linge pressé. La messe à l'église du village. Les repas en famille. À parler de la ville, des lendemains et des autres pays. Surtout ceux où une autre guerre se préparait, ça se sentait. De bien grandes idées à défendre, s'était-il dit en mourant à son tour en Europe des années plus tard, pour des milliers de recommencements.

Avant d'être appelé, mon grand-père a fait le train de vie de ferme pendant presque vingt ans, depuis son enfance jusqu'au jour où il est devenu soldat dans l'armée de réserve, juste après ses quelques mois de prison. Le Canada venait d'entrer en guerre. 1939.

Malgré les scrupules et les questions, il avait décidé de porter l'uniforme. Il était mû de l'intérieur. Un mouvement de fond qui ne se contenait pas, malgré l'ironie et la méfiance que lui avaient d'abord inspirées les conflits.

Au grand malheur d'Émilya. Une mère, sous ses étoffes de fierté apparente, ne peut pas vraiment se réjouir de voir un de ses fils aller servir son pays. Le pays des autres en fait. Car la mort y rôde, trop possible. Comme le fort risque d'un orage quand le ciel devient noir. Deuxième Division d'infanterie canadienne. Parti à vingt-cinq ans, deux ans après s'être volontairement enrôlé. D'abord envoyé à Hong Kong en décembre 1941 combattre les Japonais juste après la bataille de Pearl Harbor, très vite il avait été rapatrié sur le front d'Europe.

Mon grand-père est mort au cours du débarquement de Dieppe, le 19 août 1942. Sur une plage de silex. Mouillée par la même eau, du même rivage, du même village, d'où s'étaient embarqués nos ancêtres vers la Nouvelle-France au XVIIᵉ siècle.

Il existe très certainement des routes invisibles. Des courants qu'on ignore. Comme le Nord magnétique. D'autres Nord qu'on ne voit pas et qui aiguillent des boussoles intérieures.

On était à Venise, église de la Casa Freiri.

«Je suis bien ici.» Elle avait montré du doigt les tableaux de Bellini et du Titien sur les murs et le plafond en poursuivant : «Leur idée juvénile de la réincarnation me plaît parce que j'aurais pu en faire autant. Prétendre que j'ai peint tout ça.» Elle avait balayé l'espace devant elle de sa main. Ses paroles chuchotées avaient été redoublées par l'écho.

«Tu y crois?

— Non, mais le concept de retour m'apaise un instant. Ça m'enlève la responsabilité du présent quelques secondes à la fois. Je n'aurais jamais été un homme. Et avoue que la réincarnation permet d'embellir les vies misérables.»

Pourquoi m'avait-elle dit tout ça?

«T'as déjà lu *Moby Dick*? Melville écrit à propos des routes invisibles, celles qui nous guident à notre insu et qui peuvent du même coup causer notre perte. C'est un grand livre qui raconte une quête aveuglée par l'obsession orgueilleuse d'un homme, loin de l'idée du destin et des idées, et qui entraîne la mort. Le capitaine Achab est responsable de sa perte. Pour une rare fois, la vie nous serait imputable. Une chute qui nous incombe.»

Elle avait poursuivi en soupirant : «C'est bon de savoir que certaines œuvres qui parviennent à nous responsabiliser durent dans le temps. Voilà pourquoi j'aurais voulu avoir le talent de peindre le monde il y a trois siècles et demi. » Elle avait mangé une *gelata* à la pistache à la sortie de l'église, en tapant sur son iPhone d'un seul pouce. Je me suis trouvé rassuré de savoir que des lieux, des endroits et des objets peuvent tenir plus longtemps que nous. Surtout ceux qui survivront encore plusieurs siècles. Nos mémoires sont narcissiques. Elles oublient rapidement le décor et les autres humains.

« Moi aussi, j'adore les musées et les œuvres qui existent, parce qu'elles vont à contre-courant du quotidien. » Et j'avais ajouté fièrement, dans un élan d'euphorie et avec l'impression d'avoir dit un truc intelligent : « C'est pour ça que j'aime la toundra. »

Nuit du 3 au 4 avril. Urgence.

Je dormais sur un sofa rugueux. La femme intoxiquée aux pilules a sombré dans le coma après le lavement. Sevrage trop brutal. À Kuujjuaq, les soins intensifs consistent en une salle d'examen juste à l'écart du local d'accueil qui sert aussi au triage, et trois postes avec autant de civières. Des espaces séparés par des rideaux. Et les machines qui tiennent en vie avec des fils et des tubes font les mêmes bruits que celles des grandes villes. Comme dans *Le sens de la vie* de Monty Python. Une machine qui fait «ping», et une autre qui pousse l'air dans les poumons du malade. Miracle électrique. La femme paraît toujours en vie. Son corps respire et tous les signes vitaux semblent normaux. Le problème serait ailleurs. Son dossier a l'épaisseur d'un gros roman d'été et ressemble à une mauvaise série policière pour la télé : dépression, anorexie, violence conjugale, anxiété, arrestation, alcoolisme, troubles psychologiques. Sauf qu'ici, c'est vrai. Même si tous les signes vitaux sont en règle, j'ai contre-vérifié. En démocratie, une morte-vivante a toujours un droit de vote sacré, car elle consomme convenablement tout ce qui définit notre économie : de l'essence, de l'électricité, un peu de nourriture, du papier-cul, des médicaments, de l'eau chaude, du café, de la publicité et de l'alcool. Un litre de lait à neuf dollars, un Gatorade à huit et deux kilos de farine à vingt-cinq. Tous les signes vitaux sont normaux.

La femme a cessé de vivre à 04 h 07. Arrêt cardiaque à 04 h 03. Désaturée. Pupilles dilatées. Tentative de réanimation approx 4 minutes. Raideur musculaire. 70 mg atropine myocarde-intra. Tout est dans mon rapport. Massage cardiaque. J'étais en sueur. Épuisé. Réanimer un mort est éreintant. Pupilles toujours dilatées. Heure officielle du décès : 04 h 07. Je suis médecin. Elle était morte depuis 04 h 03. Mais on a quand même tenté de la ramener. C'est ce qu'il faut faire par respect du serment, des assurances et de la famille. Je ne l'ai pas mis dans le rapport, mais l'envie m'est venue : la vie n'est pas aussi merveilleuse qu'on le raconte, parfois le mouvement manque de ressort.

Même si je suis un bon docteur, je me demande où vont les morts. Sont-ils conscients d'être « partis » ? Malgré les diplômes, j'ai souhaité, sur ce corps refroidi, et chimique, et sevré, qu'il existe une compensation. Une dimension à la mesure de ses attentes. C'est tout ce que je peux vouloir, en science, sans faire de théâtre.

C'est aussi à moi qu'est échue la responsabilité d'apprendre à la fille qu'elle n'a plus de mère. Une jeune femme, dix-neuf ans, que j'ai serrée dans mes bras. Inconnue. Il fait froid la nuit. On se tient toujours dans ces moments. Justement pour s'étreindre plus rapidement. Paraît que les baleines et les corneilles ont aussi des rituels funéraires. Depuis l'annonce jusqu'à la mise en terre. Ici, le sol est gelé à l'année, sur la ligne de végétation. À quelques kilomètres plus au sud, on enterre. Un peu plus au nord on brûle les corps ou on creuse la terre gelée avec un marteau-piqueur et une pelle mécanique si le village est assez riche, et on recouvre la dépouille de gravelle. Le pergélisol aussi s'effrite. Patience, tout se réchauffe, comme des respirations lourdes de tristesse. On pourra bientôt creuser à l'année.

Un soir, peu après avoir emménagé à Queens, Alice avait décidé de cuisiner des pâtes à soupe won-ton. Elle avait trouvé une recette sur internet. Il fallait rouler des boulettes de viande de porc avant de les envelopper de pâte. Ça prenait des heures. On en avait mangé pendant toute une semaine. Et congelé le reste. Un an plus tard, en nettoyant le congélateur, elle avait retrouvé les baluchons de pâtes à soupe dans des sacs Ziploc. Elle avait voulu les jeter à la poubelle.

« Pourquoi ? j'avais demandé.

— On ne garde pas de la nourriture aussi longtemps, un an, c'est déjà une hérésie.

— Alice, c'est gelé, j'avais répondu.

— Je n'ai pas confiance. »

Et elle avait versé-vidé toutes les pâtes sur le trottoir devant notre appartement. « Pour les chats. » Surtout pour les rats, j'avais pensé, ils sont plus forts.

Comment quelqu'un dont la survie, depuis des siècles, est assurée par le gel peut-il éprouver une telle suspicion sur l'efficacité de la congélation ? « Ça goûte le congélateur. »

Il y a des jours où je perds mes repères. Décalé. Je dois compenser entre la boussole et la géographie. Paraît que le Nord magnétique diffère du Nord géographique. Sur lequel s'aligner ?

Alice pouvait rire entre les dents. Des sons joyeux en saccades. Contagieux. Sans mouvements du visage. J'avais appris à deviner quand elle voulait se coller. Quand elle avait besoin d'être calmée, autant par la tendresse que par le sexe, par les mots ou mon silence ; elle ne disait plus rien pendant quelques secondes et me fixait. Ses yeux effrayés endiguaient le sommet d'une chute. Me regardait-elle en croyant que je ne la voyais pas? C'était tout le contraire. Des moments inconfortables mais magiques. Sentir le désir se poser sur soi est un privilège. On ne peut pas répondre immédiatement par un regard. Ça appuie trop l'intention. La personne désirée doit être désirée, dans le temps de l'autre. La minute d'après, le regard devient un consensus. Je crois avoir fui Alice pour mieux la comprendre. D'abord excédé par des comportements que je n'arrivais pas à réconcilier avec le monde d'où elle venait, je suis convaincu que c'est aussi pour ça que je désirais autant partager son intimité. J'ai tant voulu m'approcher d'elle et cesser de tourner autour de son mystère. Et de son amour.

Dans son cas, cette intimité était un monopole. Alice était sauvage. Pas comme dans les films de cowboys ou de colons, mais comme dans la vraie vie. Une seconde oui, et l'autre, non. Pour des raisons qu'elle seule connaissait. Indomptée. Un jour, j'ai aussi douté du Nord; peut-être toutes les femmes étaient-elles ainsi. Alice était la première que j'aimais et dont j'avais voulu être aimé.

Dans l'attente chargée des minutes et des secondes du premier baiser, après notre première soirée seuls ensemble, j'avais juste demandé, nerveux : «On peut régler quelque chose tout de suite?» en m'approchant la tête. Elle avait d'abord eu un mouvement de recul, avant de venir coller ses lèvres aux miennes. Elle avait décidé. Sans aucune mesure de la charge de courage dont j'avais fait preuve. J'avais compris mon rôle. Le lendemain, elle n'avait plus voulu qu'on s'embrasse.

«Au fond de moi, ça me dit d'attendre un peu, t'es *willing*?

— OK. Je t'attends.»

Du 4 au 5 avril.

Nuit sans drame. Tranquille, mis à part les cris des enfants qui jouent au soccer dehors, derrière l'école, à six heures du matin. Il commençait à faire clair. Les heures des Inuits sont étranges, mais ces gens n'obéissent qu'à leurs envies et à leurs rythmes. Je faisais la ronde des patients. Suivis des soins. Ils ne dorment pas, eux non plus. Même la nuit.

J'ai un rôle d'autorité. Je soulève des pansements, je tâte des abdomens, je lis et j'analyse les formules sanguines, les tests d'urine, les rapports des infirmières au poste de garde. Tous les malades veulent parler. Qu'on les écoute plutôt. Souffrants ou pas. Ils veulent qu'on valide leurs histoires, et parfois leurs croyances. Ils se confient d'abord aux infirmières. Ça prend des jours et bien des égards avant de gagner leur confiance, qui demeure somme toute relative. Des gens méfiants avec raison. Un gars trop soûl. Une engelure. Une dent pourrie. Une fracture. Ils ont tous une bonne raison d'être ici. Besoin de soins, d'où la nécessité de s'en remettre parfois à d'autres. Un patient en sevrage de Pepsi. Il en boit six litres quotidiennement. Son corps avait commencé à pourrir. Il avait constamment des tremblements. Saleté de sucre.

J'étais retourné chez moi en fin de nuit lorsque l'infirmière en chef m'a fait appeler. On avait trouvé un suicidé dans un garde-robe. Pendu à la barre à linge. Il fallait l'amener à l'hôpital pour le constat de décès officiel. Il n'y a pas de coroner dans le Nord. Le médecin de garde a la responsabilité légale de constater la mort. Les cas de suicide constituent un divertissement. On ne doit pas le dire, mais la mort nous fascine autant que quiconque. Surtout quand elle est spectaculaire. Dans la nuit polaire de Kuujjuaq, la mort d'un homme apparemment par suicide constitue un entracte.

Le cadavre est arrivé dans un traîneau ouvert, tiré par une motoneige jusqu'à l'entrée de l'urgence. Le sol était plein d'étincelles : les patins de cette machine ont des guides en métal qui allumaient des feux de Bengale sur l'asphalte du débarcadère. Les Inuits roulent neuf mois par année en motoneige, tant sur les pierres et le lichen que sur la neige.

Devant moi, un homme ligoté par des cordes et des élastiques de transport, sur une *sleigh* en métal en forme de gros ski. Le suicidé était tout recroquevillé en petit bonhomme dans une position impossible. Simplement recouvert d'une peau de caribou. La tête entre les jambes. Un bras dans le dos. On m'a raconté qu'il s'était pendu à une corde dans son placard, mais que la barre avait cédé sous son poids, juste après sa mort. L'homme avait chuté au plancher, encore chaud mais sans vie. C'était il y a trois jours. Le corps avait gelé depuis.

On a détaché les cordes et on l'a rentré à l'urgence, à quatre. Un, deux, trois, hop. On l'avait d'abord mis sur une civière. Un pied vers le plafond, un autre tourné vers l'aine, la tête dans le vide, un bras qui touchait presque au sol, les doigts tout écartés d'une main et, de l'autre, il semblait nous dire *fuck you*. Le visage enflé par la pression du nœud fatal et les yeux exorbités à cause de l'asphyxie. On l'a finalement posé sur le sol, dans une position impossible à comprendre ou à imaginer, sur des draps de lit, en se demandant quel serait le meilleur sens. Il était blanc au début. Puis mauve. Puis sa chair a repris la couleur habituelle d'un cadavre du lendemain. Tous les employés sont venus le voir. Une mascotte. Tous, attachés à ce corps, liés par son observation. À chaque quart de travail, on se préoccupait de l'avancement de son dégel. Comme s'il allait se réveiller. Quarante-huit heures plus tard, avec l'aide de deux infirmières et d'un brancardier et en travaillant fort, on a pu le déplier et lui redonner une posture de sommeil. Une position humaine acceptable.

À New York, on a été séparés pendant six semaines par un *fellowship* qu'Alice est allée faire à Boston. On s'écrivait tous les jours par courriels et par textos. Au-delà de la fatigue, de la salle d'opération et des gens qui mouraient, l'impatience de nous était réciproque. Une véritable absence, malgré nos efforts de compensation, et nos nombreuses intentions amoureuses. Pendant ces quarante jours, on a éprouvé le besoin impérieux d'être ensemble et immobiles malgré la distance. À s'inventer. Par tous les moyens disponibles. Se trouver une forme juste pour nous. Rien de scientifique pour expliquer ce besoin, infaillible, d'être en elle et de l'avoir en moi. Des allures de nous et une ombre d'existence. Toutes ces heures survolées ensemble, les paupières consentantes. Étrangement portés par des sentiments qu'on croyait connaître, mais dont en réalité on ignorait la nature. Pollués par des clichés. Désirer ses odeurs. La vouloir, elle. Laisser des marques amoureuses sur son corps. Des plaques rouges, des sueurs, de la salive, les traces animales, une morsure à sa hanche, l'écho d'un souffle, des extases, le goût et l'odeur de son sexe sur mes doigts. Et le refroidissement des corps enfin calmés. Redevenus paisibles. Mon sperme qui sèche sur sa peau. En silence. On ne bouge plus. On respire. C'est tout et assez. Le temps d'attendre et de recommencer. Parce que c'est ainsi. «Je voudrais que tu me fasses l'amour une fois par jour pour le reste du temps», elle avait dit. On voulait défier la simplicité.

Elle est indomptable, et n'évolue pas. Elle survit. Alice la sauvage. Elle est née tout en haut. À l'écart. Alice inquiète. Ma belle inquiétude. Tu m'as déjà manqué comme le vide d'un sablier. Une toundra. Comme la ligne du gel éternel. Celle qui monte un peu plus vers le Nord chaque année. T'aimer n'est pas difficile, c'est le quotidien avec toi qui est impossible.

Mon grand-père n'a pas connu de déclin. Mort juste avant, encore dans l'ascension de sa vie. Soldat. Investi encore par les promesses de l'âge. Encore dans son habit de jeunesse. Je l'ai toujours envié pour ça. La seule chose que je lui envie. Tout un don de savoir mourir au bon moment! Un talent. Nous avions tous, je crois, la même vision de cette vie fauchée au beau milieu du jeu. Un relent de romantisme. Comme un personnage de roman qui continue de vivre après le récit de sa mort.

La famille avait gardé ses armes et ses vêtements. Des reliques que ma grand-mère sortait avec révérence d'un coffre en cèdre quand les petits-enfants insistaient depuis des années pour les voir. Mais surtout pour montrer aux plus jeunes, curieux, maintenant en âge de voir de leurs yeux le souvenir d'un homme à travers ses habits verts, tout en laine. Un casque. Une ceinture en cuir. Un couteau, un sifflet, deux médailles et une pile de lettres pliées, toujours dans leurs enveloppes, à l'intérieur d'une chemise cartonnée. L'objet le plus impressionnant demeurait une baïonnette dans son étui. On sortait la lame de son fourreau et, dans un claquement sec, on la rangeait aussitôt sous l'œil sévère de ma grand-mère. Au seul son du frottement et du clic, nous devenions des pirates ou des chevaliers. J'attendais ce privilège, un peu bradé, durant toute l'année. L'histoire de mon grand-père avait une odeur de boule à mites. Naphtaline.

Quand ma grand-mère est morte, on m'a remis la baïonnette. Les adultes d'alors avaient dû remarquer le bonheur que j'avais eu à jouer avec le morceau de métal quand j'étais enfant. J'avais passé des heures à observer les traces d'oxydation sur le fer, que je croyais être des taches de sang. J'imaginais, et encore aujourd'hui, que cette arme avait pu tuer un homme. Pour notre cause. La bonne, évidemment. Dans un combat corps à corps entre un bon et un méchant. Le bon avait triomphé. Autant par sa vie que par l'honneur d'une morale à laquelle, enfant, je croyais. Même travesti par le bien, donner la mort peut-il être pardonné ?

Je possède toujours la baïonnette. Il m'arrive de la sortir de sa garde en cuir moulé rigide et de la remettre en place aussitôt, très rapidement. Le «shiiiiiiihhh-clic» que ça fait m'emplit toujours d'autant de bonheur. Et je peux répéter le geste des dizaines de fois lorsqu'il m'arrive d'errer dans mes souvenirs.

Décembre 1941. Un premier contingent canadien entre en guerre contre les Japonais. Ovide était réserviste pour les Fusiliers Mont-Royal depuis 1939, peu après son emprisonnement. Leur caserne se situait à quelques pas de la maison natale de son père sur Henri-Julien.

Il n'avait aucune expérience de combat. L'île de Hong Kong était une colonie britannique, d'où l'implication du Canada. C'était quelques semaines avant Pearl Harbor. La mort, même à l'autre bout du monde, n'allait pas l'impressionner. Mon grand-père soldat. Il irait servir son pays. Il irait tuer des ennemis s'il le fallait. C'est ce qu'il avait dit à sa femme, à moitié inquiet, pour se rassurer, lui. Il était loin de se douter de la première mort qu'il verrait.

Le Japon a attaqué l'île pendant dix-sept jours. Jusqu'à la reddition totale des Alliés. Le 25 décembre, les Japonais ont massacré tous les soldats blessés et les civils de l'hôpital militaire improvisé dans l'édifice du collège St Stephen's. Trois jours plus tôt, pendant une patrouille de reconnaissance, mon grand-père et le soldat Louis Lafontaine, un francophone de Winnipeg, ont été pris pour cible au cours d'un raid aérien. Ils avaient juste eu le temps d'entendre le sifflement de l'obus. Et puis plus rien. Un souffle et une chaleur intense. Une perte de conscience, de la poussière partout, des douleurs extrêmes, les deux hommes rendus pratiquement sourds. Mon grand-père a d'abord cru que Louis était mort. Il bougeait, mais ses deux jambes avaient été tranchées net au-dessus des genoux. Son bras droit ne tenait que par les chairs. Ovide a voulu l'évacuer. L'autre hurlait, en sourdine, de le laisser là. Quelques minutes lui auraient suffi pour le porter aux médecins. Il voulait le sauver.

« Accroche-toi, je te ramène.

— Laisse-moi ici. T'as vu mes jambes ? Je ne retourne pas à la maison comme ça. »

C'est sans doute tout ce que les deux hommes se sont dit. Quand Ovide s'est levé, il a vu Louis tenter de saisir une grenade à sa ceinture. Il a compris. Mon grand-père a ramassé son arme et a regardé cette moitié d'homme couché devant lui, tordu par des douleurs atroces, les yeux révulsés.

Louis Lafontaine a fait un petit signe de la tête en sentant le métal froid du canon se poser sur son front.

Dans la lettre que l'armée a envoyée à sa femme, on avait écrit qu'il était mort au combat, tué par l'ennemi. Réaffecté en Europe tout de suite après, mon grand-père l'a rejoint huit mois plus tard, à vingt-cinq ans.

Il avait passé sa courte vie à travailler sur la ferme familiale. Il avait voulu s'affranchir. Ça faisait déjà longtemps qu'il était un homme. L'armée lui avait semblé une bonne sortie de peine quand le juge la lui avait suggérée. Il possédait peu. Une petite maison à côté de celle de sa mère, bâtie avec ses deux frères. Trois jeunes enfants et sa femme de nouveau enceinte. L'économie mondiale se remettait à peine de 1929. L'armée lui était apparue comme un métier assuré. Un gage d'avenir. D'autres partaient aux chantiers. Lui, il irait se battre contre des ennemis. Son pays était en guerre, après tout. Peut-être était-il aussi motivé par la beauté ambiguë de la guerre. Un monde d'hommes, de sang, de bravoure, de courage. Une répétition historique.

Automne 1941. Juste avant de partir, il avait embrassé très fort ses enfants et sa femme. Il avait retenu ses larmes tout aussi fort. Une barrière de planètes. Un monde damé. Les enfants avaient senti la charge de son émotion. Ils pleuraient. Pour eux, mais aussi pour lui. Cinq, quatre et deux ans. On l'envoyait à l'autre bout du monde, en Asie, en renfort aux Anglais.

Mon grand-père partait aussi pour eux. Par une sorte de réflexe ancestral. Il reviendrait dans quelques années, en héros, avec un métier, des médailles, des histoires à raconter. Durant son absence, la solde mensuelle de l'armée ferait vivre sa famille. C'était beaucoup. À ses yeux, ça valait le coup.

Il avait aussi embrassé ma grand-mère. Sur la bouche. Les lèvres serrées. Mélange d'orgueil et de gêne. Car à travers l'effort et le risque, il avait l'impression de fuir. Baiser convenu, de circonstance.

Quand elle l'avait pris par la tête, le tirant à elle en cognant doucement leurs fronts, mon grand-père avait senti l'eau de son amour s'infiltrer en lui. Peut-être trois secondes de tendresse. Le résumé complet d'une affection totale et muette. Ici. Maintenant. À part peut-être la minute où il a su qu'il allait mourir, il n'aura jamais autant souhaité être deux. Un homme, une femme. Deux vies appuyées l'une sur l'autre.

L'eau a trouvé son chemin quand il a refermé la porte derrière lui. Ma grand-mère, immobile, pleurait. Une main sur son ventre. Enceinte de leur quatrième enfant. Mon père.

Ovide était convaincu de revenir. Il entretenait cette belle illusion. Celle qui promet. Et qui déçoit. Et fait partie de nos gènes. On vit beaucoup avec les idées qu'on s'invente. Ça pourrait être supportable si on n'y croyait pas autant.

Un soir, on avait bu ensemble. J'avais dix-neuf ans. Mon père, qui n'a jamais connu le sien sinon par les histoires racontées, en partie inventées comme toutes les histoires de héros et les souvenirs de famille, m'avait dit qu'il avait le sentiment qu'il aurait aimé le voir mourir. Dans l'ordre des choses, une erreur s'était produite, une erreur de chronologie. Ce n'est pas de sa mère qu'il aurait dû entendre la fin de son père. Il regrettait de ne pas l'avoir vécue. Selon lui, mon grand-père aurait dû mourir dans ses bras. Ou dans les bras de l'un de ses fils, les siens ou ceux de ses frères. C'était ainsi que le scénario devait être écrit : au fin fond d'une nuit froide, Ovide, ralenti et refroidi par la lourdeur des années, aurait dû mourir à côté d'un fils, en criant le nom de son père à lui.

Ainsi meurent les hommes. Devraient mourir. Dans la séquence naturelle de leur généalogie. En appelant le nom de leur père. Le leur. Phare, bouée, étoile, boussole. Le nom du père comme un râle. Le premier. Le dernier. Papa.

L'eau qui sort d'un homme n'est pas juste salée, elle laisse un goût inquiet de fer à transmettre.

Ovide. Né en 1916. Pendant une autre guerre. Sur une ferme de campagne. Loin des modes et des courants. Un système à l'abri du monde écrit. Où la survie relevait toujours plus de la nature que des idées. Mon grand-père est mort avant de connaître l'électricité. En 1946, on a érigé sur le rang des poteaux pour soutenir un fil électrique. Il aurait voulu voir ça. On en avait parlé dix ans avant. On connaissait l'électricité à cause des villes et des villages. Elle se rendrait aussi aux étables dans quelques années. Inévitablement. Ma grand-mère a pensé à son mari jusqu'à sa mort à elle chaque fois qu'elle allumait une lumière avec un interrupteur. « Si tu pouvais voir ça. »

Au début. Dans l'appartement d'Alice à Montréal. Après notre cinquième baise. On commençait à apprivoiser nos corps. La conquête de chaque centimètre était une victoire. Tous les bruits, des boussoles pour nous guider : respirations, expirations, silences, souffles, gémissements, cris, bruits de salive, de peau, d'orgasmes. Des indices d'un si précieux acquiescement. Bruissements de temps amoureux aussi. Un indicateur des secondes qui comptent. Celles qui pourraient devenir des souvenirs de notre histoire.

« J'aime, je capote, sur ton odeur, là », elle avait dit, les yeux en feu, en montrant un point entre mon épaule et l'aisselle. Puis elle y avait recollé son nez. « Sais pas pourquoi. »

Quand s'embrasser ne suffit plus, on se touche. Les mains cherchent. Ma mère m'avait enseigné à retenir mes mains jusqu'au troisième baiser, celui de la troisième fois. Seulement là j'aurais le droit de toucher. Mon père, lui, m'avait conseillé d'écouter mon instinct. Alice n'avait rien dit lorsque j'avais effleuré ses fesses. Survolées plutôt. Comme un planeur. Puis ses hanches. Pressées contre les miennes parce que, d'une main sur le bas de son dos, je l'avais tirée contre moi. Soudés. « Ça fait longtemps que je veux tes mains sur moi », elle avait dit.

97

Et puis les caresses par-dessus les vêtements ne suffisent plus. Nos mains en veulent davantage. Nos langues trop douces. Jusqu'à ce qu'on soit nus, il n'y a que des clôtures à franchir. La chaleur des peaux nous attire. À cette distance, on va forcément plus loin. On se rapproche au mieux. On se fond dans l'autre.

Alice gardait les yeux ouverts. Belle. Le regard profond comme un puits. Vertige. Les sons. Des sons sauvages. De plaisir. De sens. Non pas des gémissements. Plutôt des plaintes de bonheur. Ses yeux devenaient violets.

Après, on restait sans mots de longues minutes. Une de ces premières fois, alors qu'on reprenait notre souffle, elle couchée sur le ventre, j'avais glissé une main entre ses cuisses jusqu'à son entrejambe. Elle avait avoué simplement, en ouvrant un œil : «J'ai pas de fin. » Puis elle avait souri. «OK», j'avais répondu. Je l'avais embrassée dans le cou. Et ajouté, en risquant les doigts sur son sexe encore brûlant : « La fin, c'est pour les autres. » Et elle avait joui une autre fois.

J'avais mal compris. Quand elle avait avoué ne pas avoir de fin, c'était à propos de nous. Ses caresses n'avaient pas de fin. Son désir non plus. Ce qu'elle ressentait, dans ces moments, lui semblait peut-être des fractions d'éternité. Et elle voulait tout donner. On était le contraire de la patience. Point de fusion.

Mon grand-père se souvenait des nuits d'hiver noires où son père Roméo se levait à trois heures du matin pour aller bûcher le bois de corde et fendre le bois de chauffage. Il était encore enfant. Dans son lit, réveillé par les planches qui craquaient et la porte qui se refermait doucement, il entendait son père atteler les juments sur la *sleigh* chargée de foin, suivi du bruit sec des rênes en cuir qui claquaient, et enfin le pas des chevaux qui le lançaient dans la nuit. Quatre kilomètres avant d'atteindre le lot. Un octroi du gouvernement pour ses habitants. Des lots boisés afin de leur assurer des revenus durant la saison morte et de la chaleur en hiver avec le bois de poêle.

Les chevaux. La profonde noirceur des nuits. Le vent. Et la neige. Les arbres abattus. Débités, sciés, fendus. Des journées d'à peine neuf heures de lumière. Toujours vêtus en laine, trempés de l'intérieur, les hommes n'arrêtaient même pas pour manger, de crainte de prendre froid.

Avant d'aller bûcher pour chauffer sa famille, mon grand-père le faisait pour un salaire de cinq sous par jour en hiver. L'été, ça montait à six sous par jour, à cause des journées plus longues. Du 15 juin au 15 septembre, le travail aux foins. Trois mois à conduire encore les chevaux derrière la faucheuse mécanique. Les fossés fauchés à la main. Récoltés avec les bras. Le fourrage séché par le vent et le soleil. Pour les neuf autres mois de l'année. Le foin empilé à la fourche dans la tasserie de la grange. Engrangé. Séché, mais pas trop. Juste assez pour conserver ses qualités nutritives pour le bétail, mais juste assez aussi pour éviter qu'il ne fermente, chauffe et s'enflamme. Et qu'il ne mette le feu à l'étable.

Ovide aimait Yolande. Pas dans ces mots-là. Mais il l'aimait quand même.

En 1937 ils avaient huit vaches, trois cochons et deux douzaines de poules. Deux chevaux pour le travail. Ma grand-mère tirait le lait matin et soir. Toute l'année. Mis à part quelques jours, selon les aléas de ses accouchements. Deux jours quand tout s'était bien passé. Trois quand le «travail» avait été long ou difficile. Cinq grossesses, quatre enfants. Un mort-né et quelques fausses couches. Mais «rien pour arrêter d'être debout», elle disait. Mariée à dix-sept ans.

À l'étable, aidée d'un plus jeune, le nouveau-né tout emmitouflé dans un panier, elle trayait ses vaches. Leur force tranquille qu'elle aimait tant. Et l'immense privilège du lait, dont elle ferait du beurre. Assez pour en vendre aux voisins. Une fois par semaine, toute la traite du jour était écrémée. Dans l'écrémeuse en fer-blanc. De la crème toujours fraîche. Dans un pot en verre bien gardé dans la glacière. Servie nature, le pot mis directement sur la table. Tant pour verser sur les fruits et les pommes de terre que pour y tremper du pain sucré. Une cuillère plantée à la verticale y tenait droit. Une fierté. On découpait des blocs de glace sur les rivières et les étangs en hiver qu'on enterrait dans la sciure de bois. Même durant les canicules de juillet, la glacière restait fraîche.

Ma grand-mère n'achetait rien. Rien du tout. Hormis, une fois l'an, un sac de deux livres de levure sèche, pour son pain, au magasin général. Tout le reste provenait de la terre et de l'étable. La survie d'une famille dépendait entièrement de la culture, de la cueillette et de l'élevage des animaux.

Mon grand-père n'a jamais eu de tracteur. Quelques voisins, modernes et riches, du moins en apparence plus fortunés que lui, en possédaient un. Lui, il faisait tout avec ses chevaux. Deux braves juments canadiennes. Clarisse et Aléna. «Aléna, comme l'étoile», lui avait affirmé le gars du village d'à côté qui lui avait échangé le cheval contre un «cinq gallons» d'alcool d'orge. Un alcool blanc sans saveur. De la «bagosse» que mon grand-père fabriquait une fois par année, comme revenu d'appoint. Mais aussi parce que cet alcool l'aidait bien mieux que toutes les prières du curé.

L'éclairage au gaz est arrivé en 1932. C'est Roméo, fier, qui avait installé les lampes. Au kérosène, en fait. Une odeur de solvant propre aux locomotives. Les saisons se sont suivies. À leur rythme à elles.

En 1938, mon grand-père a passé trois mois en prison. Un cousin avec qui il échangeait de l'alcool contre des poules l'avait dénoncé aux autorités, probablement jaloux. Au printemps, quatre policiers de la Gendarmerie royale étaient venus pour saisir l'alambic, et l'homme. Ma grand-mère avait pleuré dix minutes avant de s'atteler à la suite des choses.

Les céréales étaient semées à la main début mai. Quelquefois par-dessus la neige rendue granuleuse par le soleil. Les semences germaient, puis venaient les tiges de paille, et les fruits des céréales. Surtout pour les animaux. À la fin de l'été, Ovide fauchait à la main l'orge, le blé, l'avoine et le sarrasin, qu'il laissait sécher quelques jours sur le champ, au soleil. Ensuite il le ramassait, le battait, l'empochait et l'apportait, en plusieurs voyages, à la meunerie du village. « M'en vas à moulange avec l'avoine, à matin », il disait. Il chargeait les poches sur la wagine en bois tirée par les deux juments. Le grain était moulu. Pour les animaux et pour la famille. Farines de vie. Le blé et le son pour la table. Les autres céréales pour son bétail. Et la « bouette », qu'on mélangeait avec de l'eau pour ses cochons et ses vaches à lait. Les grains pour ses poules. Et l'avoine, si précieuse, pour sa maison et ses chevaux.

Avec l'orge, il en allait autrement. La plus belle partie, qui ne finirait pas en soupe, était mise à sécher au grenier pour l'hiver. Fin février, pendant le travail en forêt, l'orge était broyée sommairement, mise au fond de grands barils de fer-blanc et couverte d'eau. L'eau du puits. « L'eau creuse », il disait. La plus profonde. La plus pure. Car la fermentation n'aime pas les distractions ou les saletés. Et les barils de fer-blanc étaient «mouillés» à ras bord. Scellés avec des couvercles vissés et où, d'une seule ouverture, un bouchon d'eau hermétique laisserait s'échapper les gaz carboniques d'une réaction chimique toute simple : la transformation des sucres en alcool par des levures. Quand les gaz cessaient, on savait que tout le sucre avait été «digéré». À des concentrations d'à peu près quatre ou cinq pour cent, la teneur en alcool était encore trop faible et sans intérêt. Venait alors l'étape cruciale de l'alambic. La magie de la distillation. Et ma grand-mère, de qui on aurait pu attendre des protestations, était tout à fait d'accord avec son mari. Le petit verre qu'elle volait au quotidien, de temps en temps, réconciliait son bonheur et sa misère. «Eau-de-vie», elle disait quand la chaleur de l'alcool l'apaisait.

Mon grand-père faisait passer et repasser dans son alambic le liquide fermenté dont l'odeur, un parfum sucré et suri à la fois, emplissait toute la petite maison. Deux ou trois fois de suite. Jusqu'à ce que, au nez et au goût, tout ça «soit heureux».

L'installation consistait en une vieille chaudière de métal, fermée au-dessus par un couvercle pointu, d'où sortait un tuyau en cuivre, appelé le cou de cygne, qui lui montait et redescendait en spirale dans une autre chaudière elle aussi de métal, emplie d'eau et de neige. Le liquide chauffé condensait rapidement et était récolté en bas, à la sortie, dans des bidons de grès d'un gallon. Bouchons de liège.

Ovide ne savait pas bien lire. Encore moins reconnaître les chiffres. Pas de thermomètre donc. Mais des gouttes portées une à une, à sa langue, d'un doigt. Une goutte d'ester, de solvant, l'alcool qui rend aveugle, le méthanol. Et, tout d'un coup, la goutte suivante, presque sans goût, devenue «le bon alcool», l'éthanol. Même illégal, et dans la mesure du risque, il en ferait.

Quatre-vingt-dix jours de prison. Le juge avait consenti à ce qu'il y passe les mois les moins occupés : octobre, novembre et décembre. Mon grand-père était revenu chez lui, en souriant, le 2 janvier 1939. Il avait embrassé sa femme en lui disant : «Je me ferai plus jamais pogner.» Mais il s'était enrôlé, pour alléger sa sentence, à la suggestion du juge. Au même moment, à ses yeux, la terre ne donnait plus autant. C'était un choix difficile, mais un salaire assuré pour la vie.

Elle voulait toujours que je nomme les choses.

«Alice, ne tire pas sur les mots, ils viendront.» Au début, elle restait farouche. Méfiante. Pas distante, mais d'une réserve bien perceptible. Ça se sentait. Je n'avais alors rien dit. Puis un jour, ou plutôt une minute, le contraire s'était produit. Elle était apparue chaleureuse, émotive et touchante. «Il s'est passé quoi, entre nous, pour que tu deviennes soudainement inconditionnelle ? » Elle avait souri en évoquant du classement dans ses tiroirs. Je n'ai jamais su pourquoi ses émotions s'étaient rendues là. Elle seule savait. Sans éprouver le moindre besoin de me le dire. Nommer : une obligation pour les autres, une option pour elle.

Je n'étais que chirurgien. Sans mode d'emploi pour comprendre ses humeurs. Je n'allais pas me taire pour autant. Un homme amoureux cherche désespérément à se le répéter pour s'en convaincre et se rassurer. À celle qu'il aime et à d'autres. Quand le sentiment disparaît, il se tait. Et s'accommode du reste.

«Je suis bien avec toi», j'avais un matin risqué. Six jours après, huit courriels plus tard, elle avait juste écrit : «T'as pas idée comme je suis bien avec toi.» Pour la première fois, j'ai deviné qu'on allait véritablement appartenir l'un à l'autre. Ce choix involontaire que je n'avais jamais ressenti auparavant.

Combien de temps peut durer l'amour? Un an, une vie. Quand Alice m'embrassait, ça résonnait jusque dans mes reins, Lorsqu'on retournait faire nos gardes à l'hôpital, pour plusieurs journées d'affilée, apparaissait un vide. Une impression de néant, sous le plexus. Un trou sans fond. Peut-être une chimère.

Mon grand-père avait repris sa vie quelques mois, en revenant de prison. Entre des voyages d'entraînement militaire les premiers mois de l'hiver. Le «faire» et le «devoir» étaient ralentis à cette saison. Il était réserviste. Le bûchage allait reprendre bientôt, sur la neige. Son épouse lui avait manqué. Pas dans ses fonctions de ménagère, mais dans son état de femme. Il lui a fallu trois longs mois, seul dans une cellule de prison à Québec, pour réaliser combien il l'aimait. Combien elle comptait. Au-delà du soutien quotidien qu'ils s'accordaient l'un à l'autre, il avait réalisé que l'absolu de l'existence se traversait mieux à deux. Juste là, au cœur de ses ténèbres, il aurait eu le courage de lui dire qu'il l'aimait.

Puis les saisons ont repris leurs habitudes. Les sucres. Les semences. Les potagers. Les foins. Les moissons. Les animaux. Les autres saisons en cadence. Ovide était devenu tendre. Il touchait plus souvent sa femme sans intention. Un baiser volé. L'embrassait doucement le soir avant le sommeil. En elle, discrètement, le bonheur augmentait. D'autant qu'elle s'était permis de le rêver. Puis elle avait enchaîné une autre grossesse. Interrompue par une fausse couche. Une grande déception à l'idée de lui annoncer. Difficile à porter parce qu'elle en assumait toute la responsabilité. La faute retombait forcément sur elle. Puis, un jour, elle n'a même plus fait cas du fait qu'elle sautait encore ses règles. Ça voulait dire un autre enfant en route. Elle ne l'a pas dit à Ovide, de crainte de le décevoir à nouveau. Une semaine à la fois. Ça fait moins peur. D'autres enfants, d'autres animaux, plus de nourriture, plus de travail. Les plus vieilles prenaient part aux charges domestiques. Et les plus petits allaient maintenant aux champs. Ils formaient une jeune famille.

J'ignore si le bonheur existait durant ces étés 1939, 1940 et 1941. Mais il n'était pas loin d'eux.

L'été, à partir d'août, ma grand-mère envoyait les enfants cueillir l'anis sauvage dans les fossés du rang. Les choux en septembre, puis les navets, rutabagas, céleris. L'ail et les oignons, séchés par les dernières chaleurs du soleil. Plus tard à l'automne, les légumes racines tardifs, pommes de terre, salsifis, topinambours, qu'on encavait pour le reste de l'année. Dans le « carré à patates », où ils iraient piger le reste de l'année. La survie assurée par la nature. Et c'était normal.

Quand les enfants avaient faim, au retour de l'école ou en fin de journée, à l'hiver comme au printemps, ma grand-mère répondait à ceux qui étaient affamés : « Allez dans le carré vous chercher des patates et faites-vous griller du lard. » Le plus vieux descendait l'escalier de cave et remontait les bras chargés de pommes de terre et de lard salé, qu'il avait pris dans un des grands pots de salaison en grès. Les filles bourraient le poêle de bois sec. Elles frottaient le lard sur la fonte qui crépitait, l'une déposait des tranches de patates, tandis que l'autre piquait des tranches épaisses de lard salé sur de grandes tiges de métal qu'elles faisaient griller sur les flammes vives. Des patates et du gras grillé. Mon père m'a raconté cette histoire des dizaines de fois. Sans jamais se lasser ni se rendre compte qu'il se répétait.

Ils ne mangeaient presque jamais de bœuf. Le bœuf était vendu « en ville ». Un autre revenu d'appoint. Nécessaire. Les vaches éreintées par neuf ou dix vêlages allaient en ville, pour les riches. De temps en temps, la viande, c'était un vieux coq ou une poule pondeuse, à la fin de sa vie utile. Des chairs coriaces, mais goûteuses. Très rarement des chapons, aussi vendus, et jamais de poulettes, trop précieuses en œufs.

Les porcs, oui. Chaque année, comme Roméo avant lui. Dernier samedi d'octobre. Boucherie. Un gros coup de masse dans le front. Le cochon s'effondrait. Mon grand-père, à toute vitesse, avec un petit couteau fin qu'il avait aiguisé longtemps, perçait le cou du cochon et donnait quelques coups jusqu'à la « grosse veine ». Le sang giclait. Chaud. Fumant, dans l'air frais de l'automne, recueilli dans une chaudière à vache. Le fils devait courir jusqu'à la maison et donner la chaudière de sang à ma grand-mère, qui, elle, s'empressait de le passer au tamis, de mettre le liquide sur le feu et d'y incorporer les oignons et toutes les épices à boudin. À feu doux. Des gestes simplement répétés depuis longtemps. Vécus et racontés par d'autres avant eux.

« Comment tu sauras si tu m'aimes ? elle avait un jour demandé.

— Je saurai. Surtout j'aurai le goût de te parler. »

« Tu devras te méfier du contraire », j'avais ajouté. Dans les grâces de conscience a germé une envie du présent. Qui rime avec celle de dire. Et d'écouter. Mes mots venaient avec mes envies d'être à elle, de lui appartenir.

Alice ma louve. Alice la protectrice. Un soir à Montréal, dans un resto, elle avait sorti les crocs. Des amis un peu imbibés et désinhibés par l'alcool avaient beaucoup insisté pour que je reste plus longtemps avec eux alors que j'étais de garde cette nuit-là. J'aurais pu me défendre et m'en sortir tout seul, mais elle s'était interposée entre eux et moi en disant juste « non », sans élever la voix mais avec une assurance qui défiait le ton et l'ambiance. Du vrai cran, irrévocable, celui qui peut provoquer une confrontation. Je ne lui ai jamais dit toute ma fierté. Jamais on ne m'avait protégé jusque-là. En souriant, elle m'avait fait signe de partir. La première fois. C'était surtout un sentiment que j'ignorais. Stupéfait de réaliser combien il pouvait ressembler et être à la fois le contraire de ce que j'avais cru connaître. De grandes vagues lentes et douces, mais fortes. Des mouvances profondes. De celles qui transforment les littoraux. Ce n'était pas un sentiment spectaculaire, mais un moment de terreur tranquille. Une minute insoupçonnée. Une femme avait pris ma défense.

Comme ces instants où l'amour est nommé les toutes premières fois. Nerveusement. Semblable à un geste coupable qu'on retient. L'aveu est un dévoilement. On peut le ressentir et le faire durer pendant des décennies, c'est toujours le son de cet aveu qui exige le plus de courage. Alice en avait. En double. Et, chaque fois qu'elle le disait, c'était un plaidoyer. Torrentiel. Un soir où on s'embrassait, dans ma voiture, rue Saint-Hubert à Montréal, on s'était rendus jusque sur la banquette arrière. Elle avait avancé, inquiète, qu'elle pourrait enlever son pantalon. Puis, une fois en elle, sa main posée sur mes yeux, elle avait dit en posant sa bouche sur la mienne : « Je t'aime, je t'aime, je t'aime. » Puis elle avait retiré sa main.

Quand j'avais ouvert les yeux, elle avait changé de dimension.

« J'aimerais ça être celle qui occupe toutes tes pensées, elle avait dit le lendemain.

— OK », j'avais dit, incapable de répliquer à son souhait.

Les granges de 1940.

Le lundi 3 juin 1940, un éclair de chaleur a incendié l'étable d'Ovide. Le grenier presque vide, le feu bien nourri par les vents, la grange a flambé en moins d'une heure. Réveillé par une grande lueur et des bruits atroces, mon grand-père s'est précipité à la fenêtre, puis dehors. Incapable d'approcher du brasier, il est resté debout, immobile et en sous-vêtements pendant que les clous et le métal criaient en fondant. La bâtisse est vite devenue translucide. Comme un gigantesque squelette sorti des enfers. À travers les sons du bois sec qui craquait, des poutres qui tombaient, de la tôle tordue et des flammes emportées par une tempête de vent. À travers l'effroyable bruit et les cris des animaux attachés qui se débattaient, agonisants. Les vaches qui venaient de vêler. Leurs veaux. Les cochons. Toutes les bêtes expiraient dans le brasier. Leurs coups de sabots dans les murs. Leurs chaînes qui claquent. Et leurs beuglements. Un à un, mon grand-père les a entendus s'éteindre, étouffés ou brûlés vifs. Il connaissait ses bêtes comme ses enfants.

Au lever du soleil, il ne restait plus rien. Un tas de cendres, grises et noires. De la fumée et encore quelques braises. Des carcasses devinées à travers les charbons. Carbonisées. Une chaleur toujours intense. Ovide a pleuré, en silence, quelques minutes, en s'approchant de sa grange. Puis il s'est essuyé les yeux avec l'avant-bras. Sa douleur encore rouge, il avait maudit le Destin, longtemps. Dès le lendemain il allait reconstruire sur les fondations de la première grange. Même si le vide lui faisait mal.

Tous les hommes du village se sont déplacés ce matin-là de juin. Pour lui dire que, lorsqu'il serait prêt, ils le seraient aussi. « Le malheur n'emporte rien », le curé avait dit. Et tous s'étaient relayés pour la nourriture et les encouragements. Une fois les gravats ramassés, les carcasses enterrées, et ce qu'il en restait, toute la paroisse s'était donné rendez-vous pour rebâtir la grange d'Ovide sur ce trou. Les arbres coupés dans la forêt des Papineau ; le bois scié au moulin des Bouchard ; la quincaillerie achetée par la fabrique de l'église. Et des bras d'hommes. Le 17 août 1940, toute la charpente était montée. La grange tenait debout. Ne restait plus qu'à plancher l'extérieur et poser les tôles sur le toit.

Tout était presque fini. En neuf. En mieux. Ovide avait agrandi l'étable. Il avait aussi réaménagé les divisions, pour que le silo soit à l'arrière, au milieu, de manière que l'ensilage de maïs soit servi plus vite aux vaches. La chambre à lait devant, plus facile d'accès pour les chevaux et les nouvelles machines. Un grenier plus haut et libre d'entraves.

Le samedi 17 août 1940, le ciel s'est assombri en fin de journée. L'orage allait passer en vent. Un seul coup de vent, d'une force invisible et sans nom, a fait se tordre la charpente, doucement. Couchée au sol à l'une des extrémités, comme un animal. Disloquée, ralentie par les milliers de clous, les tenons et les mortaises, mais affaissée quand même. Encore perdue. Rendue inutilisable. Il fallait recommencer.

Cette fois, Ovide n'a pas pleuré. Il a maudit le ciel et la terre dix fois plus fort, en doutant de l'existence d'un Créateur. À ses yeux, rien ne pouvait expliquer ce nouveau malheur. Rien non plus ne pourrait jamais justifier l'épreuve de foi profonde que la reconstruction avait pu éveiller en lui. Mais il avait côtoyé de très près la bonté des hommes et leurs généreux efforts au cours de cet été-là.

À chacun son drame. Aux nouvelles, à la radio, chaque semaine, on parlait de plus en plus de la guerre qui faisait rage sur le Vieux Continent. Une bataille si lointaine. D'abord celle des autres. Mais comme toute l'indifférence d'Ovide venait de la distance, une fois qu'il serait sur place après avoir pris les armes, elle deviendrait aussi la sienne. Les réservistes furent appelés. Mon grand-père irait bientôt à la guerre.

La grange fut de nouveau reconstruite à l'automne. En partie avec ce qui avait été récupéré de l'amas de bois, retiré par les chevaux. Le reste, scié plus court, fut recyclé dans les maisons du rang et des alentours. Le mardi 29 octobre 1940, sans aucune cérémonie, sans annonce mais non sans méfiance, Ovide fit entrer ses nouveaux animaux dans sa grange neuve, pour l'hiver. On ne parlerait plus jamais des granges.

9 avril.

Le personnel de l'aéroport nous a prévenus avant même les services d'urgence. « L'ambulance est en route. » Accident d'avion sur le tarmac. Nous sommes une équipe de sept personnes de garde : trois infirmières, un brancardier, une préposée à l'accueil, une travailleuse sociale et moi. Nous sommes l'Urgence. Et lorsqu'elle arrive, l'urgence, tous les rôles s'entremêlent. Sauf quand il faut rendre compte des actes officiels. C'est à moi que ça revient. Nous n'avions aucune autre information sur l'accident. C'est de mauvais augure, quand les ambulanciers n'ont pas le temps de nous *briefer*. Branle-bas de combat durant les trois minutes d'attente. L'aéroport est à cinq minutes d'ici quand on prend son temps. Les gyrophares de l'ambulance étaient éteints. Quelque chose n'allait pas. Le véhicule s'est immobilisé devant les portes d'entrée automatiques. Les deux ambulanciers sont demeurés assis, tête basse. J'ai levé les mains en même temps que les sourcils. Le passager n'a rien dit. Il a juste fait « Non » de la tête. Je me suis précipité à l'arrière du véhicule. On nous apprend, en urgentologie, qu'il n'est jamais trop tard pour sauver quelqu'un, qu'il est parfois possible de faire des miracles avec des corps accidentés. On en ramène des déjà morts. Il faut une absence totale et continue de pouls et de respiration et une dilatation permanente des pupilles avant de se résigner à constater et à prononcer un décès.

111

En ouvrant les portes de l'ambulance, j'ai d'abord aperçu les petites espadrilles rouges et noires de Flash McQueen, Disney. Un enfant. Six ou sept ans. Des jeans. Et, à partir des genoux, du sang. Plein de sang partout, au sol et sur la civière. Mon regard a remonté jusqu'à la taille. Puis plus rien. Rien. Rien du tout. Rien de rien. Il n'y avait plus de corps.

Le petit Josaïa Eekulna attendait sa mère à l'aéroport de Kuujjuaq, laquelle revenait de visiter sa mère malade à Cape Dorset. Quand l'avion s'est posé, un bimoteur DH1, le petit a échappé à la surveillance de sa gardienne, ouvert la porte de sortie de l'aérogare et est sorti sur la piste en courant vers l'avion alors que l'appareil arrivait à quelques mètres de son point d'arrêt. L'hélice du moteur gauche l'a haché jusqu'à la taille. La mère, la gardienne et les pilotes sont arrivés à l'hôpital quelques minutes plus tard. En taxi. État de choc général et violent. Je leur ai fait prendre des comprimés assez puissants pour les faire dormir plusieurs heures d'affilée.

On a descendu de l'ambulance les jambes et le bassin de l'enfant. La police est venue faire son travail. J'ai signé une constatation de décès sans même pouvoir prendre ni évaluer les signes vitaux.

Josaïa Eekulna n'a jamais souffert. Il n'a même pas eu le temps de savoir qu'il était mort.

Le travail me pèse. Pas vraiment le boulot ni les heures, plutôt leurs conséquences. Souvent tragiques.

J'ai toujours un peu peur. Je m'ennuie d'Alice.

« J'ai rêvé que je portais une robe trop osée, elle avait dit un matin en s'éveillant. Et t'aimais pas ça. »

Peut-être qu'elle me mettait à l'épreuve. J'avais juste répondu que si un jour elle portait une robe osée, je la plaquerais contre le mur, je baisserais sa petite culotte et entrerais de force entre ses cuisses. Sans l'embrasser ni dire un mot. «Je vais te prendre et jouir sans t'attendre ni même penser à toi», j'avais ajouté.

Elle m'avait fixé du regard, sérieuse mais souriante : «Dès que j'en vois une, je cours l'acheter.»

J'aimais avoir une promesse à tenir. J'aimais télégraphier le temps. Me projeter au loin. Un truc de gars. Ce que je sentais n'avait pas de bornes. Il tenait tout entier dans des limites inconnues pour moi.

Pendant plusieurs mois, j'ai cru être amoureux. Je pense l'avoir été vraiment. Difficile à dire aujourd'hui quand la femme qu'on aime le plus au monde est aussi celle qu'on commence maintenant à détester, contre toute mesure. J'étais plein de contradictions.

Un jour, j'ai pensé qu'elle était folle. La première fois, je le lui avais dit avec complicité, moqueur, et sur le ton d'un compliment. En pensant sans le dire que ses obsessions de ménage et de tâches domestiques allaient ruiner tout ce qu'on voulait bâtir. J'avais encore un peu de retenue. Une pudeur. Mais je l'avais beaucoup senti. Un homme, au XXIᵉ siècle, doit se retenir de dire ce qu'il pense véritablement devant la femme qu'il aime. Afin que l'échange reste respectueux. Ces vérités à voix haute ne peuvent être livrées qu'en cas d'urgence et à la dernière extrémité, dans les derniers retranchements de soi. Les vérités, pour elle et moi, sont des charges si lourdes à projeter. Même après avoir promis de tout se dire.

Alice lavait le lavabo chaque fois qu'elle se brossait les dents. Elle frottait les robinets pour qu'ils brillent comme des neufs. Les draps du lit, changés deux fois par semaine. Tous les planchers de notre appartement de Queens, lavés chaque jour. Elle disait que ça calmait ses angoisses. Compensation. Et, quand je lui disais que je ne voyais pas de saletés, elle répondait sèchement: «De toute manière, tu ne vois rien et tu pourrais vivre avec des cochons.» C'était la première fois que j'avais élevé la voix, criant presque: «Et toi, tu viens d'un monde où il n'y a même pas d'eau courante.» J'ai compris très tard dans notre relation, trop tard sans doute, qu'un point d'eau constitue la base de vie d'un couple moderne où il y a une femme.

Ma grand-mère ne m'a reparlé des granges qu'une seule fois. Un soir d'automne. Je n'avais pas vingt ans. Elle avait simplement répondu aux questions que je me posais. En marquant des pauses, elle avait raconté des bribes de cette pénible histoire avant de la balayer de sa main comme on chasse un moustique. À cet âge, je n'avais pas encore appris à pleurer. C'était en fin de soirée. Il faisait sombre dans la cuisine. À son insu, furtivement, j'ai essuyé un œil, puis l'autre quelques minutes plus tard.

Je n'aurais pas su nous soigner. Il y a des évidences incurables. Aimer n'est l'antidote de rien. Mais il peut se multiplier, autant que les cellules d'un mal. Au premier soir de notre descente de la George, il y a trois ans, je lui avais exprimé tout le sentiment qu'elle avait fait émerger en moi. Toutes les limites que j'avais repoussées en l'aimant. Enivré par cette communion presque parfaite entre deux êtres qui se veulent et s'acceptent, je lui avais dit que c'est à travers les éclaircies qu'on décide d'une destination, et non pas à travers les brouillards. Que j'avais voulu l'avoir à moi depuis la première seconde où je l'avais vue, ce soir où elle était venue s'asseoir en collant sa jambe contre la mienne. Le sentiment de vouloir que l'autre soit épris de soi est mille fois plus déterminant et fragile que celui de l'être. J'avais voulu qu'elle me regarde de tout son amour, comme un cadeau de Noël encore emballé, ou un vertige qui nous aspire dans une chute. Je sais attendre, j'avais dit. Autant ses paroles que sa vie. Je l'aurais attendue des années. Tout cela se creuse un chemin comme l'eau sait le faire dans le sol. Personne n'arrive jamais de nulle part. On avait été un départ.

Je ne sais pas où tu vas, Alice, mais chaque minute passée avec toi, celle où l'on marche, comme celle où l'on se repose, et celle plus difficile où tu disparais, a du sens. Un sens aussi loin de la perfection qu'il est juste. Je t'avais demandé, un peu inquiet, si le Nord allait sceller nos vies. Tu m'avais répondu, en clignant des yeux, que c'était fait depuis longtemps. Et, juste là, j'aurais éternisé cet état. J'aurais fait des croix sur toutes les dates du calendrier. J'avais voulu l'épouser, là, le soir de l'ours. Le même soir où j'avais crié qu'elle était folle. Mais j'avais préféré attendre un plus beau moment. Certains jours, je me dis que j'ai eu raison et d'autres, que j'ai terriblement manqué de courage.

«Attends, tu avais dit. On va se baigner dans la baie d'Ungava, et là tu auras une bonne raison de faire un X. Depuis que j'ai déposé mes yeux dans les tiens, je suis bouleversée.» On s'était embrassés, la première fois, un 27 décembre. On avait fait l'amour, un 22 janvier. Mais c'est un 14 août qu'on s'était enfin dit qu'on s'aimait. C'est à cette date, j'y croyais, que j'allais un jour lui demander l'infini.

Il devient plus facile de mettre en mots le sentiment quand on s'en éloigne. Alice vivait en moi. Il y avait celle avec qui j'avais emménagé à Queens, et celle qui existait quand l'autre n'était pas devant moi. Être aimé est donné à tous. Peut-être est-ce universel. Ou peut-être est-ce un privilège réservé à quelques mortels.

Alice et moi, on s'est effrités sans s'en rendre compte. Ou plutôt sans se le dire. Des mots qu'on ne veut pas prononcer. Une fois énoncés, impossible de revenir en arrière. On ne peut pas. Tout se teinte déjà d'un voile permanent. Mais grâce à elle, je pouvais arrêter le sang.

Mon grand-père est mort sur une plage de Normandie. Au bout de son sang. Un gros éclat de mortier lui a arraché une partie de l'abdomen. Chaque fois que je me joue la scène de sa mort, je vois une plaie, des lambeaux de chair rouge, souillés de sable. Je le vois lui, tremblant et crispé, ou peut-être calme et serein. Il avait vu mourir assez d'animaux pour comprendre que tout ce qui s'écoulait de lui faisait fuir la vie. J'aime à penser qu'il s'est résigné. Que devant les faits, il a reconnu et accepté l'issue. Scénario plus facile à concevoir que celui d'un échec. Il a très certainement pensé à sa femme. À sa résignation de survivante. Il l'avait rendue veuve. Puisse-t-elle avoir assez de souvenirs pour l'aimer encore longtemps. Puisse-t-il lui avoir donné assez de lui-même pour qu'une fois éteint, il demeure encore un peu en elle.

Mon grand-père est mort dans l'assaut raté de Dieppe, sans souffrir. Son sang s'est entièrement écoulé à côté de lui, dans un lent compte à rebours. Il n'avait ni chaud ni froid. Il est mort en tenant la main d'un ami de bataillon penché sur lui, qui lui aura survécu pour nous raconter sa fin. Et, quand il a senti venir son dernier souffle, il a repoussé ce soldat pour fixer le ciel et expirer. Il aurait lui-même porté sa main à son front et fermé ses paupières avant de s'éteindre. Sans doute avec l'image de Yolande, exactement comme au dernier baiser, avant de partir. Celui de l'ultime au revoir.

Ma grand-mère a reçu la visite d'un sergent de l'armée sept jours plus tard. Il lui apportait une lettre et une médaille. Mince prix de consolation. L'honneur, la fierté et le courage de son mari n'auront jamais réussi à lui faire accepter cette séparation brutale. Elle aurait tant souhaité parler avec lui de la mort avant son départ. Pas facile de comprendre seule une telle absence. Mon grand-père a été enterré au Mémoriaux militaires de Dieppe, dans le square du Canada, avec le Régiment royal. Son corps est resté là-bas.

« Le plus dur, m'avait-elle dit, c'est de ne plus pouvoir le serrer dans mes bras. »

Son nom gravé sur une pierre, des dates. Mais pour elle, cette mascarade n'explique absolument rien de rien.

3 mai. Hôpital.

L'ambulance et les voitures sont arrivées à l'urgence en début de soirée. Cinq adolescents de treize à dix-sept ans. En mai, il reste de la neige partout au sol, même au sud du soixantième parallèle. Cinq jeunes, une maison en *plywood* chauffée au propane. L'un deux a décidé d'inhaler du gaz de la bonbonne pour se droguer. Il a été imité par les quatre autres. Et puis l'un d'eux a décidé de s'allumer une cigarette. Paraît qu'il ne reste que le plancher. On a retrouvé le plus conscient, celui qui a pu raconter l'histoire, sur le toit de la maison d'en face. Trois d'entre eux sont méconnaissables. Fondus. Mais toujours vivants. Impossible de toucher leur peau, elle a l'air d'une pelure de guimauve brûlée qui suinte. Et ils hurlent à travers leurs brûlures comme des damnés. On ne comprend pas ce qu'ils crient. Il reste le trou où se trouvait la bouche et un autre juste au-dessus, là où se trouvait le nez. On a gardé les deux moins amochés. Ils vont survivre. J'ai mis les trois autres sous très forte sédation, dans un coma artificiel. L'infirmière ne savait pas où piquer. Puis elle n'a plus voulu le faire. J'ai dû enfoncer les seringues dans les abdomens. Ils se sont calmés, mais ont continué de geindre, même inconscients. On a fait venir l'avion-ambulance pour les amener au Centre des grands brûlés à Montréal le plus rapidement possible. Et préparé les trois gars pour le transport jusqu'à l'avion. On a sanglé les civières avec de la corde et les ceintures de sécurité. Ils étaient collés aux draps des civières. J'ai appelé à Montréal pour avertir de ne pas les rouler hors des civières. Leurs peaux y seraient restées.

L'avion a décollé avec deux infirmières et je suis retourné à l'hôpital. Trente minutes plus tard, devant moi, se tenaient de nouveau le pilote de l'avion et les deux infirmières. La sédation n'avait pas tenu. Les douleurs étaient trop profondes. Les trois gars avaient gueulé avec toute l'énergie qui leur restait avant de mourir l'un après l'autre quelques minutes après le décollage. Les corps m'attendaient sur le tarmac où je devais constater leur décès. « Ramenez-les ici, j'avais dit aux infirmières et au brancardier. Il reste deux survivants dont il faut s'occuper. »

Sous perfusion, ces deux-là ont reçu des doses immondes de morphine à partir de ce moment. Je suis convaincu que leurs corps porteront la mémoire de cette douleur bien au-delà de leurs vies.

Je suis rentré chez moi vers 23 heures. Kuujjuaq est la plus grande ville au nord du cinquante-neuvième parallèle. Deux mille trois cents habitants. La seule aussi qui dispose du WiFi. Une antenne connectée jour et nuit sur les relais satellites. Heureusement pour moi. Le web. De la porno. Des femmes. Consolation. Alice n'est plus là. C'est un besoin. J'y passe des heures à ne plus penser. À les désirer. J'aime voir leur plaisir. Et on peut y faire comme du tourisme : il suffit d'écrire *brunette with white stockings* et des milliers apparaissent d'un clic. On peut demander à voir des femmes qui avalent du sperme, taper sexe anal, commander aussi des femmes avec des robes de mariée, des piercings, des lesbiennes et choisir toutes les tranches d'âge entre dix-huit et quatre-vingt-dix ans. Et elles sont des millions à surgir sur l'écran. Nues. Chaque jour des nouveaux corps. Avec comme seules frontières mes désirs du jour. Mes intentions. On apprend vite à se connaître dans ces

heures solitaires. Mes rythmes sont sains. Je ne suis pas
déviant. Mais j'en ai besoin. Pour ventiler. Et ce n'est
pas qu'un conditionnement biologique. Les hommes
ne sont pas que des hormones. Je suis médecin, je le
sais. Ils cherchent autant que les femmes. Par un autre
chemin, au bout de leurs doigts. Je n'ai besoin de rien
d'autre. Elles sont toutes là. Les seules clôtures de
l'amour sont les nôtres. Les seules fins, celles qu'on
s'impose. Je me trouve au milieu de mes enceintes.
Celles que j'ai tracées autour de moi, mes bornes.
Rassurantes. Je me branle une fois sur trois. Je veux
juste me croire amoureux un instant à travers elles.
Et je le suis. Quelques minutes ou quelques heures
à la fois. Évidemment, sur le web, aucune obligation
de répondre aux questions d'Alice ou d'une autre.
Je sais qu'il n'y a pas là la chaleur des peaux. Pas
plus que les odeurs réelles. L'amour se trouve simplifié. A-t-il besoin d'être complexe pour être cru?
Sur le web, c'est comme en religion. Même si je
n'y crois pas, je suis quand même satisfait de ma
relation. Après tout, à sens unique, aucun risque de
collision. J'entretiens mes sentiments avec de grands
mirages.

Alice m'a dit un soir : « Tu peux faire ce que tu veux
avec moi. » C'est aussi la fois où j'ai le plus perdu mes
repères. On apprend aux hommes du XXIe siècle des
gestes et des comportements bienséants. Alice avait
joui quatre fois. Moi trois. Elle avait promené ses seins
chauds sur mon corps, partout. Comme des caresses
de la main. J'avais éjaculé sur ses seins. Un miracle.
Elle avait souri en disant qu'elle avait aimé ça. Et je
l'aimais, elle, dans toutes ses chairs. Je suis devenu un

homme quelques minutes après. Quand j'ai réconcilié, ensemble, tous les possibles d'une telle femme.

Ce soir, j'arrive à croire que j'en aime plusieurs. Toujours une seule à la fois. Mais elles se suivent sur l'écran. Et c'est assez. Je suis comblé. Au-delà de toute espérance. Ces femmes ne me blessent pas.

« Savais-tu qu'une femme amoureuse s'endort toujours en pensant à l'homme qu'elle aime ? »

Là, je venais de l'apprendre.

L'électricité a enfin été branchée dans tous les rangs de campagne au début des années cinquante. Les voitures sont devenues accessibles. L'eau courante aussi. La vie a semblé absurde à ma grand-mère pendant quelques semaines après la mort de son mari. Puis la distance s'est installée. Les trous se sont remplis. Il n'y a rien à accepter, de toute façon, on n'a pas le choix. Ma grand-mère sera restée veuve plus longtemps qu'elle n'a été mariée. Son union résiliée par un sort qu'elle n'arriverait jamais à comprendre. Elle a sublimé son amour.

Au début de notre rencontre, Alice ne savait pas vraiment parler, elle non plus. Elle pouvait aligner les mots et se faire comprendre. Mais elle demeurait farouche. C'est uniquement poussée au bord du précipice, un pied dans le vide et en perte d'équilibre, qu'elle pouvait arriver à nommer ses sentiments. J'ai été élevé par des parents qui avaient aussi laissé cette identité émotive aux femmes. Autre temps, autres mœurs. J'avais été très surpris par son incapacité à communiquer correctement ce qu'elle pouvait ressentir. Elle aimait mieux pleurer que de nommer. Elle éclatait d'abord, et replaçait ensuite les morceaux pour me permettre de comprendre. Une fois, j'avais dit : « Je pense que je suis amoureux, t'es dans toutes mes veines, t'es là la nuit quand je m'endors, le matin quand je me réveille, et à toutes les *fucking* secondes où je suis conscient. » Elle m'avait juste fixé, sonnée : « Je veux hurler, là. »

« Tu sais que je demande beaucoup d'entretien ? » elle avait dit le lendemain, une manière de valider l'écho de la veille. J'avais haussé les sourcils et les épaules en même temps. Elle m'avait embrassé sur la joue. Pour dire merci. Une femme qui embrasse un homme d'un seul baiser sur une seule joue est une femme profondément éprise ou une femme qui s'en va pleurer. Alice-ma-louve. Je ne crois pas aux miracles ni aux coups de foudre, pourtant je sais que nos chairs savent plus que nos raisons. Cette envie d'être à elle. Peut-être qu'on a trop voulu y croire. Je n'ai plus d'intuitions.

« Pourquoi tu serais seulement à moi ?

— Parce que rien, justement, ne m'y oblige. C'est mon choix, et ça, Alice, venant d'un gars, c'est la seule assurance qui compte, la seule que tu souhaites », j'avais répondu.

J'ai passé ces premières années à la rassurer. Alice-belle-angoisse. Alice-toujours-craintive. Une animale, une femelle. Toujours méfiante de l'issue de notre histoire, comme on guette la mort. À savoir qu'elle viendrait forcément un jour. Même quand elle répétait n'avoir aucune fin, c'était pour se défier. Pour nous défier face à l'innommable.

Et elle avait raison. Inquiète et lucide.

Ma grand-mère a donc élevé ses enfants toute seule. Sans du tout se croire exemplaire. Au village, on la disait courageuse, forte, déterminée. Si elle avait entendu, elle s'en serait moquée, aurait tout balayé du revers de la main. On n'a pas vraiment de mérite à faire «ce qui doit être fait», elle aurait dit. «C'est pas vrai que ça prend tout un village pour élever un enfant, faut juste être organisée et savoir s'oublier», elle disait. Ses journées commençaient avant celles de tout le monde, souvent encore dans la noirceur d'une fin de nuit. S'habiller, faire le feu, descendre au sous-sol chercher l'eau dans la citerne, la mettre à chauffer. Se préparer un thé était son seul geste égoïste. Depuis la mort d'Ovide, un rare verre d'eau-de-vie, aux Fêtes seulement. Responsable de tout le reste : le linge à laver, à plier, voir aux repas du matin-midi-soir, les lunchs de ceux qui allaient à l'école, surveiller les sacs, les devoirs et les leçons. Puis aller au poulailler, faire la traite, nourrir les cochons, soigner toute la ferme. Ma grand-mère se couchait chaque soir sans avoir beaucoup existé pour elle. Ce qu'on considère comme une négation de soi aujourd'hui a été un jour le quotidien. Peut-être ces femmes existent-elles encore. Peut-être, comme ma grand-mère, disparaissent-elles «sous le radar» d'une société qui n'a rien à chier de tels efforts désintéressés. Tous les jours. Encore et encore. Veiller à l'éducation des filles, mais à celle aussi, plus grave, des garçons. Ma grand-mère ne se croyait pas en mesure d'en faire des hommes en l'absence de leur père. Alors que sa vie, à elle seule, servait de leçon à tous ceux qui l'entouraient. Comme ailleurs et partout, ceux qui nous éclairent sont toujours les derniers à savoir qu'ils émettent de la lumière.

C'est ainsi que mon père a grandi. Sans le sien. Seulement avec son souvenir et ce que sa mère voulait bien leur en raconter. Toutes les histoires sur mon grand-père sont restées enjolivées. Soucieuse du poids des mots et des empreintes, elle faisait le portrait d'un homme juste et bon. Honnête. Travaillant. Avec des valeurs. Des qualités primordiales au milieu du XXe siècle. Et ce sont les histoires qu'on raconte et qu'on embellit qui font l'histoire populaire. Celles qu'on forge pour soi et pour les autres. Par amour. Parce que « les souvenirs, c'est tout ce qui reste ».

Quand le monde meurt.

Les premières années sans son mari, ma grand-mère les a vécues avec l'odeur du kérosène, pour l'éclairage. L'électricité est entrée chez elle en 1949. Le poteau et le fil avaient été installés en 1946. Mais elle a attendu trois ans avant de se résigner à la modernité et de raccorder sa maison au courant. Elle n'a jamais eu de tracteur. Préférant voir ses fils conduire les chevaux pour les labours, la machine à herser, celle à faner, celle à andains et la charrette. Un système de mécanique ancestrale, qu'elle connaissait bien et qui avait toujours fonctionné. Elle n'avait qu'à dire, le soir : « Demain, les garçons, faudrait faucher, et faner dans deux jours, si ça continue de faire beau et sec de même. » Et les garçons, dont mon père encore enfant, exécutaient ce qu'elle avait demandé. Leur mère connaissait la terre et ses rythmes. Une seule fois, en 1944, elle avait sollicité l'aide d'un voisin qui possédait un tracteur. À court de temps pour labourer une pièce de champ en friche avant l'hiver. Elle avait souri en le remerciant. Elle lui avait tendu un billet de deux dollars en disant qu'elle pourrait miller dès l'automne, pour que le fourrage soit déjà haut l'été prochain. La même année, le médecin du village était intervenu à la maison. Une première. Pour ses quatre enfants fiévreux en même temps. Elle n'avait encore jamais vu de pénicilline. Dans une bouteille de verre brun foncé. Un compte-gouttes en verre, lui aussi. Et une odeur d'urine. Mais ça guérissait toutes les afflictions, semblait-il. Un champignon miracle qui combattait bactéries et maladies. Qui poussait sur l'urine de cheval et sur la pisse des religieuses, dans des usines à médicaments. Cinquante sous pour le médecin. Si elle voyait s'améliorer la santé des enfants, ma grand-mère doutait quand même de ces solutions modernes qui ne venaient pas d'elle. Ainsi continuait-elle à épingler du camphre aux chemises des enfants malades, convaincue qu'ils guériraient davantage par cet usage.

Jusqu'en 1949, tout ce qu'elle achetait au village, en plus de la levure, c'était du sel, du kérosène et des semences. On produisait, bon an mal an, deux cents poches de patates, toutes vendues sur le rang. Ramassées fin août, jusqu'à la dernière. Il ne restait rien. Glaner. Et de nouveau. «Allez refaire le champ de patates», elle disait, même après trois, quatre passages. Et les enfants en trouvaient encore.

Alice et moi, on se serait fondus l'un dans l'autre. À certains moments on aurait voulu vivre ainsi, confondus dans l'autre. Nos corps étaient heureux ensemble. Jamais rassasiés. Jamais. Une belle grande soif insatiable. Il est plus facile de sentir notre existence quand nos corps crient. Que nos sangs circulent à toute vitesse. Je cherche encore à comprendre comment j'ai pu m'éloigner de quelqu'un dont j'ai tant voulu dévorer l'existence. Les plaies guérissent et les virus meurent. Mais nos corps amoureux s'usent quand même, on dirait bien.

Un soir que nos congés de garde se croisaient enfin, on était allés manger dans un *steak house* branché de Queens. On avait fait l'amour, au retour. Sommeil. Puis encore une fois durant la nuit. Alice pouvait interrompre ma nuit en tout temps, pour ses envies. Elle m'a réveillé.

« Tu dors pas ?

— Non, pas vraiment », elle avait dit en souriant.

Je l'aurais embrassée pendant des heures.

« Prends-moi fort, OK ? » elle avait dit. Puis elle m'avait fixé, dans les yeux, sans bouger. Juste les secousses de mes hanches contre les siennes. Elle respirait fort. Ses mains serrées sur mes bras. Puis ses ongles dans ma peau. « Viens pas dans moi, j'ovule, là », elle avait chuchoté en me tirant vers sa bouche.

Le lendemain, elle avait affirmé qu'une porte s'était ouverte en elle la veille. Comme un éclatement. Que l'intime s'était immiscé entre nous. Enfin. « Je pense que je suis amoureuse de toi. » Alice faisait une différence entre être en amour et être amoureuse. Pour elle, l'un était une explication et l'autre un état.

Comment sait-on véritablement ? Il y a les chairs qui s'attirent. Faciles à mesurer parce qu'elles sont physiques. Mais l'autre part, invisible, existe-t-elle pour vrai ?

C'est le début de l'été ici en mai, dans l'Ungava. Quelques semaines confortables à venir. La neige va baisser, s'écraser, puis disparaître. Qu'est-ce qu'il me faut ? L'odeur de ta peau ? Ton parfum ? Ton abandon ? Tes murmures ? Vouloir ses cris. Son temps. La respirer. Sa nuque que j'embrassais pour la sortir du sommeil et sur laquelle je voulais m'endormir toutes les nuits.

Toutes ses odeurs chaudes, sous les couvertures. Si le soir je soupçonnais que je l'aimais, au matin je le savais.

C'est dans la terre forte qu'on sème les blés. Mon père, son frère et ses deux sœurs couraient les corvées à la ferme. Le lait, la crème. Et la crème glacée qu'ils allaient vendre au village une fois par semaine. Ma grand-mère faisait tout. Et avait un faible pour l'anis sauvage. Crème glacée à l'anis cucilli par les enfants. L'anis qu'elle ajoutait aussi dans sa recette de beignes et de pain. Un matin d'automne, elle disait: «Allez faucher le lin.» Pour en faire de l'étoupe et isoler la maison. Boucher les trous, combler les manques et bloquer les fissures où on «voyait le jour». Un autre matin, elle disait à mon père: «Va mettre la vache avec le taureau» ou «envoie la truie voir le verrat». Toutes les saillies se faisaient à l'automne. Pour que les vaches vêlent au printemps. Donner aux veaux une meilleure chance de survie. Les petits cochons naissaient juste avant Pâques. Facile à calculer, le cycle des cochons: trois mois, trois semaines et trois jours. La base de la survivance. Une femelle, des chaleurs, un mâle. La moitié de la vie s'apprenait hors de l'école. L'autre moitié, les femmes s'en chargeaient entre elles. Ma grand-mère n'expliquait qu'à ses filles. «Les garçons savent faire d'eux-mêmes.» Et les filles savent bien qu'il ne faut rien dire aux garçons.

Au début, ma grand-mère faisait «dire» des messes tous les deux mois. Toute la famille se mettait belle et se rendait à l'église. Yolande toujours en noir. Et puis les messes «chantées» pour Ovide se sont espacées. Aux six mois. Puis une par année, à l'anniversaire de sa mort. Ma grand-mère est restée veuve toute sa vie. Mariée à un homme qu'elle n'avait pas assez connu. Plus longtemps amoureuse d'un fantôme que de chair. Mais elle a transformé cette absence douloureuse en une grande fidélité affective qui n'avait rien de compensatoire. Elle se l'est inventé autrement.

Le souvenir de gestes communs. Ils avaient cru à leur avenir. Les saisons ordonneraient leurs cycles. Des grossesses au fil des années, réparties sans savoir par quel hasard des fois l'enfant « collait », d'autres fois non. Ma grand-mère était dure pour son corps. Première levée, dernière au lit. Sans s'asseoir bien longtemps. Quelques minutes pour tisser ou coudre des vêtements et boire son thé. S'asseoir était peut-être incompatible avec les corvées interminables de toutes les vies qui dépendaient d'elle.

Aujourd'hui, les fausses couches s'expliquent par des noms de maladies et l'épuisement. La science s'acharne à ne plus accepter l'échec. À l'époque, une femme incapable de garder « l'enfant » cachait une honte murmurée. Une honte aussi engourdie par les autres bouches à nourrir, des langes, une maison à tenir et un ventre à panser. Pas le temps de pleurer. Du moins, en public. La perte d'un enfant, pour ma grand-mère, est restée une blessure profonde et indescriptible. Rien de comparable entre ses jours et les nôtres. Elle avait imaginé les vies qui n'auraient pas lieu, comme celle de son mari mort trop tôt. Dans une résignation qui dépasse tout ce que le nouveau siècle peut imaginer. Les drames n'étaient pas des théories, des séries ou des téléromans. Alice et moi, on s'est véritablement vécus.

« Ce qui a le plus changé depuis mon temps, Yolande disait, ce sont les choix qui sont apparus. Dans mon temps, nous n'en avions pas, c'était ça la vie. » Une charge lourde de tristesse à porter quelquefois, mais pas de regret. On lui avait appris que si elle pouvait manger et dormir dans sa maison, elle n'avait aucun motif de se plaindre. Même sans mari.

Le destin, lui avait-on dit. Le Bon Dieu avait ramené son mari près de Lui. Mais ma grand-mère avait une lucidité qui l'éloignait des croyances. C'était une femme juste. Elle avait la certitude que la vie l'avait spoliée. Mais qu'elle n'y pourrait rien. Elle maudissait son absence. Elle l'acceptait, mais ne l'avait jamais trouvée juste.

Mon grand-père avait compris quand il avait senti son corps devenir brûlant. Ou glacé. Il n'aurait pas pu dire. Il savait que c'était la fin. La sienne. Sa fin. Et c'est à elle qu'il a pensé, j'en suis convaincu. En croyant que ça l'apaiserait. Comme un réflexe. Par défaut. Comme si l'amour pouvait réussir à lui faire accepter le sort. Au-delà de la douleur de ses chairs, au-delà du seuil tolérable, dans une mécanique de beauté. Mon grand-père n'a jamais vraiment été croyant. Surtout depuis les granges. Il allait tout de même à la messe et à l'église parce que c'était comme ça, et il saluait le curé quand il le croisait, par politesse. Mais il avait toujours douté des fables et du folklore des hommes d'Église. Pour lui, ça n'expliquait qu'une envie de profit, et celui d'une seule idée. Il a trouvé plus de réponses en regardant la terre et ses rythmes.

Il est donc mort lucide. Avec pour seules convictions l'amour d'une femme et l'absurdité de sa mort. Pas déjà, qu'il s'était dit. Pas comme ça. Il avait regardé le ciel. En fermant les yeux, il s'était résigné.

2 juin.

Les flancs nord et ouest des montagnes et des coteaux demeurent enneigés. Mais le gris et les couleurs de terre refont surface avec l'arrivée des vents de saison. Chassant le printemps et apportant l'été. Le souffle du Sud. J'ai perdu le goût de lire durant mes études. La mémoire surchargée. Trop de science et de faits. Les phrases ont cessé de me bercer. Mes temps libres, je les brûle sur le web. Je deviens paresseux.

Après Alice, en février, j'ai voulu ne plus être amoureux. Il faudrait que je sois trop complet. Trop parfait. Le Nord m'a fait du bien. M'a polarisé. Je vis entre l'hôpital et l'écran de l'ordinateur. Rien d'autre. Des images de femmes nues, qui miment et m'inondent, pour le plaisir facile de mes yeux. Alice m'a bouleversé, et pour justifier ma fuite ici, je me dis que c'était trop pour moi. Les souvenirs, eux, demeurent pourtant plus vrais que vrais. Je voudrais les noyer. De l'autre côté de nous.

Ici, les corps qui souffrent et crient me font du bien.

Ce soir, j'allais partir, retrouver ma chambre, et mes onze mille amantes, lorsque l'ambulance s'est annoncée. Un adolescent. Dix-sept ans. Sur la civière, son regard se révulsait. L'ambulancière, assise à cheval sur lui, tapotait son visage pour l'empêcher de partir en même temps qu'elle lui pompait le thorax. Elle répétait son nom, *David, David, stay with me, you're in the hospital,* tandis que sa collègue poussait la civière vers la salle d'examen.

David a perdu connaissance. L'infirmière lui a installé un soluté pendant que j'introduisais des tubes de plastique flexibles à travers ses narines jusqu'aux poumons. En mesurant la distance requise avec mon stylo. Un, deux, trois stylos de profond. L'ambulancière monitorait le pouls et elle forçait l'oxygène dans ses poumons avec une poire à main. Elle m'a raconté comment David avait bu une bouteille complète de sauce soya pour gagner un pari. Hypernatrémie. Les Inuits mettent de la sauce soya sur la viande quand ils la font sécher. Déperdition de l'eau dans le sang et du système électrolytique à cause d'un violent apport de sodium. Une situation critique qui peut faire rapetisser le cerveau et même le faire saigner. J'étais à la fois heureux de voir un cas d'hypernatrémie et inquiet d'apprendre que la sauce soya s'était rendue jusqu'ici. Puis David a sombré dans le coma. Une fois stabilisé et hors de danger, il a été transféré aux soins intensifs. À quelques mètres de l'urgence. Dehors, l'hiver et la banquise fondaient en eau douce.

Avant de savoir qu'on s'aimait, on avait convenu de se dire la vérité. En pensant naïvement qu'il s'agissait d'un véritable engagement envers l'autre. Et on y a cru. Mais cette entente crée des attentes. Et la vérité n'aime pas les convenances.

Alice avait voulu me préparer un café. Elle m'avait demandé si je le trouvais bon. Toute la vérité, on s'était dit. « Non, il goûte l'eau. » J'aurais dû savoir que, parfois, l'intention doit surpasser le résultat. Peut-être que l'évidence ne concerne que les cellules. Chaque fois que ça touche l'esprit, il faut s'ajuster et courber un peu le fil du bois. Sans se fâcher, c'était trop tôt dans notre histoire, elle avait accusé le coup et perdu le souffle. En moi aussi un ressort s'était rompu.

« Alors quand on promet de se dire la vérité, juste la vérité, c'est impossible ? j'avais tenté.

— Non, ça veut dire que je ne t'en ferai plus de café », elle avait répondu doucement en se maîtrisant et en clignant un œil.

Je l'avais quand même bu. Mais en chemin vers l'hôpital, je m'étais arrêté au Fairweather Bushwick Coffee pour commander un double *espresso* à Ebru, le barista turc. Il y a des histoires qu'on traîne des années et d'autres sur trois coins de rue. Mais les petites histoires annoncent souvent les plus grandes.

5 juin.
David est sorti du coma. On lui a injecté des dizaines de litres d'eau sucrée, en intraveineuse, pendant trois jours. De l'eau qui ressortait par une sonde insérée jusqu'à sa vessie. Une fois son cerveau réhydraté, il a repris ses sens. Sans avoir conscience de l'étrange frontière qu'il avait failli franchir. Il a crié au martyre quand l'infirmière a retiré le tuyau de sa sonde urinaire. Probablement plus par gêne que par douleur. Ce sera le seul détail qu'il racontera de sa mésaventure.

Alice et moi, on s'effritait. À l'évidence. Mais, par un habile détour de l'esprit, je ne voulais pas le voir. La certitude d'aimer se lézarde, d'abord à l'interne. Elle se reconstruit, mais des faiblesses sont apparues, et elles deviennent impossibles à ignorer. Quand j'avais seize ans, la femme de ma vie s'appelait France Delcourt. Elle vivait en banlieue de Montréal. Nous avons été amoureux une centaine de jours, l'espace d'un été. Elle habitait à l'autre bout de ma ville de banlieue-dortoir. Dans sa partie prolétaire. Celle des gens qui se lèvent de bonne heure et qui ont deux semaines de vacances par année. Peut-être nos différences tenaient-elles plus d'un code social tacite. Les pauvres épousent rarement les riches. Son père travaillait dans une usine de pompes à eau industrielles. Le mien était médecin, anesthésiste. Un fossé gros comme un monde. Deux planètes. La honte et la pudeur ouvrières d'un côté, l'impudence de la consommation bourgeoise de l'autre.

Je lui disais que je ne voyais pas ces distances, pourtant flagrantes. Oui, on pourrait être heureux. En sablant le clivage, loin de nos deux quartiers. Ce serait ma responsabilité. Pour cultiver les bons sentiments, il revient au dominant de s'abaisser le premier, le temps du trajet. Je croyais pouvoir y arriver, mais c'était d'abord une affaire de corps à corps. On jouait à la vraie vie.

Je mettais trente-cinq minutes à vélo de chez elle à chez moi. Entre sa petite maison de la rue Albert et la résidence presque cossue de mes parents de la rue Stravinski, avec une piscine à l'arrière. À toute vitesse, le soir, en brûlant les feux rouges, il m'arrivait de faire le trajet en trente-trois minutes. Et puis, un soir, en partant de chez elle, entre son entrée d'asphalte et la mienne en pavé uni, j'avais senti que notre histoire achevait. À chaque coup de pédale, une distance se creusait. Des écarts impossibles à combler à seize ans. Rattrapés par des lois non écrites. Celles des classes et de nos natures, trop étroites pour l'espace de conscience imposé.

Ce sentiment confus de savoir et de ne pas vouloir savoir que je sais, c'est le même aujourd'hui avec Alice. Une réplique grandeur nature. La même intelligence froide du malheur. Le même sentiment de faillite affective. Mais avec des pollutions émotives d'adultes. Des sensibilités dont les moyens sont plus lourds de conséquences. L'échec serait une faute, nous fait-on croire. Se tromper s'accepte plus difficilement quand les années s'empilent. Car ça change les vies, et des gens pleurent.

Finalement, France a rompu. Déjà, j'étais prêt à endurer et à m'accommoder de la situation sans rien dire. Les hommes s'attendent à ce mode d'arrangement. En mentant un peu. Comptant très fort sur le temps et sa pseudo-consolation. Pour nous deux, ce fut facile. La fin de l'été, deux écoles différentes en septembre, tous les paramètres justifiaient notre rupture. Crédible. Pourtant, j'ai vécu un drame auquel j'ai cru beaucoup plus par narcissisme que par tristesse.

Je savais bien qu'Alice et moi, on s'en allait vers le commencement de la fin. Avec tous ses mensonges, et toutes ses promesses, et tous ses espoirs. Quand on laisse aller les choses, on y croit par défaut. Il est plus facile de vivre des années d'efforts, de silences et de compromis qu'une seule minute de vérité. Et si ça valait le coup? Même en retranchant des minutes à mon chrono, c'était la fin. Au mois d'août.

Dans le Nord, c'est le contraire. Août, c'est le mois le plus faste pour la pêche et la chasse.

Au cours de mes stages dans les grandes villes, on annonçait les drames et les blessures à travers les haut-parleurs. Une voix métallique, en sourdine, comme

celle des robots, *trauma blood bank, trauma blood bank.*
Plus pénible encore que les codes de couleur.

Ici, à l'urgence, il n'y a que moi pour faire part des drames en cours. Je ne le fais pas. Je demeure calme et ça sécurise toute l'équipe. Les seules voix qu'on entend crier, ce sont celles des patients en douleur.

Je me souviens m'être fracturé la jambe à l'âge de cinq ans, en tombant d'une balançoire glacée. Ça s'est passé en hiver, dans notre petite cour sage et clôturée. Mes pieds avaient défoncé la couche de glace rigide sur le dessus de la neige. J'étais tombé sur le côté, mais ma jambe droite était restée dans la glace, prise comme dans un étau. Des os avaient craqué. Tibia et péroné. Une vraie fracture, franche et nette. Mon père a été un peu contrarié d'avoir à interrompre sa journée de travail. Ma gardienne l'avait dérangé pour lui annoncer l'accident. Il m'avait vite pris dans ses bras et emmené à l'urgence. Une fois sur place, chaque pas qu'il faisait devenait une torture pour moi. Tout le long du trajet, dans les corridors de la radiologie jusqu'en orthopédie, des gens l'avaient salué. La radiologiste avait pris toutes les précautions du monde. Avec douceur, elle avait placé ma jambe sur des couvertures de flanelle. Une jambe soudainement étrangère. J'avais cinq ans et je me souviens encore de toute la douleur. Mémoire du mal. Cette jambe qui ne semblait plus m'appartenir. Coupée du corps par un réflexe inquiet. Comme anesthésiée. L'orthopédiste avait fixé les négatifs sur une boîte lumineuse, au mur. Deux images. L'une frontale, et l'autre latérale. Des tiges blanches, mes os, sur fond noir. Désaxés. Cassés et déplacés. L'orthopédiste avait d'abord parlé à mon père en retrait. « Le docteur Duncan va replacer les os de ta jambe, mon garçon. On va te faire un plâtre et ta fracture va se réparer d'elle-même », il m'avait dit, une main posée sur ma poitrine. J'étais toujours allongé sur une table d'examen recouverte du papier blanc qui crispe. Il m'avait aidé à me relever pour m'asseoir, les jambes dans le vide. Le médecin des os avait dit à mon père : «Vous feriez mieux de sortir, docteur, allez attendre dans le corridor.» La porte avait mis une éternité à se refermer, ralentie par un mécanisme hydraulique fixé en haut. Le docteur Duncan s'était approché de moi, m'avait tourné le dos en me prévenant : «Ça va tirer un peu.» Je ne voyais que l'arrière de sa tête et ses épaules. Il s'est penché, s'est appuyé sur la table d'examen et a empoigné ma jambe d'une main juste en dessous du genou gauche, portant l'autre, encore plus solidement, sur ma cheville. Puis il avait tiré fermement vers le bas, comme pour étirer un ressort, et il avait joué avec les os cassés de la fracture jusqu'à ce que ceux du bas soient réalignés avec ceux du haut.

Je me souviens du plafond, du carrelage, des moulures de bois, du bureau en mélamine, des chaises, de la poubelle, de l'horloge, de la couleur des murs, de la poignée de la porte, des cheveux du docteur Duncan, de son odeur, du bruit des néons. Je me souviens de toute la douleur. J'ai su dès lors que la vie pouvait faire mal. Après les manœuvres, plus rien. J'ai souvenir d'être plus tard dans les bras de mon père, une jambe rigide et un plâtre humide et chaud qui part des orteils et monte jusqu'à l'aine. Paraît que tout l'hôpital m'avait entendu crier. J'ai oublié la tête du plâtrier, son local, son bac d'eau, ses bandelettes. Oublié que mon père, une fois revenu à la maison, me tenait la main. Ces souvenirs-là, on me les a racontés.

Aujourd'hui, quand les gens viennent pour des fractures déplacées, je les pique ou je les endors. Morphine ou mépéridine. Des antidouleurs intenses qui agissent sur le cerveau en augmentant la tolérance. Le corps a toujours aussi mal et tous les signaux convergent. Mais on brouille le relais avec le Demerol.

Un beau mensonge. Nécessaire. Je ne souhaite à personne d'endurer une telle douleur, restée si vive après toutes ces années.

«Je veux te protéger, elle avait dit.

— Je ne veux pas que tu me protèges, mais que tu m'exposes», j'avais répondu.

Alice refusait de tout me dire. Je crois qu'elle savait elle aussi.

Mon père est né sans père. Tout ce qu'il possède à son sujet, ce sont les rares photographies jaunies, usées, décolorées, d'un homme qui lui ressemble étrangement, figé dans un âge qu'il a trouvé difficile à traverser. Mon père n'a jamais cru qu'il dépasserait l'âge du sien. L'âge de sa mort. Pourtant. C'est à ce même âge qu'il a été diplômé de l'école de médecine et qu'il s'est marié. Comme pour braver la vie et condenser ses peurs. Pour les exorciser. Avec pour seule mémoire celle de sa mère, teintée d'un voile de veuve. Mon grand père n'a pas eu le temps d'être père au complet. Il a sauté une étape. Dans mon histoire à moi, il joue bien son rôle. Il garde une note parfaite à travers cette distance. Mais il n'a pas pu en âme et conscience, au fil des jours, former d'autres hommes comme lui.

Mon père, Louis-Joseph, est né au printemps 1942. Alors que son père à lui, Ovide, toujours soldat pour quelques mois encore, était basé dans le nord de la France. Ma grand-mère lui a écrit pour lui annoncer la naissance d'un fils nommé Louis-Joseph. Il avait crié à tout le campement qu'il avait eu un autre fils. Un deuxième. Il avait peut-être pleuré, le soir, seul dans son lit. Des pleurs étouffés. Les soldats autour de lui savaient. Même pour les sanglots, ils auraient accepté.

Mon père serait le dernier garçon de la famille. Deux sœurs et un frère le précédaient. Mais lui seul irait aux études. Ma grand-mère, aidée à la ferme par tous ses enfants, avait maintenant assez d'argent pour faire instruire un fils. Mon père a été pensionnaire chez les Frères des écoles chrétiennes à Québec, car ma grand-mère vouait une grande admiration au frère Marie-Victorin, un homme qui aimait la terre. Il était juste et normal qu'elle l'envoie là. Dans un contexte de sévérité et de discipline. «Les garçons ont besoin de direction», elle disait.

Louis-Joseph a découvert plusieurs univers à Québec. Loin des champs et des cycles saisonniers, il a vite oublié les rangs de campagne. Non par ingratitude. La terre était loin de ses préoccupations au début des années soixante. Même si le progrès rural avait été considérable, c'est celui de la ville qui l'intéressait. S'il n'a pas renié ses origines, il lui est apparu évident qu'il ferait partie de la vie urbaine. Tout allait tellement plus vite que dans un village. Le monde rural s'est refermé sur lui-même. Et les fermes ont peu à peu commencé à ne plus être familiales, à s'industrialiser.

Il a fait ses huit années de cours classique à Québec, avant de déménager à Montréal pour y faire sa médecine. L'université le jour, une job de débardeur au port de Montréal le soir, un peu de sommeil et les études la nuit. J'ai toujours éprouvé beaucoup d'admiration pour sa volonté. Nourrie de sacrifices et de détermination féroce. Mon père s'est entêté à se sortir de la campagne. Je crois qu'il se voyait comme une métaphore. Avec la connaissance qu'il avait de tous les sacrifices consentis durant sa jeunesse au profit de la vie de ferme, il avait de l'admiration pour ceux qui étaient venus avant lui. Pour sa mère d'abord, émue aux larmes d'avoir un fils «docteur». Il a terminé ses études de médecine générale, a pratiqué deux ans et décidé de se spécialiser en anesthésie. Aux États-Unis. Encore une autre réussite pour sa mère. Un fils aux États.

Mon père a fait son *fellowship* à la Boston University School of Medecine. Puis un stage à New York. NYU. Comme Alice.

Je n'ai jamais voulu croire aux coïncidences et aux concordances des chemins qui se croisent, mais j'admire Herman Melville depuis qu'elle me l'a raconté.

11 juin.

La neige a fondu dans la toundra. Les cours d'eau sont maintenant gonflés. Les icebergs dérivent sur des courants qu'on ne verrait sans eux. Montagnes de glace mouvantes plus spectaculaires encore que les aurores boréales. Les aurores, c'est pour les touristes, elles finissent en images lustrées dans des livres vendus au Sud. Les icebergs, il faut les voir pour les comprendre. Des masses blanches, immaculées, détachées de la banquise ou du continent, qui flottent et voguent doucement vers un Sud qu'elles n'atteindront jamais. Des glaces d'eau douce. Que le sel de la mer avale sans faire de cas. Les icebergs se renversent plusieurs fois avant de fondre complètement et de disparaître.

C'est aussi le retour des grands oiseaux migrateurs. Les oies et les canards viennent nicher au Nord. Depuis une semaine, les hommes chassent et les femmes volent les œufs dans les nids. Quand les hommes reviennent, ils font une annonce à la radio communautaire et toute la population vient retrouver les chasseurs, qui distribuent alors des oiseaux aux gens qui sourient. Ils prennent aussi soin d'ouvrir délicatement le ventre des femelles pour prendre les œufs. Il y a des plumes partout dans les rues des villages.

À l'urgence, ce matin, un pilote d'hélicoptère. Erik Makusie. Dix-huit mille heures de vol. Il connaît le Nord comme le fond de sa poche. Les sols, les ciels et les vents. Il pilote pour une compagnie de Montréal qui vend des heures de vol aux entreprises minières installées dans le Nord. C'est de l'uranium et d'autres métaux rares qu'on cherche avant tout ici. Le sol du Nord canadien, et plus précisément le sol du Nunavik, regorge d'uranium à l'état naturel. Erik Makusie transporte des géologues et des ingénieurs vers les sites d'exploration. Des terres rares et remarquables. Nécessaires aux besoins du Sud. Le pilote s'était coupé la main avec un exacto, entre le pouce et l'index, en taillant de la fibre de verre. Assez profondément pour qu'il faille recoudre. Anesthésie locale, antiseptique, points de suture. J'aime faire des nœuds mais je déteste les points. C'est une opération banale qui laissera une cicatrice. En revanche, j'adore recoudre si je suis allé travailler en dessous auparavant. Surtout avec l'agrafeuse, une machine qui rapproche les peaux et pose des agrafes en acier inoxydable. J'aime le bruit qu'elle fait.

J'ai souri pour signifier au pilote que l'intervention était terminée. Erik Makusie m'a remercié en m'invitant à voler avec lui le lendemain.

« Ta main ? j'ai demandé.

— Pas de soin, la gauche sert juste à tirer sur le collectif, c'est la droite qui doit rester sensible. »

Il m'a donné rendez-vous à l'aéroport à huit heures. Je n'avais rien de prévu à l'horaire. J'aurais passé des heures sur le web, dans l'attente d'autres patients.

Le lendemain matin, il faisait un ciel clair, bleu pâle, sec, on voyait à perte de vue. Erik a inspecté son appareil. Un B-Star A4. Un appareil puissant, capable de braver tous les temps. « Je dois faire des mises à jour en vol. »

Je me suis assis à sa gauche. Il a demandé la permission de décoller à la tour pour un vol à vue, direction nord. Il a aussi demandé au trafic aérien de s'identifier. Puis nous avons décollé. Kuujjuaq se trouve à seulement quinze minutes de la baie d'Ungava.

Cinquante kilomètres. Sur le bord de la rivière Koksoak. Un autre fleuve qui coule vers le nord, en direction de la baie. Il a mis le cap vers le nord-nord-est en longeant la rive. Le temps était sec et lumineux. Même s'il faut toujours se méfier du beau temps. Toute la côte et les fjords à l'est sont apparus. Spectaculaires jetées de rivières et d'eaux douces dans la mer. L'Atlantique Nord. Salé. On a pris de l'altitude. L'altimètre indiquait quatre mille pieds. À cette hauteur, on comprend les cartes géographiques car on saisit le territoire. Dès centaines de kilomètres d'un coup d'œil. Quand on perd le sol de vue, à l'horizon, c'est parce que la Terre est ronde et qu'elle disparaît au bout de la courbe. On sent le poids de la planète. Nous sommes seuls. Entre deux dimensions.

Sur l'eau, des points blancs. Une mer d'eau foncée à perte de vue. Erik a ralenti l'hélicoptère de sa main gauche. On a plongé jusqu'au niveau de la mer. Dans cet espace, les notions de distance et de grandeur sont approximatives. Il faut en partie se fier aux instruments de vol, car les échelles de mesure se confondent. La masse de glace avait la taille d'un autobus. Un tout petit iceberg, aplati sur le dessus. «Il a dû virer cette semaine, il m'a dit dans les écouteurs. Ils fondent par en dessous. Quand la pointe devient trop haute et trop lourde, ils culbutent et se renversent.»

Et on s'est posés. Dans un équilibre difficile à imaginer, sur le plat du glacier flottant. Erik a coupé les turbines, les pales ont ralenti, puis ont cessé de tourner. Il a ouvert sa porte et est descendu. Je l'ai suivi sur cet iceberg à la dérive, au milieu de la mer, loin de la côte et de ses vallées. Le son de l'eau sur la glace, celui du vent. Et celui de mon cœur. Une fierté, un sentiment mêlé de puissance et d'humilité. Le trajet de retour s'est fait en silence.

Alice. T'es où quand je pense à toi?

À partir de la mi-juin, les touristes commencent à arriver. La piste de l'aéroport de Kuujjuaq est assez longue pour accueillir les jets. Kuujjuaq n'est jamais une destination, seulement une escale. Les Inuits y vivent en imitant les Blancs. Personne ne tient à voir ça. Surtout pas ceux qui s'enivrent de belles histoires. Autrefois un village inuit, puis un poste de traite. À la fin du XIXe siècle, les Moraves ont été les premiers à tenter de les convertir au christianisme. Eux encore qui ont construit des villages et organisé des colonies. Pour attribuer une âme aux sauvages du Nord. Puis il y eut d'autres missions de conversion, jusqu'au début des années cinquante. En 1942, les Américains ont établi une base de défense, baptisée Crystal One, sur l'actuel site de Fort Chimo. Le développement de Kuujjuaq s'est vite accéléré. Aujourd'hui, il y a des restaurants, des hôtels, une banque et un hôpital. Presque exclusivement tenus par des Inuits. Avec des routes, des voitures, des maisons. Sur quelques kilomètres carrés, on dirait la banlieue, la même laideur.

Après quatre mois, je commence à sentir la faillite d'un système imposé par les Blancs. Je soigne des gens ivres morts tous les jours. D'autres qui se battent. Ou victimes d'accidents de VTT et de motoneiges à toute vitesse. Les Inuits ont toujours été nomades. Depuis les années cinquante, ils ont des adresses fixes. Le Nord n'est pas romantique. On ne peut pas le poétiser, l'écrire ou le filmer sans ses failles. C'est raté. J'y soigne des corps, y répare mon amour, mais l'écart entre le paysage et les hommes qui l'habitent est spectaculaire.

Alice est la première Inuite médecin spécialiste. Elle a choisi d'exercer sa profession dans le Sud. Peut-être un peu à cause de moi. Je leur aurais volé une fille? Je suis venu ici compenser et payer mon dû. Au fond, à travers mes doutes et mes contradictions, j'aime entretenir l'idée que je suis quelqu'un de bien.

Les touristes qui montent ici l'été viennent confirmer leurs préjugés. La vérité n'est pas une carte postale. Il vaut mieux pour eux rester dans les hôtels à regarder la télévision et ne pas entrer dans les maisons des Inuits. Éviter les mauvais collages. Ceux qui tiennent à voir le Nord de Robert Flaherty viennent toujours en été, dans le confort. Hormis quelques pêcheurs et chasseurs, personne ne vient ici pour en prendre la véritable mesure. On vient pour le fouler, faire des photos, les montrer et le raconter.

13 juin.

Cet après-midi, les ambulanciers nous ont annoncé qu'ils amenaient un homme qui s'était piqué avec un *rapala*. L'homme aurait un *rapala* dans le sein gauche, un leurre de plastique en forme de poisson, auquel sont attachés trois trépieds d'hameçons. De tels accidents avec des hameçons sont fréquents. Dans la majorité des cas, mieux vaut le faire traverser au complet, dans la plaie, plutôt que de tenter de le retirer, parce que l'ardillon, qui l'empêche de sortir, déchire tout sur son passage si on essaie d'y aller à reculons. On coupe la partie attachée à l'appât et on fait suivre par le trou d'entrée. Pas besoin de points.

Mais l'homme n'avait pas d'hameçon dans ses chairs. Un *rapala* est aussi une lame fine et effilée d'une vingtaine de centimètres. L'homme est entré à l'urgence sur ses deux pieds. Il tenait sa poitrine de sa main droite. De la gauche, nerveusement, une poignée en plastique noir. L'Américain ne souriait pas. Il avait une lame de métal enfoncée dans le thorax, juste à côté du cœur. Il avait apparemment trébuché en revenant de la rivière George, où il avait éviscéré et nettoyé ses prises. J'ai appris, en quelques semaines, à ne pas poser trop de questions. Des choses se produisent, et ce sont les conséquences que je soigne. Un maximum d'informations peut m'aider à soigner, mais souvent je me contente du minimum. Le gars respirait très doucement quand il a enlevé ses mains pour me montrer la plaie. Il m'a demandé à voix très basse s'il allait mourir. «Vous seriez déjà mort si le cœur avait été atteint, j'ai répondu en souriant. Mais il se peut aussi qu'il soit touché, et vous pourriez mourir quand on va retirer la lame.» L'homme a survécu. J'ai fait des nœuds *double-clinch* pour ses sutures.

J'ai appris à donner l'heure juste dès les premières phrases. Si on tarde, les gens nous en veulent. Même quand je veux croire que la sincérité a son rythme à elle, mieux vaut ne pas trop en jouer. Pour l'amour, par contre, j'étais hésitant. Et j'ignore toujours pourquoi.

Un jour, à Montréal, on avait commandé des mets chinois, qui ne devaient rien à la Chine. Alice avait souri et roulé des yeux en lisant le petit papier blanc caché dans le biscuit, à voix haute: «La sincérité est une allumette.»

Mon père a été élevé par des femmes. Sa mère et ses deux sœurs. Les garçons préfèrent croire qu'ils s'élèvent tout seuls. C'est avec quelques mots et des coups de poing qu'ils pensent se faire. Même aujourd'hui. Ces femmes ont d'abord fixé ses limites. «Fais pas ça. Va pas là. T'as pas fait ça?» Et puis, un jour, Ida, l'aînée, a laissé apparaître sa tendresse. Mon père avait sept ans. Il s'était battu contre un grand de neuf ans qui s'était moqué d'un enfant de la ville qui boitait à cause de la polio. Ida avait pris son frère à l'écart en lui demandant doucement ce que ça lui avait fait de faire saigner le nez du garçon. Surpris, il a compris qu'elle ne lui en voudrait pas. Pas de remontrances cette fois. Presque de l'admiration. Les femmes n'étaient donc pas seulement des infirmières, des maîtresses d'école ou des paroles de reproches. S'il faut plusieurs hommes pour nous former, il suffit d'une seule femme, un jour, pour nous rendre complet. Mon père avait décidé sur-le-champ qu'il allait se marier avec une femme libre et aimante.

Dès le jeune âge, il a pris conscience de ses responsabilités et compris quels étaient les rôles de chacun. Personne ne s'est plaint. Si une de ses sœurs voulait travailler à l'étable, elle y avait sa place. Les filles ont toutes essayé. La différence entre elles et les garçons ne venait pas des genres, mais des fins de journées. Les femmes n'étaient pas heureuses aux champs. Peut-être parce qu'elles avaient désormais le choix, si mince fût-il. Mon père n'a jamais su pétrir le pain, coudre des ourlets, faire des points de chausson ou surfiler. Il a appris à langer ses bébés par amour et par respect, plus tard. Pendant des années, il a assumé des tâches d'homme parce que c'était ainsi. Mais il voyait les femmes s'activer autour de lui. Et voir des femmes libres apaisait son ignorance.

Kuujjuaq.
Partout autour de nous des nouvelles d'attentats et de djihad. Difficile à éviter. Alice croyait que toute la rancœur des extrémistes venait d'un décalage entre

hommes et femmes. On vivait à New York, ce qui n'est pas du tout représentatif des États-Unis. Les médias y sont blancs et démocrates. Teintés par la voix de cette puissante société politique. Alice venait d'un monde où le présent et l'avenir, depuis des millénaires, avaient été arrimés aux nécessités quotidiennes. Selon des rôles sans biais, attribués suivant les talents de chacun. Si une jeune fille excellait à la chasse, elle accompagnerait les hommes pour tuer les phoques et les caribous. Si elle était plus douée pour traiter le cuir et tanner les peaux, elle resterait au village pour y fabriquer des vêtements. Dans cet esprit de communauté, personne n'enviait personne. «Ailleurs, les hommes n'acceptent pas que des femmes soient libres d'exercer leurs aptitudes. Alors leurs rages et leurs orgueils se gonflent en invoquant des valeurs ancestrales. Les décalages deviennent des déficits, engendrant une panique, et s'expriment en violence, en colère et en fureur. Sacrifice de désespoir.» Alice ne condamnait pas la violence. «Elle fait partie de nous. Elle est belle et nous a surtout permis d'arriver jusqu'ici.» Peut-être avait-elle raison. Elle disait comprendre les conflits et les trouvait utiles au rétablissement des forces vitales.

Pour sa première année, il a dû aller à l'école du rang. Petite structure d'enseignement général passéiste mais nécessaire. La famille de mon père vivait très à l'écart du village. L'année suivante, comme on avait organisé un transport en voiture, il irait dorénavant à l'école du village. Il n'y avait plus de poêle à bois dans sa nouvelle classe. Et plusieurs locaux répartis sur deux étages. Des urinoirs. Des fontaines qu'on actionnait soi-même pour boire de l'eau. Et le chauffage mécanique, une révolution pour lui, ce système à air soufflé. Il a dès lors considéré l'enseignement comme une avancée. Entre la fourche à foin et le crayon, son choix a vite été fixé. En plus, il était doué. Au point que le curé du village, qui d'ordinaire aurait dû le pousser vers les ordres, avait affirmé à ma grand-mère qu'il avait le talent pour aller aux grandes écoles et même devenir médecin. Ma grand-mère n'avait pas dormi pendant des semaines.

Mon père a suivi le parcours scolaire dans tous les délais prescrits. Au début, il revenait chaque fin de semaine auprès de sa famille. Mais à mesure qu'il a grandi, les visites se sont espacées. C'était aussi entre la campagne et la ville qu'une distance critique s'installait. Une génération. Puis, un jour, son enfance lui est apparue comme un souvenir. Une vie parallèle. Sa campagne est alors devenue un passé. Le sien, mais aussi celui du pays.

Dans tous ses stages de médecine, il excellait. Surtout à l'urgence. Parce qu'il connaissait la biologie des mammifères et avait de l'instinct. Ses mains et ses pieds s'étaient déjà appuyés sur les hanches d'une vache pour tirer sur un veau à moitié sorti. Il avait déjà palpé l'estomac d'une laitière pour le remettre d'une torsion. Durant son stage en obstétrique, à une femme atterrée qui affirmait qu'elle ne pouvait allaiter son nouveau-né parce qu'elle était incapable de produire du lait, il avait demandé d'ouvrir sa jaquette, et d'une main, il avait fait jaillir son lait d'un jet puissant en lui trayant un sein. À défaut de sensibilité, il compensait en faisant preuve d'une étonnante efficacité. Par-delà l'admiration qu'on lui portait, on excusait ses gestes parfois rustres par ses origines paysannes.

Mes parents se sont rencontrés à Montréal. Ma mère était la sœur d'un collègue de mon père. Elle étudiait alors pour devenir infirmière. Mes parents

148

appartiennent aux clichés du milieu des années soixante. Ils se sont d'abord croisés dans un autobus, sur l'avenue du Parc. Ma mère accompagnait son frère ce matin-là. Cette jeune femme a tout de suite obsédé mon père. Il s'est mis à penser à elle comme un homme pense à une femme, constamment, avec désir et volonté. Convaincu d'avoir trouvé l'épouse parfaite, il la trouvait douce et intelligente.

Puis mon père a invité ma mère à l'accompagner à l'Expo 67. Ce fut leur première sortie. Il était déjà médecin à l'hôpital Saint-Luc de Montréal. Ils se sont fait faire des passeports de l'Expo, avec la photo. Des faux passeports. C'était dans le thème d'une société moderne. Ils se sont embrassés pour la première fois dans le pavillon du Canada. Le Katimavik. J'avais raconté, fier, cette histoire à Alice, en essayant de lui dire que le mot, en inuktitut, voulait dire « lieu de rencontre ». Elle avait juste souri en disant que les dialectes changeaient tellement d'un village à l'autre que c'était toujours le sens qu'on voulait donner aux traductions qui survivrait. Mon père lui a d'abord pris la main. Ils ont traversé tout le pavillon, le cœur battant, sans se regarder, pendant de longues minutes. Juste heureux et nerveux d'être enfin liés. C'était fait. Sans considération pour la durée, ils formaient un couple. Leurs regards se sont croisés et leurs lèvres se sont finalement touchées juste avant de sortir du pavillon. Un baiser court. Officiel comme le maillet d'un juge. La suite irait de soi. Avec les désirs et les attentes de l'autre. Il voulait l'embrasser de nouveau. Elle ne souhaitait que ça. Un baiser, deux vies, parmi cinquante millions d'autres venues à Montréal à l'été 1967.

Ils se sont présentés à leurs familles respectives. Selon le code des valeurs encore en vigueur, très à cheval sur des principes sévères. Ma mère était la rebelle de sa famille. La dernière de quatre sœurs et deux frères. Elle aurait voulu aller plus vite, sans doute le trait que j'avais reconnu en Alice. La liberté farouche de ma mère.

Mes parents sortaient sagement. Le père de ma mère insistait chaque fois sur l'heure de retour et sur l'état de sa fille. C'était un homme pieux. Le seul grand-père vivant que j'aurai eu. Ma mère s'appelle Émelie, mon père, Louis-Joseph. Mon grand-père maternel n'acceptait de voir sa fille maquillée qu'aux grandes occasions, à Noël ou à un mariage. Cela le contrariait qu'elle sorte maquillée tous les samedis soir. Mais Émelie voulait être belle pour Louis-Joseph. Elle comptait les heures. Mettre une robe. S'habiller. Se coiffer. Se regarder. Elle était amoureuse et elle voulait lui plaire. Mon père devrait jouer le grand jeu. Il le savait. À Noël 1967, ils s'étaient fiancés. Solennellement. Un genou au sol, avant la messe de minuit. «Monsieur Sainte-Marie, je vous demande la main de votre fille.» Une pause, avant d'ajouter en tremblant et en riant : «Vous êtes mieux de dire oui, parce que l'année prochaine est une année bissextile et c'est elle qui va avoir le droit de me demander en mariage sans votre consentement.» Tout le monde avait ri d'un rire nerveux en attendant la réponse du père. «Mon garçon, je te donne la main de ma dernière fille, je sais que tu vas en prendre soin et la rendre heureuse, qu'elle ne manquera jamais de rien.»

Louis-Joseph s'était relevé et il avait serré très fort la main de son beau-père. Puis il avait embrassé Émelie sur la bouche devant tout le monde. C'était la première fois devant des gens qu'ils connaissaient. Une borne. L'un et l'autre étaient pris de désir. Celui de vivre ensemble et d'écrire une histoire. Commencer.

Ils se sont mariés le 6 juillet. Quelques semaines après Mai 68, la grande agitation ouvrière et étudiante.

Ces gens leur ressemblaient. Même âge. Même mode, mêmes vêtements. Les tenues vestimentaires et la musique permettent de se reconnaître, étrangers dans une foule. Ailleurs, on descendait dans les rues. Manifestations nécessaires et cycliques.

Ma mère avait obtenu son diplôme d'infirmière et travaillait à l'Hôtel-Dieu. Premier hôpital en Amérique du Nord, créé sous les auspices pionniers des Sœurs hospitalières, mais géré par une laïque, Jeanne Mance. Mon père, bien qu'affecté à l'hôpital Saint-Luc, venait régulièrement à l'Hôtel-Dieu pour y former d'autres médecins anesthésistes.

Mes parents ont emménagé dans un appartement de la rue Henri-Julien, entre l'avenue des Pins et le carré Saint-Louis. À deux portes de la maison d'enfance de son grand-père à lui. Et de la fenêtre de leur chambre, au rez-de-chaussée, sous l'escalier extérieur, il voyait la caserne des Fusiliers Mont-Royal. Plusieurs voisins immédiats étaient Portugais. Celui d'en face élevait des canaris et parlait difficilement le français. Le premier été, ce voisin venait voir mon père avec ses enfants qui toussaient en baragouinant pour avoir de l'aide et en mimant le geste de verser du sirop dans une cuillère. Mon père souriait, allait fouiller dans sa pharmacie et revenait avec des échantillons ou un flacon de sirop qu'il donnait au voisin. Celui-ci souriait et disait merci en français du mieux qu'il pouvait. Ma mère faisait la même chose. Avec une attention de mère en plus. Elle posait sa main sur leur front, elle caressait leurs joues avec sa paume. Puis elle leur disait, en signe, de boire de l'eau et de dormir autant que possible. Le temps ferait le reste.

14 juin. Fin de journée.

Tout est blanc. Trente-cinq centimètres de neige. Le vent viendra dans quelques heures, le temps d'un blizzard. Ailleurs des gens se baignent et dorment les fenêtres ouvertes. Le son des motoneiges partout en ville remplace celui des voitures et des véhicules tout-terrain. Chaque changement de climat entraîne des accidents différents. Je fais la tournée des patients, ceux qui dorment ici, hospitalisés. J'attends la prochaine ambulance, les polytraumatisés qui ne vont pas tarder. Je fais le calcul des lits libres pour les malheurs à venir.

Quand le jour tombe, l'alcool recommence à couler. Comment arrive-t-il jusqu'ici? Les Inuits ont vécu pendant des millénaires sans alcool. Ça fait à peine trois siècles que les Bancs l'ont introduit, avec leur nourriture, leur mode de vie, leurs religions, leurs échecs. Leurs failles. Les infirmières ici se déclarent toutes pieuses. Lorsque je veux savoir comment troquer des croyances animalistes ou chamaniques contre celles en un dieu unique et invisible, elles ne répondent rien. Se contentent de répéter que leur dieu est en haut et qu'il veille sur elles. D'un point de vue stratégique, la religion chrétienne et ses missions ont parfaitement réussi. Destruction totale. Beau succès. En même temps que la bière, le vin et les spiritueux.

Une femme est entrée sur une civière. Agitée. Son dossier médical indique qu'elle prend des antidépresseurs. J'imagine que les médicaments sont arrivés par avion. Avec l'alcool, les Whippets et les tranches de fromage Singles. La femme criait qu'elle n'était pas folle. Qu'elle travaillait trop. Soixante-six ans. Edna Annack sentait mauvais. Fortement intoxiquée, soûle. Sa fille avait appelé la police, qui nous l'avait envoyée. Elle avait déféqué sur son lit et jouait avec ses excréments lorsque les agents sont arrivés chez elle. Fallait-il vraiment l'amener ici ? Tout ce que je peux faire, c'est l'isoler quelques heures. Le temps que les effets de l'alcool et de la surdose de médicaments s'estompent. Sa formule sanguine confirme une alcoolémie très élevée. Son corps est plein d'ecchymoses. On l'a lavée. Son mari, Abraham Mitkijuk, l'homme qui avait tué l'adolescente Naka dans un accident de motoneige en février dernier, est venu la chercher. La reconstruction de son visage a réussi. Il m'a dit que la pêche serait bonne cette année, en souriant poliment. Certainement pour éviter de me parler de sa femme, repartie avec lui en jaquette d'hôpital et en pantoufles de papier, dans une tempête de neige, ce soir de juin.

Mes parents se sont mariés à la fin d'une décennie folle. Ma mère prenait la pilule, récemment légalisée. Avec des doses d'œstrogènes beaucoup trop fortes, mais efficaces. Pour la première fois, les femmes pourraient décider. Toutes les colonies françaises d'Afrique devenaient tour à tour indépendantes. À voir le délabrement et la désolation du Nunavut et du Nunavik, je souhaite qu'ils réussissent un jour à s'affranchir du Canada. À devenir autonomes et à se libérer de l'État au plus tôt.

Des années aussi où le grand monde et ses nouvelles se rendaient de plus en plus à nous. La tyrannie de l'OPEP, la nécessité de l'énergie, le règne du pétrole. Et décennie de toutes les révolutions. Sexuelle, morale, artistique, scientifique. On a créé plus de médicaments qu'il n'existait de maladies. Mais la plupart ne fonctionnent pas. Mes parents ont été jeunes en même temps que Bob Dylan. Toute cette effervescence a dû avoir un effet sur eux. C'est pendant leur jeunesse qu'on a construit le mur de Berlin. Et ce sont les débuts, glorieux et ostentatoires, d'une société de consommation, dont on ignore une fin que l'on devrait pourtant craindre. Celle que j'ai fuie en venant ici. Celle que j'ai cru fuir en même temps qu'Alice. Mais c'est aussi la guerre des Six Jours. Celle des débuts du terrorisme palestinien. On a l'histoire qu'on s'écrit.

Doit-on se réjouir d'avoir été aux premières loges d'un siècle de terreur?

S'aimer en se consumant. Je l'aime juste un peu plus que je ne la déteste. Intensément. Un sentiment aigu et essentiel. Physique. Je suis parti avant de crever. Je n'ai pas quitté Alice à cause de son obsession du ménage, mais parce que jamais je n'arriverai à calmer ses inquiétudes. Peut-être qu'ici, au Nord, elle irait mieux. Au Sud, nos corps ont mal d'être ensemble. Ils se soupçonnent. Se voilent. Puis se mettent à nu. S'évitent. Se cherchent. Ils foncent. Ils interprètent. C'est surtout là que ça faisait mal. Dans les malentendus. Des boules se formaient à l'estomac. En même temps. Un mal creux. Tout au fond de soi, qui persiste la nuit. Qui réveille. Et qui épuise. Une tension nerveuse. Sournoise.

J'en suis venu à croire que ce mal a ceci d'heureux qu'il me fait sentir vivant. Avec la douleur vient le manque, le manque d'elle. Je la cherche quand je ne sens plus son odeur ou qu'elle échappe à mes yeux. Juste la savoir là. Me réjouir de savoir qu'elle existe. Dans les mêmes heures que moi. Dans le métro, quand je croisais une femme qui portait son parfum Prada, je la cherchais. Comme si elle seule pouvait porter cette odeur. Alice est la seule personne qui pouvait me rendre violent. Pas envers elle, mais envers moi. De l'intérieur. Une rage folle de crier que je l'aimais et que je la détestais en même temps. Ma psychopathe à moi. Je lui ai crié de plus en plus souvent, à bout de nerfs, qu'elle était folle et devrait retourner dans son monde. Pour nous protéger.

Et, quand on se retrouvait pour l'amour, c'était le contraire. Nos bras nous apaisaient. S'embrasser à ne plus avoir de salive. S'aimer à s'épuiser. Doucement. D'autres fois, un seul baiser suffisait. Je m'allongeais sur elle, entre ses jambes. Elle faisait des sons de bonheur. Puis elle respirait rapidement. Et ses yeux soudain me fixaient. Sans fin et sans fond. Sa main trouvait la boucle de ma ceinture et glissait dessous. Nus en quelques secondes. Et j'étais en elle. Une adhérence. Quand elle ouvrait les cuisses, le sol entier s'ouvrait. Aspirés par nos yeux. Toujours dans nos yeux. Se voir. Et être à l'autre. Dévoilés.

Elle calculait ses cycles autant que faire se peut. Le code de son iPhone était toujours la date de ses dernières règles. Car elle aimait que je jouisse en elle. «C'est trop fort et puissant. Je me sens invincible quand tu viens en moi», elle disait. Elle pouvait avoir plusieurs orgasmes. Et on restait couchés longtemps après, à reprendre notre souffle. À se tenir en équilibre sur ces secondes. Précieux instants juste à nous. Elle disait aimer sentir le sperme couler hors d'elle. D'une main, je la faisais jouir une autre fois. Je n'ai jamais compris la jouissance des femmes, mais je l'admire. Et, pour me dire si je pouvais continuer, elle faisait oui de la tête et des yeux. J'étais heureux de son plaisir. Quand elle était devant moi, elle faisait taire toutes les alarmes.

Toutes ces filles sur mon écran. Pas une seule qui arrive à tes chevilles, Alice. Certains jours je suis heureux qu'elles existent, car elles ne demandent aucun entretien. Mais souvent, plusieurs heures dans une journée, ta peau me manque.

Un des plus beaux moments de ma vie s'est passé à côté d'elle. Après l'amour. Elle était couchée sur le dos. Moi à sa droite. Je la regardais de profil, un bras posé sur son ventre. Elle avait pris ma main en la ramenant simplement sur son sein. Un geste d'une profonde beauté. Je me souviens de chaque seconde. Mon souffle court, et creux. Mon cœur qui s'emballe et bat comme celui d'un sprinteur. Une arythmie amoureuse. Dans les heures qui ont suivi, je me suis dit que je pourrais survivre des semaines sans nourriture ni eau avec cette image. Mais, dans les faits, elle est devenue une faim au lieu d'une provision.

Un geste banal pour elle. Alice ne soupçonnait pas que ça deviendrait une fin à répéter pour moi.

Cette nuit-là, on avait dormi dans nos sueurs et nos odeurs. Je m'étais réveillé plus tard, ma main toujours sur sa poitrine. J'avais souri en la retirant pour remonter les couvertures sur nos corps. La chaleur d'Alice, intense. Elle avait ouvert les yeux en souriant à son tour. Puis elle m'avait tourné le dos, prenant soin de remonter ses cheveux pour me donner sa nuque. Je l'avais embrassée, respirée, et m'y étais collé pour me rendormir. Entre deux mondes, juste avant de sombrer à nouveau, persuadé qu'on ne pourrait faire mieux que cet instant-là. S'endormir dans le cou offert d'une femme qu'on aime est une liberté indicible. La suite n'existe que pour ces moments, auxquels on veut croire comme à des miracles. J'essaie d'imaginer ce que tu fais aujourd'hui, à qui tu parles, à qui tu fais le don de ton existence. Ça ne m'aide pas vraiment, mais ça permet d'enfiler un peu mieux le collier des jours. J'ai le sentiment que l'accumulation de nos distances va aider à me réparer. Ou que le vide de ces mêmes jours va plutôt m'aspirer au fond de la terre. Ou que tu viendras peut-être me rejoindre ici. Comme je l'invente et l'espère, sans trouver la force de te le dire.

Je suis né le 20 mars 1980. Presque douze ans après leurs noces. Mes parents s'étaient déplacés au fil des affectations de mon père. Boston, New York et Denver pour des *fellowships*, avant de revenir s'enraciner à Montréal, fin 1978. Ma mère s'est mariée à dix-neuf ans. Elle avait commencé à fréquenter et aimer mon père à dix-huit ans. Voyage de noces aux chutes Niagara. Mais ils avaient déjà fait l'amour avant cette nuit. Ma mère était insoumise et lucide. Elle connaissait ses désirs et ses rythmes, et y obéissait. C'est mon père qui la freinait.

Ils formaient un beau couple. Ils se sont toujours bien entendus, sur tout. Même sur la famille. Mon père voulait se bâtir une réputation, ma mère voulait voir le monde. Les villes américaines lui plaisaient beaucoup. Elle avait l'impression d'y doubler son identité. Mon père avait insisté, à tous ses contrats, pour que sa femme obtienne un poste d'infirmière. Et elle l'avait suivi, heureuse et consentante. Il n'a jamais insisté pour qu'elle tombe enceinte. Entente implicite entre eux; ils reviendraient à Montréal s'installer et fonder une famille.

Émelie a fait partie de cette toute première génération de femmes qui ont eu une carrière et une famille. De son plein gré. Par sa volonté. Tout le monde s'inquiétait autour d'eux, chaque Noël, alors qu'ils revenaient pour les Fêtes. «Ça s'en vient», ils répondaient. Conscients que tout le monde devait les croire stériles. Ma mère m'a donné naissance à trente et un ans. Elle a eu un autre garçon à trente-quatre ans, et un dernier à trente-sept. Consciente des risques, mais surtout pleine de confiance en sa santé. Sans jamais passer d'amniocentèses. «Trop risqué pour le bébé.» «De toute façon, même si c'est un enfant défectueux, on va le prendre et l'aimer quand même.» Valeurs toujours humaines et sacrées, héritées d'une tradition religieuse pas très lointaine, et de leurs familles.

Je suis né par un matin froid de début de printemps. À l'Hôtel-Dieu, après vingt-deux heures de contractions. La veille, ma mère était au travail. Pleine d'énergie. Elle n'est pas retournée à la maison ce soir-là. Elle est rentrée au boulot, et ses eaux ont crevé un peu avant midi, un étage en dessous de celui des naissances. Elle est montée toute seule, on l'a installée dans un lit, elle a appelé mon père pour l'avertir et a accouché le lendemain matin vers dix heures. Elle a répété depuis, à toutes les femmes enceintes qu'elle a rencontrées, qu'un enfantement ne dure que quelques heures dans une vie. Mon père était passé la voir dans la soirée. Puis il était revenu le lendemain. En 1980, les hommes commençaient à assister aux accouchements de leurs femmes. Aujourd'hui, s'ils sont absents, ils sont jugés.

Avec pour seule expérience les histoires lues dans les livres de médecine et les histoires racontées, ils sont entrés ensemble, un bébé dans les bras, dans leur appartement de la rue Henri-Julien à Montréal.

L'année qui a vu John Lennon se faire assassiner. L'année du suicide de Romain Gary. L'année de la création de CNN. Celle aussi de l'assassinat de monseigneur Romero, de l'élection de Ronald Reagan, de l'éruption d'un volcan en Amérique et de la victoire du non au référendum sur l'indépendance du Québec. Ma mère était allée voter dans le gymnase de l'école Saint-Jean-Baptiste, un bébé au sein. Toute sa famille avait voté non, elle avait voté oui. Et elle avait perdu. Mon père, de garde toute cette journée, n'était pas allé dire oui ou non. Il avait suivi les résultats à la radio. À la fois anxieux, déçu et heureux, peu lui importait le résultat. Le soir, ma mère m'avait bercé en chantant, devant la télé. Sa déception en sourdine. Entre les cris de coliques de son bébé.

Alice. J'ai souhaité lui faire une suite d'enfants, l'embrasser des nuits entières et lui dire qu'elle était la seule cause à la fois de toutes mes angoisses et de tous mes ravissements. Je suis de nature calme. Je l'aurais épousée, et si je lui avais dit oui devant Dieu ou devant un homme, dans la même minute je lui aurais répété qu'elle était une *fucking* folle. Je n'avais jamais connu ça avant elle. Je sais qu'Alice avait une identité, une nature, une profession, mais elle était surtout des émotions. Et elle s'était installée profondément sous ma peau. Je pouvais lui promettre l'univers, et dans l'heure suivante, rongé de l'intérieur, avoir l'envie de l'abandonner sur l'accotement d'une autoroute perdue en plein cœur de l'hiver. Et de la faire disparaître. Je ne sais toujours pas comment nous définir. On était des pôles à la fois complémentaires et incompatibles. Des bornes d'émotions dont j'ignorais l'existence avant notre rencontre. Vouloir qu'elle ait tort, et m'excuser ensuite. Vouloir qu'elle ait raison, et lui prouver le contraire. Il y avait des minutes où lui dire que je l'aimais devenait la chose la plus facile du monde. Et d'autres où c'était une abomination. Me parler. Raisonner. M'imposer la raison. Rien n'y faisait. Je n'arrivais pas à lâcher prise, à accepter de l'aimer sans comprendre. Des journées noyées dans la haine, et d'autres, merveilleuses et si belles, où on se promettait nos vies.

Son peuple avait traversé des siècles de pierres et de glaces dans l'austérité de climats inhumains. Dans des distances impossibles. Le seul fait d'avoir faim pouvait mettre leurs vies en péril. Plusieurs la perdaient à vouloir l'assurer, sur un sol où rien ne pousse, où ni les saisons ni les moissons n'existent. Il fallait trouver à manger ailleurs que dans la terre. Dans les lacs et les rivières une partie de l'année, quand les cours d'eau s'emplissaient de poissons venus frayer. Dans la mer quand on allait à sa rencontre. Et des animaux qui, dans leurs migrations, parcouraient ce monde de roches.

J'enviais sa force brute. Alice portait sa nature comme une fourrure contre le vent quand il fait froid.

Alors notre amour nous semblait étrange. Non pollué par des affects. Alice n'avait pas appris à aimer autrement que de l'intérieur. Elle était le contraire des mensonges culturels, et elle détestait les prescriptions sociales de couple – la maison, les enfants, les vacances – tout en abhorrant l'avenir. Un soir, dans un petit restaurant vietnamien, elle m'avait dit que les Inuits ne connaissaient pas le mot *amour*. «L'amour, pour moi, n'aura été qu'un état, avant d'avoir été un son.» Elle mangeait des lanières de poulet dans du chou, avec des baguettes. Elle qui n'avait appris à manger qu'avec ses doigts. Et quand je lui avais fait la remarque qu'elle utilisait, pour manger, en belle femme civilisée, une technique orientale, elle avait répondu en souriant: «Je me méfie des gens qui possèdent trop d'ustensiles. Tout ce que ça prend pour bien vivre, c'est un couteau et du courage.» Les hommes du Nord ont des couteaux traditionnels. Les femmes du Nord aussi. Des *ulu*.

«Viens, elle avait dit. On retourne à l'appart. Je veux que tu me fasses l'amour, là.» On avait marché sur l'avenue Woodward dans un silence consentant, jusque chez nous, sur Myrtle. Une demi-heure à tenir doucement la main d'une femme pour qui j'aurais volé et rendu le monde dans la même minute. Un bonheur auquel personne ne voudrait croire, parce que trop simple.

Alice, ma belle sauvage, ma belle inquiète. Le monde est trop bref pour ne pas s'aimer.

J'ai deux frères. Quelques années entre les naissances. Une suite de grossesses comme un signe de puissance. Malgré la fatigue, le travail d'infirmière, les nuits blanches et l'oubli de soi, Émelie a toujours été une mère. Une condition. Son bonheur. Maison de banlieue. Une maison chaude. Des joies et quelques tristesses. Mon père n'a pas vraiment été présent durant nos petites enfances. Les hommes sont là pour la famille uniquement quand ils le veulent. Hormis de courts épisodes de vacances annuelles, l'été, et d'anniversaires, il est soudain véritablement apparu dans nos vies quand j'ai eu seize ans. Sans doute par culpabilité. Un jour, il a pris conscience qu'il avait une famille et trois garçons qu'il connaissait bien peu. Bientôt de jeunes hommes. Le soir de mon seizième anniversaire, assis au bout de la table, alors qu'on parlait d'avenir, il m'avait conseillé de poursuivre mes études en anglais. J'avais sursauté. Mais, calmement, j'avais osé le défier en m'adressant à ma mère : « C'est qui, cet homme au bout de la table qui veut que j'aille étudier en anglais ? » Et, même si toute la charge d'irrévérence s'était dissipée en sourires entre nous, mon père avait accusé le coup. Il savait que j'avais raison. À partir de ce soir-là, il avait allégé ses gardes et ses charges et trouvé du temps pour nous. Un étranger est alors apparu dans nos vies. Un homme que j'ai appris à aimer alors que j'en étais presque devenu un. Aujourd'hui, je sais que l'amour d'une mère pour un fils est essentiel, mais que celui dont j'avais besoin, pour toute la suite de ma vie, était celui d'un père. L'amour qu'il cache, dont on voit l'ombre et qu'on devine au centre de son existence. Son amour pour nous, et pour sa femme.

Mon père ne m'a jamais fait la leçon. Il n'a jamais ordonné ma vie. Il avait compris depuis longtemps que toutes les intentions et toutes les intelligences de ses garçons auraient pour référence ses gestes à lui. Je l'ai vu embrasser ma mère sur la nuque en passant derrière elle. Lui caresser les fesses en la prenant contre lui. Et poser sa main sur sa cuisse pendant qu'il conduisait. Souriante, elle répondait en mettant la sienne par-dessus. Heureuse de ses attentions. Et, quand il est tombé ce soir-là dans nos vies, nous avons simplement senti qu'il allait vivre avec nous. Pendant les vacances scolaires, deux étés de suite, nous sommes tous allés à la pêche. Nous étions heureux de cela. Lui le premier. Avec entrain, on y croyait comme si c'était une guerre ou du bonheur à portée de main. Il y avait tellement d'intensité dans ce présent et si peu de fin, dans ces jours, qu'on était enivrés. Juste de l'horizon. Des euphories. La plus belle des caresses paternelles. Aujourd'hui, c'est ainsi que je voudrais aimer Alice.

Quand ça mordait à sa ligne, il nous la tendait, à tour de rôle. Mon père n'a sans doute jamais sorti un poisson de l'eau lui-même pendant ces années de chalet d'été en Mauricie. Lorsque le poisson mordait à nos lignes, ça l'excitait encore plus que nous. Au retour, le soir, avant même que nous accostions au quai, ma mère qui lisait des journées entières apparaissait, debout dans la véranda. Puis elle venait vers nous en demandant qui avait pris le souper. On courait vers elle avec une brochette de truites ou de dorés et elle nous félicitait. Nous, on s'obstinait à savoir qui avait pris le plus gros, parce qu'on voulait lui donner en trophée. Comme une offrande. Et elle rentrait les cuisiner. Pour ses trois petits hommes, sa fierté n'avait pas de prix. Rapporter des poissons à sa mère est un des plus beaux moments de la jeunesse. Au souper, on mangeait nos prises même quand on n'avait plus faim. Ça goûtait l'eau de source. Le goût des poissons frais. Le *char* arctique d'Alice aussi goûtait l'eau de la terre. Et on s'endormait le soir, en se racontant notre pêche. Revivre, encore euphoriques, ce bonheur, une autre fois, avant qu'il se cristallise à jamais et devienne un éclat de souvenir.

À l'âge de seize ans, j'ai commencé à devenir un homme. Mon père a rendu possible l'ancrage de ce sentiment en moi. Il m'a montré qu'être vulnérable exige une tonne de volonté. Que les fautes font partie de soi. Qu'être amoureux est un état possible, avec ses faiblesses. Il m'a surtout permis de le souhaiter et de le vouloir. Ce n'est pas à ma mère que je me suis identifié. Je l'ai vue donner, mais je l'ai surtout vue, à cause de cet état, recevoir. Ils ont été deux. C'est ainsi que je suis devenu le fils d'autres hommes. Suivi de près, de loin, dans leurs pas. Et j'ai tourné autour de leurs traces. Alice. Je te veux hors de toute raison. T'as pas idée. Au-delà des attentes, des mots qu'on voudrait pouvoir offrir. Plus loin encore que la toundra. Je réalise que les amours des autres, et de ceux de mon sang, t'espèrent aussi.

Mes parents ont vécu les années du *Peace and Love*, sans vraiment en faire partie. Une minorité bruyante. L'histoire semble écrite par ceux qui ont des crayons et qui savent choisir des titres. La réalité des gens se vit ailleurs. Sur le quotidien, la majorité des décennies restent silencieuses. À moins d'être une société riche. On peut alors se financer un passé et une histoire officielle. Avec des musées, des films, des monuments, une culture. S'inventer une mémoire artificielle. Se construire des croyances. Alors que des drames muets transpercent chaque jour de chaque siècle. Bâillonnés. Loin des craintes du vide sans traces.

Au Nord, un tas de pierres qu'on rassemble et qu'on dresse en forme humaine peut durer mille ans. Des pierres. Sorties de leur hasard. Assemblées avec une intention. Les inukshuks sont des guides le long des routes. Des bornes dont l'utilité est invisible pour les idées. Car ici, dans un monde ouvert où les routes se comptent par milliards de possibilités devant soi, on ne se demande plus pourquoi un chemin a été tracé là. Aucun arbre ici. Pas de ravin. Le vide à perte de vue. Des collines basses, érodées par des millions d'années, des glaces, de l'eau, des neiges et des vents éternels. Des lieux où de quelque point que l'on se tienne, on peut voir sa destination. Les quatre points cardinaux. Et le cinquième : le centre. Un soleil, une lune et des milliards d'étoiles la nuit.

Un jour, on comprend que la ligne droite n'est jamais la voie la plus rapide ni la plus facile. Ni la plus simple. Ni celle que l'on souhaite. Alors on a besoin de ces repères que d'autres ont posés avant nous. Pour tout. Les inukshuks servent depuis des siècles à ceux qui savent les observer, on peut s'y fier aveuglément et faire confiance à la suite. Quand on prend la peine et le soin de marquer le territoire et nos pas, on le fait pour soi, mais en même temps pour les fils et les filles. Avant les boussoles et les GPS, on ne se perdait pas.

24 juin. Saint-Jean-Baptiste. Ici, tout le monde s'en fout. C'est une fête du Sud. Les saints sont arrivés dans le Nord en retard. Ils n'existaient pas avant. L'évangélisation allait de pair avec le pillage des ressources. Alice soupçonnait que les desseins de la foi,

dans ses bonnes volontés, palliaient la culpabilité de voler les gens. Comme si, dans un échange, l'invention d'un dieu pouvait aider à vivre dans un monde aussi éloigné d'un autre. Un monde qui avait survécu sans livres, sans liturgie, sans farine et sans vin.

Alice se moquait des efforts de paix. « Ce sont les guerres qui forgent le monde, tous les efforts de paix ne font que retarder la Nature. » On ne peut pas négocier avec les virus et les bactéries. Alice était aussi médecin. « Je comprends les conflits, je les connais, je sais pourquoi ils existent, je sais qu'ils sont nécessaires. » Elle était convaincue que les révoltes ne sont que des envies. Elle souriait le soir, aux infos à la télé, quand on parlait de terrorisme. « T'as vu comme les victimes se réclament de la morale ? Ils font peur, parce qu'ils ont peur, et c'est laid. Pour gagner, tu fermes ta gueule et tu tues. »

Alice est à Queens, et moi chez elle.

25 juin.

J'ai trop bu hier. Pour fêter la Saint-Jean seul. L'alcool coûte trois fois plus cher que dans le Sud. Tout coûte trois fois plus cher. Tout arrive par bateau quand l'eau n'est plus gelée. Depuis la côte atlantique jusqu'à la mer du Labrador, ensuite par le détroit d'Hudson jusqu'à la baie d'Ungava. Ou par avion. Il faut payer pour le temps et le *fuel* depuis quelques décennies. Ça vaut pour tout le Nord.

Je suis de garde, mais à la maison. Si on a besoin de moi, on envoie un enfant frapper à ma porte, c'est plus efficace que le téléavertisseur. Je suis à soixante secondes à pied de l'hôpital. Ma maison est une ancienne roulotte aménagée et hivernisée, un vestige de Fort Chimo. Faite sur le long, en enfilade : une chambre, une salle de bain, un salon et une cuisine. De l'extérieur, on devine mon statut d'étranger, car rien ne traîne dans ma cour.

Aujourd'hui, je pratique mes nœuds de pêche. La saison approche. La majorité des terres ici sont classées Catégorie Un. Des terres de subsistance. La plupart des hommes du village sont déjà partis, certains sont même déjà revenus avec des centaines de kilos de poisson. Le saumon a commencé à entrer dans les rivières. Rivière-aux-Feuilles, la Baleine, Koksoak et celle qu'Alice et moi avons descendue, la George. Le *char* aussi, l'omble chevalier, est arrivé en eau douce. Les hommes reviennent au village avec des sourires.

J'irai bientôt moucher, je refais mes nœuds. Le nœud classique, le nœud baril, la tête de ligne, le nœud sans nœud. Les nœuds deviennent des métaphores. Le nœud de pendu. Le nœud du pêcheur, le plus fiable. Le nœud de chirurgien, que j'utilise chaque semaine sur des chairs, mais aussi à la pêche. Et tous ceux de la pêche au saumon, des nœuds snobs : *Clinch knot, Blood knot, Turle,* le Palomar et le plus simple, le plus efficace et le plus rapide, le Davy. Je retrouve tous mes nœuds préférés sur YouTube. J'oublie les femmes nues qui m'attendent, sans m'attendre, pour baiser. Ma grand-mère aurait dit : « Ça change le mal de place. » Il faut un minimum d'habileté manuelle pour réussir de vrais nœuds. Ceux-là seuls sont essentiels.

J'ai entendu les pas de l'enfant avant qu'il frappe à la porte et j'ai levé les yeux au ciel en tentant de deviner quelle sorte de blessure ou de corps inanimé m'attendait à l'hôpital. Steve, sept ans, tout essoufflé, m'a dit de venir à l'urgence parce qu'un gars saignait comme un phoque. J'ai mis un pantalon, une chemise et une casquette. Quand je suis arrivé, il y avait du sang partout. Le concierge, avec un seau et une vadrouille, s'affairait déjà à essuyer tout le rouge. Il dessinait des grand S sur le sol, en diluant la couleur. J'ai suivi les traces de sang jusqu'à la salle où le blessé m'attendait. Kevin Hendri, vingt-sept ans. Je n'ai jamais su exactement comment il était passé à travers une porte-fenêtre à double vitrage, inutile d'insister. Peut-être battu par sa femme, c'est fréquent. En défonçant le verre, Kevin s'était tailladé le corps à de multiples endroits. Très profondément. Les chairs ouvertes. Fendues. Creuses. Des coupures nettes. La peau, les nerfs, les tendons, les muscles et, à première vue, probablement certains organes vitaux. J'étais un peu inquiet.

Une fois qu'il a été stabilisé, on a appliqué des bourdonnets sur toutes les blessures pour maîtriser les hémorragies. Il était fendu de partout. Une infirmière lui a demandé de rester calme, le temps que je l'examine en partant de la tête. J'ai dû ouvrir avec mes doigts chaque coupure une à une. Mesurer la profondeur et constater les dommages. Ses signes vitaux restaient dans les bons paramètres. Il grimaçait chaque fois que j'écartais ses chairs. Les deux infirmières ont désinfecté une à une les plaies avec la Bétadine. Et, une à une, je les ai piquées avec la Xylocaïne pour anesthésier et faire des points. Aucun organe touché, finalement. Quatre heures de coutures. Les sutures intradermiques, les primitives, puis celles de rapprochement pour les points profonds, afin d'obtenir une coaptation large des tissus les plus endommagés. Tant qu'à faire, j'ai revu et pratiqué tous les nœuds de pêche que je connaissais. Et aussi toutes les sutures fréquentes de chirurgie dont je me souvenais, et d'autres encore, des sutures retardées, avec des fils d'attente, qui laissent la plaie ouverte pour permettre les nettoyages fréquents et qu'on va resserrer dans cinq jours.

30 juin. Le village est en fête car les hommes ont attrapé un narval à Kangiqsualujjuaq. George River. Dans l'embouchure. Une baleine blanche avec une longue corne sur la tête, qui est en fait une dent. Comme une licorne. Énorme. De la nourriture pour des semaines. Le narval a été abattu avec une arme à feu de gros calibre, d'un bateau. Puis les hommes ont éviscéré le cétacé. Ils le remorquent ensuite par la baie d'Ungava depuis la rivière George jusqu'à la Koksoak. La nouvelle de la capture arrive avant la baleine. Les hommes sont très attendus. Les ours polaires les suivent de près. Sur la berge, tout le monde se coupe des morceaux de

peau. Des gardes armés veillent sur les ours. Ils enlèvent une couche de graisse et mangent le cuir comme si c'était leur dernier repas. Une fête délirante, joyeuse et sanglante. Vitamines C et D. De l'énergie pure, ce gras. La chair, bien gardée au frais, durera des semaines. On pourra prolonger sa vie utile en la faisant sécher, saler, bouillir ou rôtir. Mais elle sera surtout partagée. Les habitants du village sont beaux et heureux. Encore du gras. Le blanc. Un tissu adipeux vascularisé, le *blubber*. Pourquoi le sucre blanc et la farine se sont-ils rendus jusqu'ici? Une jeune femme, mi-vingtaine, insiste. Elle veut que j'en mange. *« Blubber is good for you »* et elle sourit. Elle s'appelle Anissa. Elle vient de Salluit, plus haut, au nord, sur la pointe du Nunavik. Elle précise avec un sourire: «Deception Bay.» En visite. Elle est belle comme la mer. Des yeux sombres qui portent loin. Je sais qu'elle veut s'approcher. Elle a les lèvres rouges, à cause du sang et du gras de la chair du narval. Des lèvres luisantes. Je sais qu'on pourrait s'aimer. Là. Maintenant, presque en plein jour. Le plaisir et le désir, ici maintenant, m'ont surpris. J'ai les pensées polluées par mes idées du Sud. J'ai envie d'une femme pour la première fois depuis Alice. Le désir d'une vraie femme. L'euphorie de la chasse, ces gens en liesse, relents d'un autrefois essentiel, et ces sentiments de puissance. Et cette peau riche de baleine, Muktuk, dont on ressent instantanément les effets énergiques. Chaleur intense et physique. Comme des amphétamines. La fête va durer jusqu'aux petites heures du matin. Une nuit quasiment sans noirceur. Anissa me jette des regards. Chaque fois que je lève les yeux, je croise les siens. Les gens parlent, se racontent et savourent le moment. Ça sent l'extraordinaire.

Les heures coulent. Je fais des consultations improvisées. Je connais très peu de mots en inuktitut, mais assez pour comprendre quand on s'adresse à moi.

Anissa est repassée dans mon dos. Elle a cogné ses genoux à l'arrière des miens, en souriant encore. Je n'ai jamais été bon pour capter les signes des femmes. Mais ce soir, là, c'était clair. Devant tout le monde. Je sais que les vieux ne veulent pas que les Blancs prennent leurs filles. Je le sens. Mais je suis aussi une autorité à cause de ma profession et de mes diplômes, et d'un siècle et demi de colonisation. On pourrait l'accepter, faire avec. Comme on a accepté l'histoire sacrée et spirituelle des autres.

Anissa devant moi. Et tous les désirs du corps dans mes sangs. Une femme avec des yeux et un souffle. Des odeurs et une chaleur. Une peau. J'imagine ses mains qui improvisent, et les miennes qui cherchent son plaisir. Et qui le trouvent. Les paupières qui s'ouvrent et se ferment. Ses seins, que je devine sous son t-shirt de Johnny Cash. Que j'embrasserais une éternité. S'aimer sans le souci de nos races. Des respirations. Juste des corps. Qui peuvent s'entendre et vouloir le plaisir, de l'autre et de soi. En inuktitut, ça devait ressembler à : « Tu peux me dire où on va aller à partir d'ici ? » J'ai répondu que j'étais désolé, en respirant profondément et nerveusement, avec gêne, que je ne pourrais pas la suivre parce que j'étais amoureux d'une femme. Alice. Elle s'appelle Alice, j'ai dit en expirant. C'est la seule défense que j'ai trouvée contre le désir des femmes : avouer mon amour pour une autre. Anissa m'a embrassé sur la joue avant de retourner vers la baleine, que les chasseurs avaient presque fini de dépecer et de distribuer aux familles.

Je pense toujours aux hommes qui m'ont précédé. Malgré toute l'admiration que je porte à leurs vies et aux gestes qui les ont rendus possibles, d'eux à moi, je ne sais pas encore, à part les liens du sang, ce qui nous lie vraiment.

4 juillet.

New York ce soir. Alice. Les feux d'artifice sur l'East River. Les deux dernières années, on les avait regardés du toit de notre appartement. Pour la fête de l'Indépendance, des dizaines de milliers de New-Yorkais montent sur les toits de tous les édifices accessibles. Ils font des barbecues et ils boivent. Heureux et contents d'être ce qu'ils sont. J'envie leur patriotisme. Ils ne savent même pas qu'ils sont patriotes. J'ignorais qu'il existait en moi cette volonté de croire à un projet. On se joignait à leur euphorie d'abord pour faire comme eux, mais aussi pour essayer de comprendre pourquoi et comment ils prétendent et souhaitent être une civilisation. On faisait griller des saucisses et des hamburgers. Tous les gens se parlent, le soir du 4 juillet. Les étrangers ne le sont plus.

New York est une ville de passage. Il est difficile d'y tisser de véritables amitiés. Alice et moi en étions aux derniers mois de nos spécialités. Sans nous douter qu'elle resterait là et que je partirais au Nord. On avait été dans cette zone de promesses latentes trop longtemps. On ne s'était jamais dit qu'on allait former un couple pour des décennies. Secrètement je l'avais espéré. Et, même quand elle disait «je pourrais t'aimer toute la vie», il s'agissait plus d'un souhait que d'un engagement durable. Une façon de parler, plus une intention qu'un fait. Du moins pour elle. Elle a toujours été en mouvement pour vivre. Comment imaginer qu'elle pourrait un jour se poser pour de bon. D'où je venais, les paroles valent ce qu'elles signifient. Je suis le fils, le petit-fils, l'arrière-petit-fils de gens de la terre. Quand les hommes annonçaient qu'ils faucheraient l'orge le lendemain, c'est ce qu'ils faisaient. Seule la pluie pouvait les faire mentir. Si on nous disait d'aller promener le chien au retour de l'école, il fallait y aller.

Un soir de juin, un peu avant la fin des classes, mon père m'avait pris à part pour me parler. Je me doutais que ça viendrait et croyais qu'il n'aurait rien à m'apprendre sur les choses de la vie. J'avais déjà tout vu dans les revues et les films pornos. Il n'a pas été question de sexe ni de petite mécanique, et pas plus du sentiment amoureux. Il m'a plutôt dit que, comme garçon, j'avais la responsabilité de ne jamais rien brusquer. De laisser venir les femmes. Que je saurais. Que ce sont elles qui disent oui. Que si l'une d'elles disait non, à moi ou à un autre, qu'il en était de ma responsabilité de faire respecter cette volonté. Il m'avait aussi dit que, même en cette fin de xxe siècle, les femmes avaient encore peur d'être seules. Pour tout le reste, il n'aura jamais eu à nous parler des gestes d'amour. Nous l'avions en face de nous au quotidien. Apprendre l'amour par le silence. Par nos yeux, nos pores et nos jours. Par infusion.

Un jour, je m'étais battu. On venait d'avoir dix-sept ans. L'été juste après le secondaire cinq, le soir du bal des finissants. On avait loué un chalet en campagne pour l'après-bal. On était une soixantaine. Gary Picard n'était pas un ami proche, même si je le saluais et le côtoyais tous les jours. La fille s'appelait Annie. Annie et Gary formaient un couple. Ce soir de juin, Gary, après quelques bières, avait dû croire qu'elle allait enfin céder. J'étais sur la galerie dehors. D'abord des voix fortes. Puis un cri de fille. J'avais clairement entendu « non ». Un non plaintif, en pleurs. Puis Annie était sortie en passant devant moi. J'avais croisé ses yeux. Curieusement, ce n'était ni sa détresse, ni sa chemise mal boutonnée, ni sa peur qui m'avait saisi, mais le fait que son mascara avait coulé. Annie pleurait. D'un coup, toutes mes alarmes s'étaient déclenchées. Gary cherchait en plus à la rattraper. Il n'a jamais franchi la galerie. Je l'ai plaqué violemment contre le mur de bardeaux de cèdre. J'aurais pu me tromper et hésiter, mais un ressort à l'intérieur de moi s'est déclenché et m'a forcé à comprendre. Sa tête a cogné. Il a été sonné. Après, j'ai perdu la carte quelques secondes. Je l'ai frappé au visage de plusieurs coups de poing violents. Quand des amis m'ont pris à bras-le-corps pour nous séparer, j'avais perdu tout lien avec la réalité. J'étais un animal enragé et sauvage. Une coche à côté de la bonne conscience. Gary ne bougeait plus. Il saignait comme un cochon. Du front, du nez et de la gueule. Les filles criaient. Je cherchais mon souffle. J'étais survolté et épuisé. Plus tard, assis sur les marches, je me souviens avoir croisé le regard d'Annie Fréchette, lourd et silencieux, sans fards, qui disait comprendre les corps devant elle. J'en tremblais encore. Ma main droite enflée me faisait mal, mais je n'allais pas le montrer. Par orgueil. Gary s'était ressaisi. Le sang. On lui a mis une taie d'oreiller remplie de glace sur le visage. On distinguait à peine ses yeux. Nous ne nous sommes jamais reparlé. Il savait bien que j'avais eu raison de le battre. Il resterait tranquille. La beauté de la violence. Unique et obligée. La seule issue possible. Ce soir-là, les adultes qui assuraient la surveillance avaient eu pour moi un regard admiratif et respectueux. Comme si le jeune de dix-sept ans qu'ils devaient surveiller les avait surpris par un geste qu'ils souhaitaient mais qu'ils n'auraient pas osé faire. Empathiques. Ils comprenaient que ma violence avait été nécessaire, la validaient. Plusieurs années plus tard, j'ai remercié la Providence de ne pas avoir eu les bras d'un homme, cette nuit-là. Avec une telle force, je l'aurais tué.

La soirée s'est poursuivie presque normalement. Teintée. On avait allumé un feu au bord du lac. Tous ceux qui se trouvaient autour étaient loin du chalet. Loin d'une scène troublante, à quelques dizaines de mètres. Les heures, l'alcool et les rumeurs ont fait le reste. Je me suis levé des marches où j'étais assis et j'ai souhaité que la nuit continue. Qu'on oublie. J'avais la main droite en feu et les jointures fendues. Ça ne pliait plus. Assourdie par la douleur. Une bière dans la gauche. Dans tous les regards qui croisaient le mien, je devinais un mélange d'admiration et de crainte. La crainte de l'âge adulte. De la vraie vie. Celle dont on doute qu'elle existe, jusqu'à ce qu'elle apparaisse vraiment. À la faveur d'un drame, trop souvent.

Sur la route du retour le lendemain, mon père m'a laissé conduire, je venais d'avoir mon permis. Il a posé sa main sur mon bras et, sans me regarder, il m'a dit que j'avais bien fait. Qu'être un homme signifiait aussi écouter son instinct. J'étais rassuré d'en avoir un. Il m'a aussi dit qu'il fallait parfois éviter la justice pour que ça soit tolérable. Il existe des lois en nous auxquelles il faut obéir absolument.

Après le dernier été du cours secondaire, de nouvelles routes s'ouvrent devant soi. Les études, les écoles de métiers, les métiers eux-mêmes, les professions. On se rend compte qu'il y a plus d'un chemin possible et d'autres qui s'estompent. Je n'ai jamais revu ni recroisé Gary ou Annie.

Mon père me semblait exercer un métier austère. La médecine, au-delà de son prestige social, reste un métier ingrat. La majorité des gens qu'on soigne nous considèrent comme un service. Quelques fois par année seulement et peut-être avec un peu de chance, on sauve des vies. Alors que certains sont touchés d'avoir sauvé des vies, d'autres s'en foutent. Jusque-là, je n'avais jamais voulu devenir médecin. Précisément parce que mon père l'était. Je ne voulais pas faire comme lui. Un fils ne veut pas imiter son père quand s'approche le moment de faire des choix décisifs. Pendant toute sa vie, il ne peut pas. Certains prétendent que les garçons doivent tuer leurs pères. Non par complexe, mais pour la survie, comme chez les meutes sauvages organisées par hiérarchie. Mais lorsque les éventualités sont apparues, c'est devenu une certitude. Je l'avais toujours admiré. Je serais comme lui. Du jour au lendemain. La résistance de toujours ne tenait plus.

J'ai fait toutes mes années préparatoires comme un élève modèle. Rendu au stage d'urgentologie, je me suis retrouvé dans le même hôpital que mon père. Tout le monde l'estimait. C'était un homme juste. Un médecin rustre mais consciencieux. Être son fils a aussi été un apprentissage. Il est difficile d'être éclipsé par l'admiration pour un autre. Surtout quand il nous a engendré. J'ignore si j'aurai un fils un jour. Mais je sais la difficulté pour un homme d'en suivre un autre. Partout les modèles nous obligent justement à être meilleurs. Ça demande des efforts. Et encore des efforts.

Un matin, pendant mon stage, une ambulance a emmené une femme âgée. Brisée de partout. Puis une autre ambulance a suivi, transportant un jeune homme d'une vingtaine d'années, polytraumatisé, le crâne fendu, les vertèbres cervicales broyées. Mais il respirait toujours. À la troisième ambulance, on savait qu'un chauffard venait de faucher un abribus sur le boulevard Saint-Joseph. Une autre victime, une femme enceinte d'une trentaine d'années. Morte sous nos yeux et dans nos mains. Sorti à temps, le bébé a survécu. Comment annoncer au père que son enfant n'aurait pas de mère ? Les ambulanciers nous informaient à mesure des autres dégâts. Plusieurs enfants fauchés aussi, envoyés à Sainte-Justine. Puis soudain une autre ambulance, une autre civière et des policiers. Le chauffard. Brisé, lui aussi, à plusieurs endroits. Mais conscient. Sa voiture, après avoir réussi un abat de quilles sur des gens, avait terminé sa course contre le mur d'un immeuble. Il criait comme un damné et sentait l'alcool à sept heures du matin. On l'a stabilisé et mis sous perfusion avant de l'envoyer en tomodensitométrie. Ils étaient quatorze debout en file ou assis dans l'abribus ce matin-là. Neuf d'entre eux ont abouti à notre urgence. Toute la journée, on a pansé des corps, réparé des organes et des os, recousu des peaux. Une trentaine d'heures d'affilée. Le lendemain midi, on m'a envoyé en salle d'opération pour le chauffard, il avait de multiples fractures. Mon père était de service au bloc opératoire. Il a endormi l'homme, et l'orthopédiste, aidé de deux internes et trois infirmières, a pu réparer les os brisés du conducteur ivre. Les deux bras. Le bassin, les deux jambes au niveau des fémurs. C'était ma première occasion de pratiquer des incisions. On a scié, percé, vissé et posé des tiges et des gouttières en inox pour reconstruire sa jambe avec des fragments d'os. Les orthopédistes sont des menuisiers-charpentiers. Comme j'officiais en tant qu'externe, la résidente m'a laissé poser les agrafes. Une fois le travail terminé, elle n'avait plus qu'à appeler les brancardiers et renvoyer l'homme en salle de réveil. Mon père, parti voir les autres patients en salle d'op, est revenu alors que j'étais maintenant seul avec l'agrafeuse et une infirmière. L'infirmière a débranché tous les appareils et les senseurs de fonctions. Ne restait que le soluté sous perfusion. Mon père m'a jeté un regard rapide pendant que l'infirmière s'affairait à replacer les fils et les tuyaux autour des machines et des moniteurs. Il a fouillé dans la poche gauche de sa chemise de chirurgie et en a retiré le bouchon d'une seringue, qu'il a regardé comme pour lire et jauger la dose. Un geste de médecin. Normal. Simple. Puis il a pris le tube de soluté, il a piqué la seringue dans l'entrée de dose externe, à quelques centimètres de la main du chauffard, et il a envoyé le liquide. Il a levé les yeux et nos regards se sont croisés une fraction de seconde, sans insister. Nous portions des masques. Les regards semblent étranges, distants, avec ces masques. L'infirmière était occupée. Moi seul ai vu le geste de mon père. Les brancardiers sont arrivés. Ils ont roulé la civière hors de la salle. Dans le corridor. Hors du bloc opératoire. Jusqu'à la salle de réveil. À son arrivée, le chauffard était mort. Arrêt cardiaque.

Jamais je n'ai reparlé de ce moment à mon père. Je souhaite secrètement que ce soit bien lui qui ait agi de la sorte. Sa volonté. Lucide. Je veux qu'il soit responsable. L'homme aurait pu s'en sortir. Il aurait pris du mieux. Ses blessures n'étaient que mécaniques et réversibles. On a appris, les jours suivants, qu'il était dépressif. Mon père avait consulté son dossier et passé en revue toute sa médication. Un diagnostic de santé mentale aurait pu le faire acquitter d'accusations d'homicides ou de négligence ayant causé la mort. Mon père, en agissant ainsi, a peut-être voulu protéger cet homme contre sa propre conscience. Sa mort a permis par ailleurs aux victimes de retrouver une certaine justice morale qu'elles n'auraient pas éprouvée s'il avait survécu. Sa mort a été considérée comme une mort naturelle. Un arrêt cardiaque sans cause précise. Des suites d'un accident. Peut-être dû au stress des interventions. L'autopsie a déterminé que le patient avait des antécédents de toxicologie multiples qui pouvaient avoir affaibli ses fonctions cardiaques.

Des années plus tard, l'occasion d'en parler s'était présentée lors d'une discussion avec mes frères, sur l'euthanasie. J'ai senti mon père s'approcher de cet événement comme pour s'en décharger. C'est moi qui ai habilement fait dévier la conversation. Je trouvais la situation plus belle dans le souvenir. Je ne voulais pas que mes frères l'apprennent lors d'un souper de Noël. C'était une situation que j'estimais d'ordre moral et personnel. Si mon père voulait leur en parler, c'était à lui de mieux choisir le moment. Pas ce soir-là, devant ma mère, des oncles, des tantes et des cousins. Je crois qu'il a senti ma réticence. Il a quand même lancé en me fixant : « Les meilleures décisions qu'on peut prendre sont celles qui visent au plus grand bien pour le plus grand nombre. » Il a ajouté : « Et ça comprend les paix comme les guerres. » J'allais un jour tout raconter à Alice, elle comprendrait le geste de mon père et mon silence. Et moi, je lui dirais, le soir, sur l'oreiller, que je ne la tucrais jamais. Même pour notre bien.

9 juillet. C'est l'été.

Urgence. Une femme en pleurs ce matin. Puis en crise. Violente. Elle avait enlevé tous ses vêtements et se tenait nue sur sa civière. En détresse sévère. Une démence. Récitant par cœur des passages d'*Alice au pays des merveilles.* Notamment celui où Alice demande au chat où elle doit aller. Le chat lui répond que cela dépend d'où elle veut se rendre. Alice lui répond que ça ne lui importe pas. Le chat lui dit qu'alors la direction qu'elle prendra n'a pas vraiment d'importance. Et Alice réplique qu'elle veut juste aller quelque part. Le chat lui répond qu'elle est sûre de s'y rendre si seulement elle marche assez longtemps.

Nous avons d'abord tenté de calmer la patiente en lui parlant. Elle s'appelait Maggie Quillit. Tout le monde la connaît ici puisqu'elle travaille au bureau de poste. Puis elle s'est mise à faire des menaces. On a appelé les policiers. Ils nous ont dit de nous débrouiller. Au Nord, les solutions ne sont pas ailleurs, ni loin, et surtout pas magiques. Elles ne sont pas cachées dans des comités ou des analyses. Je lui ai fait une injection de Propofol, un puissant anesthésiant hypnotique. Le lendemain matin, Maggie allait mieux. La crise passée, elle nous a confié qu'elle prenait des antidépresseurs et qu'elle avait décidé d'arrêter de son propre chef. Quand elle a repris connaissance, elle a voulu savoir ce que je lui avais administré. J'ai répondu :

« La même chose qui a tué Michael Jackson.

180

— When did he die ?
— Years ago, Mrs. Quillit, years ago.
— Sad, I liked his music», elle a dit avant de se
retourner et de se rendormir profondément.

Nous étions à New York lorsque Michael Jackson
est mort. Alice avait affirmé, le même soir : «Je vais
craquer.» On venait de faire l'amour. En descendant
l'escalier pour aller manger au resto, elle m'avait arrêté
sur un palier pour me dire qu'«on n'était pas assez».
Je croyais avoir mal compris. «On n'est pas assez.» Il
lui fallait plus. De nous. Un vertige. Je n'ai pas eu peur,
mais j'ai été impressionné. Une femme me sommait de
l'aimer encore plus. Beau. Et juste. Elle avait raison. Je
voulais lui répondre. Je voulais lui rendre. Lui donner
ce qu'elle voulait. Sans compter. Faire reculer les
seules limites d'amour du sentiment amoureux que
je connaissais. Je pensais que dire «je t'aime» pouvait
mener loin. Elle me l'a fait comprendre. «Tu pourrais
m'aimer à mort même si t'étais muet», elle avait dit.
Il y avait d'autres manières. D'autres lieux. D'autres
gestes. Je me demande encore si elle était fâchée. Chose
certaine, j'étais en déficit. Je me suis demandé d'où
elle pouvait être aimée. Par où la prendre et l'amener
jusqu'au vertige. Alice, ma ligne horizon.

14 juillet.
Un vide terrible et insondable. On a échangé nos
mondes. Je croyais que ça m'aiderait. J'ai cru, à tort,
que son territoire pourrait la remplacer. Mais plus

je m'enfonce ici, et plus j'ancre le manque, et plus le besoin d'elle réduit ma ligne de vie. La dérive semble pleine de promesses à cause du mouvement qui l'entraîne, mais lorsque l'immobilité l'emporte, il faut se poser des questions. Fuir les réponses. Fuir les réponses. Fuir les réponses. Les éviter. Le travail, le web, les souvenirs. Je compense. Fuir encore. Fuir toujours. Des anesthésies. Mon père. Mon grand-père. Et son père à lui. Je cherche les fils. Je tisse des fils. J'invente des sutures. Alice que j'aime. Que je déteste. Poser des constats. On m'a formé et on me paie pour établir des diagnostics, mais aussi pour un ensemble de gestes médicaux. Je suis loin, loin d'Alice et loin de ce que je croyais retrouver de moi ici. Il fait jour presque toutes les heures de la journée. Le creux est physique. Il s'incarne dans les chairs. J'ai le corps plein de désirs. La tête qui prie, et le cœur qui réclame. Comme une victime, je n'ai pas cherché cette femme. Je ne l'ai jamais souhaitée. Elle est apparue. Apparue comme un trouble envahissant. Contre mon gré. Pourquoi, comment être à une autre? Un homme qui ne s'appartient pas d'abord ne peut appartenir à une autre ensuite. Comme désincarné. Enfin. Et sans explications. Il faut connaître l'intégralité de son identité.

Jamais paisible. Nerveux. Un jour que le tiroir de mes sous-vêtements était mal fermé, elle avait pété les plombs parce qu'une paire de chaussettes en dépassait. Un matin le carrelage de la salle de bain pouvait être mat de saleté sans que ça porte à conséquence et, le soir, la même situation pouvait déclencher une guerre. Une matinée, j'avais tellement hurlé pour me défendre que j'en avais perdu la voix jusqu'au lendemain.

Elle se trouve à cinq heures de vol d'où je suis, au Nunavik. Seule dans une ville, entourée de millions de gens. Je suis dans la toundra, entouré d'eau, de pierres et de quelques humains. Il n'y a que la distance entre nous. Tout le reste est sans conséquence. Une envie subite, irrépressible et infinie de l'étreindre au cœur de mes fondements. De la tenir. De lui dire juste ce qu'elle veut entendre. D'inventer la suite ensemble. J'ai improvisé mes journées. Je vis par défaut. Les urgences me guident. Je n'ai pas de plan. Je pourrais rester ici des dizaines d'années, et je pourrais aussi partir demain matin. Mon existence peut tenir dans une valise et quelques boîtes. N'avoir que ma peau à déplacer. Dans toutes mes nécessités, on aurait un lit, de l'eau et des gestes l'un pour l'autre. Et moins de mots amoureux. Ils nous dressent l'un contre l'autre. Nous éloignent de nous. Ils fractionnent notre bienveillance.

À cause de la courbure de la Terre et du parallèle, toutes les soucoupes et les antennes paraboliques pour la télé et les communications pointent vers le sol. Leurs champs de captation rasent la Terre, vers l'équateur et les satellites en orbite. C'est beau, ça me fait sourire chaque fois que je marche dans les rues.

14 juillet. Soirée.
Un message au poste de garde. Un billet que l'infirmière a écrit en anglais : Rappeler ma mère dès que possible. J'aurais souhaité lire des mots d'Alice. Ils n'auraient jamais été sévères. Ceux de ma mère présageaient quelque chose de grave. Alice aurait pu me demander de la rappeler rapidement pour me dire qu'elle voulait que je vienne la rejoindre ou la voler à sa vie, ou encore pour m'annoncer qu'elle s'en venait ici, au Nord. Urgence d'amour. Non. Ma mère n'avait pas de belles nouvelles.

15 juillet.

J'ai pris le premier vol d'Air Inuit vers Montréal. Mon père avait fait un AVC. Un caillot au cerveau. La fin des fonctions. On l'a mis sous assistance respiratoire. Son corps tient en vie à l'aide d'un appareil. Aux yeux de la science, il est vivant. Les fonctions vitales, le cœur, les poumons. Mais la tête ne fonctionne plus. En arrière dans le temps, il serait déjà mort.

Il était à l'hôpital. Il travaillait. Il s'est effondré dans un corridor. On l'a ramassé, on l'a pompé d'urgence et on a réussi à maintenir la vascularisation des organes vitaux. Les soins intensifs. La salle est froide, sombre. Des machines partout, des écrans et des tuyaux. Mes frères sont là. Ma mère aussi. Tout est clair. La neurologue est venue nous voir. Quand elle a su que j'étais médecin, elle a parlé sans couvrir ses mots. Les pupilles de notre père sont mortes. Mort cérébrale. Le caillot avait la taille d'un pois. Le tiers du cerveau est nécrosé. Les tissus sont éteints. Je suis l'aîné. «Il n'y a plus rien à faire, maman.» L'homme qu'elle avait aimé n'était plus là. Son mari. Le père de ses enfants. L'homme de sa vie.

La décision de le laisser partir s'est prise sur-le-champ. Mon père n'aurait jamais voulu qu'on s'acharne. Le scan du cerveau montrait clairement que toute activité neurologique avait cessé. Il n'était plus là. Les mouvements de sa respiration. La machine de son corps n'avait pas rendu l'âme.

Mes ancêtres ont tué des hommes. Pour toutes les bonnes raisons du monde. Celles qu'ils sont parvenus à croire. Comment leurs consciences ont-elles pu éponger ce dégât? Si on n'échappe pas aux voies invisibles, j'ai regretté celle que je croisais ce jour-là. J'ai cru que ça s'arrêterait avec moi, mais les routes de la vie sont plus longues que chacune des nôtres.

Nous avons pris la décision ensemble. Ma mère a signé le formulaire de consentement. Nous étions tous d'accord pour le débrancher. En réalité, il s'agit d'une simple fonction d'arrêt de tension sur le respirateur. Un interrupteur. *Off.* Le médecin de garde aurait dû presser le bouton. Mais c'est moi qui l'ai fait. La neurologue était là, à nos côtés. J'ai pressé le contact en regardant ma mère. L'appareil a cessé son bruit sourd. Le corps de mon père s'est étouffé. Sa bouche s'est ouverte. Il a fait quelques sons, peut-être quelques mots, que j'ai voulu deviner, et ensuite le silence. J'aurais voulu l'entendre crier le nom de son père. Nous étions en larmes. Des larmes calmes. Nous avons entouré notre mère de nos bras. Et nous l'avons serrée très fort sur nos cœurs.

18 juillet.
Alice est venue aux funérailles. J'ai tremblé quand je l'ai aperçue dans la file d'attente pour nous offrir ses condoléances. Elle aurait dû se trouver à mes côtés. Et recevoir aussi les témoignages de sympathie. Elle connaissait mes parents. Depuis des années. Ils l'aimaient beaucoup. Elle nous a tous enlacés, très fort. Ma mère un peu plus, et moi un peu trop. Son corps. Sur le mien, même endeuillé, amoureux toujours.

Je ne voudrais pas qu'Alice soit veuve un jour. Elle était venue de New York pour une nuit. Y retournerait le lendemain. Nous étions paisibles. Ma famille avait besoin de moi, mais tout ce que je souhaitais, c'était de me retrouver avec elle. Des minutes, une heure.

« Tu retournes quand ?

— Demain.

— Je peux te voir avant que tu partes ? »

Et elle avait accepté. Elle semblait heureuse et soulagée. J'ignore comment j'en ai eu le cran. Je savais encore moins comment faire pour me retrouver devant elle et lui parler. Aurais-je le courage de mes mots ? Le vertige de tout dire.

Le lendemain. Dans un café de la rue Saint-Denis. Elle portait une robe ivoire, avec des franges roses, en soie, qui lui arrivait au-dessus des genoux. Sans manches. Sous son tatouage, on voyait les cicatrices sur son avant-bras gauche, les traces laissées par l'ours polaire il y a trois ans. Elle n'en faisait aucun cas. Tout le fond de son crâne, sous ses cheveux brun foncé, portait des traces de dents. Sandales noires. Yeux noisette. Belle comme le ciel. « On est loin de la toundra », j'ai dit. Elle a juste souri. « T'es vraiment *fucking* belle, Alice. »

Et on a jasé pendant deux heures. De tout et de rien. De nous. Depuis l'hiver. Mon départ. Nos silences. « On fait ça sincère, OK ? » j'ai dit. Presque six mois déjà. Trop de cafés *latte* ce matin. Je sais qu'on était gênants pour les autres clients de la place, mais qu'importe, dans un silence tacite, on laisse tranquilles les couples qui se parlent et se regardent dans les yeux. Il faut comprendre l'espace que requièrent les sentiments et on se tasse du chemin. Je ne voulais pas être celui qui mettrait fin au moment. Elle avait un avion à prendre. Des retrouvailles dans ces circonstances provoquent et défient l'avenir. C'est immensément précieux de s'immiscer entre maintenant et une fin. Ça nous rassure de savoir qu'on peut la refouler.

Ça m'a tout retourné de la revoir. Profondément. Les entrailles émues, évidemment. Je m'en doutais, mais pas comme je l'avais prévu. Juste avant de partir : « Comment ça va en haut ? » elle a dit. J'ai répondu que je me sentais bien dans ce monde-là. Que j'y trouvais mon compte. La saison de pêche s'annonçait bonne et j'étais heureux de ça. J'allais y passer toutes mes heures libres. « Ça me centre, et j'en ai besoin. » Elle a ouvert une petite porte en me demandant si j'allais pêcher du *char*. J'ai dit oui. Le meilleur poisson du monde. Elle a juste souri avant de me lancer qu'elle viendrait à Kuujjuaq à la mi-août, le 14, pour voir sa famille et manger du poisson, de la baleine et du caribou. Ça m'a pris du temps avant de saisir ce qu'elle venait de dire. On s'est embrassés maladroitement, pour se dire au revoir, hésitants, et nerveux de voir nos corps calquer stupidement les conventions de politesse. Le baiser d'au revoir. On s'était tenus plus longtemps que d'habitude. Pour arrêter le temps. Ou l'étirer.

« On fait comment ?

— À New York, c'est un bec sur la joue gauche, ici c'est un sur chaque joue, elle a rajouté. Faut toujours respecter le territoire, faut faire comme les gens du pays. »

Je me suis doucement penché vers elle, et j'ai embrassé ses deux joues, beaucoup trop rapidement. Et elle est disparue au coin de la rue.

Je vivais des moments extrêmes. La veille, j'avais enterré mon père. Le lendemain, c'était l'euphorie. Alice. Entre deuil et amour. Je tentais de me résumer. Faim et soif aussi. Je n'ai pas parlé des femmes du web à Alice. Toutes ces femmes sont palliatives. Elles ne sont pas vraies, car elles ne m'apprennent rien. Je ne peux pas les suivre ni les fuir. Des accessoires. Je ne retiens leurs prénoms que quelques minutes à la fois. Elles me soulagent sans pouvoir guérir mes vraies envies et mes désordres. Alice. Ma boussole. Une aiguille avec une lettre rouge. Une planète dans l'espace. Toutes les journées entre maintenant et le 14 août deviennent des ponts d'espoir. Je ne veux plus faire de portage. Je veux traverser. J'étais léger. Je serai léger à nouveau.

Quatre jours. La vie d'un homme enterrée. Mes frères vont s'occuper de régler la succession. J'hériterai de mon père ses valeurs lourdes, morales et invisibles. Et une pépite d'or de son grand-père à lui. C'est tout. Ces liens indéfectibles entre nous. C'est énorme. Entre hommes.

Retour à Kuujjuaq.

L'urgence débordait. Le médecin qui devait me remplacer quelques jours, d'Iqaluit, n'a jamais pu se présenter à cause d'un brouillard dans la baie. Ça ne vole pas quand c'est bouché. Et c'est impossible à prévoir. Je n'ai même pas voulu savoir pourquoi il n'avait pas pris le bateau. Il m'a fallu quatorze heures pour traiter tous les patients. Les plaies visibles facilitent mon travail. Pour les gens qui cachent leurs maux, ça prend plus de temps.

Dans l'avion de retour plus tôt, j'ai accusé le coup. Mon père venait de mourir. AVC. Probablement comme son grand-père à lui. Drôle d'héritage, un absurde droit de suite. Si la génétique établit un pronostic fiable, je dois maintenant craindre, ou soupçonner, que ma propre fin surviendra d'un accident vasculaire cérébral. La génétique est un horoscope fiable. Nos tares et faiblesses, nos aptitudes et certitudes, inscrites au plus profond de nos corps. Voilà aussi des questions que les médecins se posent : la portée des antécédents. Personne ne se réinvente. La vie n'est pas une loterie, c'est un alignement codé de cellules qu'on peine à comprendre. À vouloir maîtriser. Ma mère devra apprendre à couler ses jours toute seule. Sans son mari des quarante-six dernières années. Possibles. Impossibles.

J'ai cru pouvoir exister sans elle. Alice, Alice. Je sais qu'on ne forme plus un couple. Mais ça aussi, je l'ai imaginé, qu'on serait de nouveau ensemble. Comme si le souhait de l'étape d'après avait rendu possible celle d'avant. Malgré la situation et la distance, j'imagine souvent qu'on s'aime encore. Tous ces efforts pour se maintenir dans la réalité de soi. Rarement où on la veut. Mes vœux d'homme l'espèrent tellement, tellement. Elle. Et aucune autre. Alice, ma belle évidence. Ma trop belle inquiétude.

Ce ne sont pas les souvenirs de mon père qui m'ont rattrapé en premier. Plutôt ceux avec ma mère. Femme de tous les soins, d'intelligence rassurante et quotidienne. Si mon père m'a appris à aimer une femme, c'est en la voyant, mère, être aimée de lui que j'ai cru pouvoir y arriver un jour.

J'ai cinq ans. La tête sur ses cuisses. La télé est allumée et nous regardons des dessins animés. Elle caresse mes cheveux. Je flotte entre deux mondes. «C'est avec toi que je veux me marier.» J'ai six ans, la nuit, assis sur elle. Elle me tient contre son corps, je fais de la fièvre. Elle me lit un livre en me berçant. Mon père est médecin, pourtant c'est elle qui me berce. J'ai huit ans, je fais mes devoirs, elle me demande de répéter mes tables de multiplication et me félicite quand je réussis enfin à retenir onze fois douze. Plus tard, à l'école secondaire, elle insiste sur les efforts, la discipline et l'application. Je suis paresseux. Aujourd'hui, je mesure ce qu'elle disait. Au mois d'août de mes seize ans, c'est elle qui m'a consolé, en me disant qu'elle savait que c'était la fin du monde de perdre celle qu'on aime. Les seuls mots que je voulais entendre. Elle a contribué à me rendre capable d'aimer. Capable de le dire comme mon père. D'être vulnérable. De me rendre au bout des aveux. Je saurai me rendre jusqu'à toi, Alice. Compter les jours. Égrener les jours. Faire comme si tout semblait normal jusqu'au 14 août. Je suis désormais convaincu que mon destin a pris la voie de l'autonomie. Affranchi de l'histoire de ceux avant moi. Libre enfin.

La mi-août viendra. Avec elle. D'ici là, faire le décompte. Vouloir devancer. Avec quand même la peur consciente d'être déçu et de décevoir. Qui sait jamais ? Je travaille dans une urgence, mais il y a toujours un décalage entre moi et moi. J'ai souhaité des accidents et des drames tous les jours, pour me donner l'impression que le temps passerait plus vite.

Mon père n'a jamais bradé la vie. Il a certes brisé une chaîne en tournant le dos aux métiers de la terre. Mais il l'a fait parce que le monde s'est ouvert devant lui à l'âge crucial des choix. Il ne répéterait pas le quotidien de son grand-père. Ni celui que son père aurait dû avoir s'il n'avait pas été interrompu par la guerre. J'avais presque dix ans quand le mur de Berlin s'est effondré. « Les hommes croient toujours aux idées qui fondent leurs rêves », il m'avait confié. Même aujourd'hui. À toutes les époques, chacun croit avoir raison. « Les hommes sont convaincus du bien-fondé de leurs idées, même quand ils se trompent, surtout parce qu'elles viennent d'eux. » Ce matin, cette phrase m'est revenue, avec insistance. Les idées toutes faites nous rassurent. Et cette impression de sécurité est parfois suffisante pour beaucoup.

Ce soir, sur l'écran de mon Mac, il y a de la pub, à droite des filles nues. Une assurance vie proposée par un grand *holding* américain, sur un air des Beatles : *Eleanor Rigby*. La voix de Paul McCartney qui veut savoir d'où viennent les pauvres, et qui plus tard chante que personne ne sera sauvé. Comment une chanson aussi grave et violente peut-elle inciter à consommer ?

Pourquoi donc assurer nos vies ? Depuis que je suis ici, je me demande souvent où logent nos peurs. Beaucoup dans l'absence de ce que l'on croyait vital. Le Nord a réussi à soustraire la partie de moi qui ne se trompe jamais de l'autre, qui doute de tout. Plus je deviens lucide, moins je souhaite faire partie du Projet humain. Et, lorsque je regarde les pierres de la toundra, je vois ses seins.

Au contraire de mon père, elle viendra de là, ma rupture à moi : moins je suis convaincu, plus je crois avoir raison.

Le jour de mes onze ans, un vendredi, j'avais perdu tout espoir de recevoir le cadeau que je souhaitais. Fini de croire au père Noël même si je faisais encore semblant pour mes frères. Déchiré entre le secret des adultes et l'envie de révéler la vérité aux enfants. Je m'éloignais furieusement de l'enfance. À me demander, de longues heures nocturnes, dans quel camp je logeais. D'un côté, complice d'un monde adulte, que j'anticipais. Et, de l'autre, je protégeais celui de l'enfance et de ses croyances. Faire un choix. Ce jour de mes onze ans, j'avais donc renoncé aux patins de hockey TumTacks et au bâton d'aluminium. Les meilleurs joueurs en possédaient un. Le père Noël avait cessé d'exister. Je devrais ajuster mes rêves pour qu'ils se réalisent. Savoir rêver par doses. Dans la vraie vie.

Nous avions eu une discussion banale, un mois auparavant. Au-dessus d'une assiette de spaghettis. Ma mère demande si je veux boire du lait ou de l'eau. Mon père en riant demande ce que ça prendrait pour que je compte trois buts le lendemain. On jouait souvent au jeu des souhaits à table. Parfois des vœux complètement farfelus, d'autres fois on se disait à mots cachés ce qu'une conversation courante n'aurait pas permis de révéler. Un jeu de famille. Vouloir des dragons pour

191

allumer le poêle à bois dans le sous-sol, une machine qui fabrique des barres de chocolat KitKat géantes, faire se lever le soleil à l'ouest, ou encore avoir des Mr. Freeze comme dessert en hiver. Il arrivait que ma mère se lève de table et sorte trois Mr. Freeze du congélateur, elle en gardait toujours une provision, pour les fortes fièvres. Ce soir-là, jamais je n'aurais cru que mon père écoutait vraiment. Nous retenions rarement son attention durant ces jeux-là. Le vendredi de mon anniversaire, il était arrivé de l'hôpital plus tôt que d'habitude. On savait quand il rappliquait, la porte de garage automatique s'ouvrait à distance. Il est entré en me tendant une boîte recouverte de papier d'emballage et un bâton de hockey en aluminium. Le lendemain, contre l'équipe de Pointe-aux-Trembles, j'ai marqué quatre buts.

C'est dans une situation de jeu semblable que j'ai aussi appris à onze ans, par mon frère du milieu, comment on faisait des bébés : « Le père, il met son pénis dans le vagin de la mère », il avait dit à table, fier de lui, fier surtout d'avoir prononcé à voix haute des mots autrement toujours chuchotés. Incrédule, et sonné, je n'avais rien répondu. J'accusais le coup. Et le père Noël n'existait pas. Une grosse année. D'un coup, au lit le soir, tout ça faisait du sens. C'était possible, et il devait avoir raison. Mes parents n'avaient rien répliqué. Leur silence semblait cautionner ses propos. Sinon ils l'auraient assurément grondé pour avoir lancé un mensonge aussi ridicule. Mon frère l'avait appris d'un ami d'école qui avait mis la main sur les vidéos pornos appartenant à son père, à qui il avait dû s'expliquer de les avoir découvertes. J'ignore dans quelle mesure voir un taureau ou un verrat monter une vache ou une truie constitue une meilleure manière d'apprendre et de comprendre. Tous les hommes de ma famille avaient appris les « choses de la vie » en étant témoins des cycles reproducteurs naturels des animaux. Ceux qui ont déjà vu un étalon, un taureau ou un verrat à l'œuvre savent qu'il s'agit beaucoup plus d'un viol que d'une relation consentante.

À partir de la révélation de mon frère, la quête de films et de revues pornos est devenue une priorité. Ceux qui mettaient la main sur ces trésors devenaient les héros de la semaine ou du mois. Ils pouvaient faire chanter, faire peur, se faire obéir autant qu'ils le voulaient. Comme en religion. Que ça soit vrai ou pas. Celui qui disait posséder un film trois X devenait tout-puissant, le temps d'en organiser la cérémonie du visionnement. Trouver une maison où les parents seraient absents. Réussir à emprunter, quitte à le voler, le film quelques heures sans rien laisser paraître. Nous devions gérer l'euphorie quand ça se produisait. Un ou deux coups par année. Chaque fois, ce qui ajoutait au plaisir, on pouvait lire l'étonnement et le désarroi sur les visages de ceux qui voyaient ça pour la première fois. Tétanisés. Nous faisions comme si nous étions des habitués. C'était avant l'invention et le miracle du web. Aussi avant de réaliser que les femmes existaient pour vrai.

Alice me demandait souvent si j'étais juste à elle. Si je serais juste à elle. Parfois je pouvais lui promettre toutes les secondes de ma vie, verser des larmes, crier d'amour et lui répéter pendant des heures que je l'avais choisie, elle et aucune autre. Elle n'était pas une circonstance dans ma vie. Le contraire du hasard. Toutes les pensées que j'avais entre les moments où j'ouvrais les yeux et ceux où je les fermais, et même la nuit qu'elle hantait aussi, toutes les accumulations de désirs et envies n'étaient que pour elle. J'étais le premier surpris. Parce que je ne m'étais jamais reconnu ce pouvoir. Aimer d'amour et aussi intégralement aimer une femme. Alice me traversait. Quelques jours après, ou la semaine suivante, elle reposait la même question.

Et, comme un idiot, je me suis demandé si je ne devais pas l'épouser. Trouver un code. Un système. Pour la rassurer. Un répit. Car j'ignorais, et j'ignore toujours, comment l'apaiser et apaiser en moi cette incapacité. Alice, ma toujours inquiète. J'imaginais, pour accepter la répétition de son tourment, qu'il s'agissait pour elle d'une nécessité vitale. Quand elle m'avait dit n'avoir pas de fin, pas de limite, ça valait tant pour le nombre de fois où elle pouvait jouir dans une nuit que pour l'angoisse d'être aimée. Elle m'obligeait à dépasser toutes les vérités de ma réalité. J'avais l'impression d'être vide. Rendu aux limites des moyens que j'avais d'être moi-même.

« Après tout ce que je t'ai dit, Alice, il ne reste que le silence. » Je m'y rendrais bien assez tôt.

Un matin de fin janvier, j'ai l'impression que c'était hier. J'avais été de garde toute la nuit. Je venais de rentrer à notre appartement dans Queens. J'essayais de dormir un peu. Elle avait fait du ménage depuis le petit matin. Je comptais les fois où elle avait lavé le plancher récemment. « On vit en ville, y a de la poussière partout, à cause des voitures et de la rue, et du tapis dans l'escalier. » Et elle me montrait l'eau du seau. Fière de sa saleté grise. Elle insistait pour me montrer le plumeau d'époussetage, vaguement gris aussi. Elle avait décidé, ce matin-là, de laver nos draps et la housse de couette alors que je venais de me mettre au lit. J'en avais besoin, mon corps devait récupérer. « Je mettrai les draps et les couvertures au lavage en me réveillant, à midi. » Ma promesse ne suffisait pas. Elle avait insisté pour tout retirer. Je m'étais retrouvé debout en boxer, devant un matelas nu. J'avais sorti un de nos sacs de couchage et m'étais couché sur le divan du salon, triste et sans mots. Aucune rage. Aucune colère. Mais aucun mot non plus. La fin des mots. Muet. Dépité. À défaut de trouver le sommeil, j'avais pris une décision. Celle de partir. Loin. Incapable de la détester. Incapable de pouvoir dire pourquoi je l'aimais quand même. Malgré mon acharnement à vouloir l'aimer quand même au-delà de tout, et sans conditions. Je me suis dit que je n'aurais pas de mal à vivre loin d'elle. Que je saurais me contenter de ces femmes sur l'écran. Le plus longtemps possible. Jusqu'à ce que le manque revienne.

Sa peau, ses odeurs, elle et ses mots ont fini par rattraper mon désir. Mais, à bout de souffle, j'ai su composer avec la faim. Vivre sous le plafond. Essayer sans toi. Les heurts ne valent plus tes sourires. Je souhaite toujours me coller, mais je souhaite encore plus te fuir. Chacun doit trouver sa fuite. L'inventer. Je m'étais endormi en espérant avoir rêvé. Au réveil, elle était partie faire ses gardes.

Ce soir-là, par texto, je lui avais écrit que je voulais lui parler. Inquiète, elle avait répondu tout de suite qu'elle ne voulait pas me perdre. Que la terre s'ouvrait sous ses pieds. Après nos quarts de travail, le lendemain midi, on s'est rencontrés à la cafétéria de l'hôpital.

« Je ne suis plus capable Alice, c'est trop, je m'en vais. » Elle avait pleuré. À grands coups de larmes désespérées. Assise. La voix éteinte.

« Tu t'en vas où ? elle avait dit en baissant les yeux.

— Je ne sais pas, loin de New York. C'est trop difficile ici, et on va finir par se haïr pour vrai et s'éviter », j'avais répondu.

Je m'étais levé et l'avais embrassée sur la joue. Avec tout l'amour que j'avais toujours pour elle. « Bye, Alice », j'avais dit en la regardant dans les yeux. Elle avait juste serré les lèvres très fort.

En lui tournant le dos cette journée-là, dans un corridor d'hôpital, je m'étais demandé si mes ancêtres avaient connu des ratés dans leurs histoires d'amour. À moins d'en faire de grandes plaques-souvenirs de familles, l'histoire qu'on souhaite laisser derrière nous ne les retient pas. L'amour au jour le jour ne s'écrit pas. Il meurt d'avoir été juste et bien vécu. Ça prend des photos et de l'art pour le rendre éternel. Pour y croire encore et longtemps. On dirait bien que les hommes et les femmes derrière moi y sont arrivés. Se sont-ils jamais détestés, rejetés, fuis, puis aimés à nouveau? Ces histoires, comme les ratés, sont rarement racontées. Comment peut-on durer ensemble sans faillir? Ailleurs, avant, était-ce plus facile? Alice est disparue de mes heures. J'ai trop cherché à comprendre ce qui s'était produit. Elle est devenue un fantôme. Que j'ai tenté de chasser et d'éviter. Je me suis promis des millions de fois, au début surtout, de ne plus jamais être amoureux de cette femme. Elle a tout fait sortir de mon corps : mes intentions, des violences que j'ignorais, des désirs et des rages amoureuses profondes et insoupçonnées. C'est à travers elle que j'ai su ce que je suis. Capable de choisir. Choisir et vouloir cette femme parmi la multitude. Une maturité d'homme. Et des sentiments ancestraux. Qui vivent en moi. À mon insu. Pour une fois, j'ai voulu croire que les cellules ne sont pas une priorité. Pour une première fois, j'avais été capable de dire à une femme «je t'aime» sans trembler.

23 juillet.
Il ne s'est rien produit depuis deux jours. Je suis allé acheter du lait au marché d'alimentation Northern Store. La première section à l'entrée est consacrée à la malbouffe. Sucre et bonbons aux mille couleurs. Je ne suis plus cynique. Je suis retourné à l'hôpital en me

demandant combien de temps les corps d'ici allaient tenir avant d'imploser.

Personne à l'urgence. Visites de routine aux quatre patients hospitalisés. J'aide les infirmières. On change les solutés, les sondes, les pansements. Les patients me trouvent dévoué. Ils se trompent. Tout ce que je fais est pour pallier. Je regarde souvent l'horloge. Les secondes vont moins vite, il me semble. J'implore la fatalité pour qu'un cataclysme survienne. Une catastrophe. Du sang.

Le manque d'Alice prend beaucoup de place. Comment ce vide peut-il occuper autant mon corps ? Il commande. Je voudrais lui dire tout ça. Lui écrire. Elle accapare toutes mes minutes. La vie générique me pèse. Les heures normales sont tristes et grises. Et c'est pourtant tout ce que je voudrais : lui dire que j'ai faim, et lui proposer un sandwich aux tomates parce que je m'en prépare un. Embrasser ses seins jusqu'à les user à la corde. Laisser aller mes mains sur son corps. Ralentir quand sa respiration accélère. Trouver son plaisir. La faire jouir. Un besoin. Une crise. La mienne, cette fois. Et l'heure suivante, lui raconter ma journée. Prendre des nouvelles de la sienne. J'aimerais qu'on se trouve. Je sais qu'on peut exister quelque part. Les mots, pour nous comprendre, sont insuffisants. Je veux inventer et tuer tous les bons sentiments. Mes jours sont fragiles. Et j'ignore pourquoi.

Une femme s'est présentée à l'urgence en fin de journée. Douleurs abdominales. Ce sont les cas les plus louches, souvent sans blessure apparente. J'ai demandé une échographie. Et, avant même de l'envoyer en résonance magnétique, je pouvais lui dire qu'elle ne se rendrait pas à Noël. Une tumeur de la grosseur d'une orange sur le pancréas. Convaincu que c'était une tumeur maligne. La biopsie le confirmerait. Comment le cancer s'est-il rendu jusqu'ici ? Il fait si froid en hiver. De la neige partout. Des vies dures. Les gens ne mangent pas de légumes, ils ne connaissent aucun guide alimentaire. Ils ont la faim comme seul repère. Mary Ondanack, qu'elle s'appelle. On fera les examens. Je lui dirai, après la batterie de tests habituels, dans une semaine, que la médecine ne peut rien pour elle. Il lui faudra se résigner. Chronique des annonces. Voilà ce que je déteste le plus dans mon métier. Dans son cas, je me sentirais mal de prolonger sa vie. Elle a vécu toutes ces années au milieu des pierres, de la mer et de la neige. Pourquoi l'envoyer au Sud, dans un monde étrange, où la nourriture est surfabriquée et où les gens apprennent à vivre à travers leurs écrans de télé et d'ordinateur? Ironiquement, elle aurait été bombardée de traitements radioactifs avec de l'uranium qui vient d'ici. De sa terre natale.

24 juillet. L'été toujours.
Il dure quelques jours ou quelques semaines. L'air vient du sud, chargé d'humidité. Par temps clair, on voit à des centaines de kilomètres. Sauf quand les brumes de mer se forment et que le temps s'épaissit. En quelques minutes rapides, provoqués par le contraste entre chaud et froid, les brouillards se lèvent, imprévisibles et dangereux. Souvent tragiques. Ils voilent toutes les marques et les bornes, car ils viennent de la baie dont l'eau est glacée. Quand le courant d'air souffle vers le sud et qu'il rencontre une masse d'air chaud et humide, alors une collision se produit. L'air froid l'emporte toujours. Il rabat au sol toute la convection des masses d'air chaud. Alors naît la brume. Et se forment les brouillards, qui vont mourir sur terre, poussés par le vent du nord. Ils empruntent souvent les vallées, les fjords et les rivières, comme portes d'entrée sur le continent. Les hommes qui pêchent et chassent ici depuis un siècle savent qu'il faut alors rapidement se trouver un refuge. Ils ne tentent pas

de défier les éléments. Ils doivent se mettre à l'abri, sinon ils meurent. Sans laisser de traces. Ces brouillards peuvent durer quelques minutes ou quelques jours. Un homme assis à l'arrière d'une chaloupe peut perdre de vue son compagnon assis devant. Il faut attendre. Pour les animaux prédateurs, la brume est un miracle. Ils peuvent chasser au flair. S'approcher de leurs proies presque sans précaution. Les ours et les loups se servent des brouillards pour survivre. Les phoques et les oiseaux sont tués par milliers quand la visibilité est ainsi réduite. Voilà la nature, loin des cartes postales et des touristes. Les suites naturelles sans émoi.

Au village, à Kuujjuaq, les accidents de voiture, de motoneige et de VTT se multiplient. Visibilité nulle, ici aussi. Quand les gens sont chanceux, seule la tôle est froissée. Avec un peu moins de chance, ils se fracturent des os, ont des traumatismes sévères, des paraplégies ou bien, carrément, ils en meurent. Un homme d'une trentaine d'années est arrivé mort cet après-midi. Il ne portait pas sa ceinture de sécurité. Il est passé à travers le pare-brise de son pick-up et a fini son vol plané contre l'escalier d'une maison. La colonne cassée en deux, comme une scoliose sévère, entre la neuvième et la dixième vertèbre. Plié à l'envers, par le milieu du dos. Des saignements au nez et dans les oreilles. Je signe les papiers du constat de décès. C'est rarement moi qui parle aux familles. Parce que je suis Blanc. Les infirmières s'en chargent. Elles savent porter ces situations. Ils se connaissent entre eux. Elles savent qui informer en premier. C'est un travail humanitaire. Elles lavent et préparent le corps. Il n'y a pas de service de pompes funèbres, ici, ces gens ont leurs rites. Autrefois, comme le sol était gelé en permanence, on ne le creusait pas pour les sépultures. Des tas de roches, empilées jusqu'à ce que le corps soit complètement enseveli. Loin de nos pierres taillées et polies. Aucun nom gravé, ni de dates. Des igloos de calcaire. Le temps décompose les corps, les dissout jusqu'à leur disparition. Autrefois, les corps pouvaient rester dehors pendant des semaines, le temps des rites, jusqu'au moment de la sépulture. On devait s'assurer que l'âme reste dans le corps jusqu'au repos final. Aujourd'hui, avec le réchauffement climatique et les mouches, pour bien faire, il faudrait mourir pendant les neuf mois de l'hiver. Sinon, le corps se décompose trop rapidement. Depuis le christianisme, un prêtre officie une cérémonie venue du Sud ou de l'Est, et par la suite le corps est empilé dans des caveaux externes érigés derrière l'église. Dans les deux cas, ça demeure quand même la mort. Bien avant de souhaiter, dans notre condescendance infinie, qu'ils meurent maintenant comme nous, mourir voulait dire «prendre la glace». Quand le village dispose d'une pelle mécanique, on peut défoncer le sol et creuser un peu. Et se débarrasser du cadavre rapidement.

Le territoire était autrefois beaucoup trop vaste et pas assez peuplé pour permettre une exploitation de ses ressources. Comme partout ailleurs dans les entreprises de colonisation, les prix de consolation sont religieux. Alors les hommes d'Église se sont établis ici dans le but de convertir les âmes et d'augmenter leur nombre en surface. Un principe de taxe. Aujourd'hui, ironiquement, les explorateurs viennent pour le sous-sol. Diamants, pétrole, nickel, cuivre, or et argent, et d'autres métaux très rares qu'on utilise partout, mais surtout de l'uranium. Le Canada détiendrait au minimum dix pour cent des réserves mondiales de ce métal radioactif. L'uranium est à la fois un enjeu et un pouvoir politique. Les étrangers viennent de partout pour nous le dire. La nouvelle ruée du Nord. Une nouvelle langue, celle de l'argent. Ils doivent se servir de guides inuits. Parce que les terres de subsistance sont sacrées. Il y a deux exploitations, juste ici, à moins de cent cinquante kilomètres. Les gisements North Ray et de Daniel Lake. Quelques kilomètres au sud-est de Kangiqsualujjuaq, avec des campements tout près de la rivière George. Et ils doivent tous passer par Kuujjuaq. À partir d'ici, les hélicoptères prennent le relais. J'imagine que cette course doit ressembler à celle de l'or il y a plus d'un siècle. Avec des hommes, aux limites de leurs technologies, qui sondent les sols. À la recherche, encore, d'une autre forme d'ascendance sur leurs vies.

L'uranium se retrouve dans l'appareil de scintigraphie, ici même à l'hôpital, et dans les appareils d'imagerie par résonance, les tomographes. La médecine nucléaire. Les traitements de radiothérapie. Pour combattre les cancers. On ne peut plus revenir en arrière.

De temps en temps, il m'arrive de soigner des gens venus du Sud. Souvent pour des indigestions bénignes. Ils ont voulu manger du phoque, une viande crue, ou de la baleine, avec comme seule intention de raconter à leurs amis qu'ils en ont mangé. Tristes touristes dégénérés. Sans savoir que la nourriture traditionnelle est adaptée aux conditions du territoire et de ceux dont la survie dépend du gras. Pour une majorité, ce sont des relents ancestraux. Au Sud, c'est le contraire : les compagnies alimentaires veulent imiter la survie avec le sel, les sucres et les graisses dans leurs produits manufacturés, jusqu'aux limites acceptables. Ça s'appelle le *bliss point* : un maximum de goût, à la limite du dégoût. Ici, c'est le foie des touristes qui s'emballe quand ils mangent de la peau de baleine et font une surdose de gras. Leur rythme cardiaque s'accélère, ils suent. Ou une autre surdose de fer, par excès de viande rouge. Ils arrivent à l'urgence avec des irritations gastro-intestinales, des diarrhées, des vomissements ou des constipations. Vingt-quatre heures en observation, un laxatif et beaucoup d'eau suffisent à les remettre sur pied. C'est là une partie de l'histoire qu'ils évitent d'évoquer au retour. Ils maudissent le pays le temps du mal et ne racontent que les histoires enjolivées.

L'été est rare et court. Quelques jours de chaleur et des milliards de mouches noires apparaissent par magie. À quoi elles servent? Elles peuvent me rendre fou. Les journées où le vent se tait, c'est à perdre la raison. Elles ne piquent pas, elles mordent. Elles fendent la peau, après avoir anesthésié l'épiderme. Seules les femelles mordent. Elles ont besoin des protéines du sang pour pondre leurs œufs. Quand on s'en rend compte, il y a déjà une goutte rouge et de l'inflammation. Le mal est fait. Hier soir, un couple de Français venus voir des ours polaires-icebergs-aurores s'est présenté à l'urgence. Ils avaient au bas mot un millier de petits trous sur le corps. Derrière les oreilles, partout sur le cuir chevelu. Les aisselles, les doigts, les bras, les jambes, jusqu'aux parties génitales. On leur a appliqué un stéroïde topique et je leur ai prescrit des antihistaminiques. Ils voulaient voir des Esquimaux. Ils ont vu des infirmières et un médecin du Sud en fugue.

25 juillet.
J'irai demain sur la rivière aux Mélèzes. Erik Makusie est venu me montrer sa main ce soir à l'urgence, inquiet de la sentir encore un peu engourdie après son accident d'exacto plus tôt ce printemps. « Normal. La perte de sensibilité peut mettre plusieurs mois à se résorber. » Il a eu l'air heureux de m'entendre et m'a invité à aller pêcher la truite et l'omble chevalier.

26 juillet.
Nous avons décollé de sa cour arrière un peu avant quatre heures. Il faisait clair comme en plein jour.

Ce bonheur des gens qui veulent vivre. La lumière. L'extraordinaire et précieuse lumière du Nord. Nous avons atterri sur un tas de gros cailloux. Le lit élargi de la rivière, normalement inondé durant le reste de l'année. Les rivières rétrécissent l'été. Elles se gonflent au printemps et à l'automne. Gorgées de l'eau des fontes et des pluies. En juillet, elles sont à leur plus bas.

Erik s'est posé sur de gros galets. Déposés et érodés par un glacier. Des formes rondes et aplaties de la taille d'un œuf ou d'un ballon de soccer. Certaines de la grosseur d'une chaise. L'hélico à trente mètres d'une fosse à *chars*. Au pied d'une cascade. Du haut des airs, on voyait miroiter les poissons. Alignés, au repos, en attente. Ils peuvent rester là des jours, immobiles, à refaire leurs forces, et d'une seconde à l'autre décider de remonter le courant et de sauter le rapide. Jusqu'au prochain. Jusqu'à leur site de fraie. Leurs efforts de reproduction ne se comptent pas. Ils se vivent. J'avais le plus grand sourire de l'univers. Loin des pensées qui me paralysent. En sursis des attentes. Convaincu que la pêche serait bonne. J'ai enfilé mes bottes-pantalons, sorti et assemblé ma canne, j'ai fouillé dans mon coffre de mouches avec cérémonie. Et j'ai fait un nœud sur un *streamer* bleu fluo. Rituel. Le monde et elle n'existaient plus. Je suis entré dans la fosse, l'eau aux genoux. Surtout, je ne pensais pas à Alice.

Essoufflée, en parlant vite et en me regardant au fond des yeux : « Je te veux pour moi, je te veux à moi, je te veux en moi, je veux tes mots, je veux tes yeux, tes silences, tes soupirs, tes mains, tes matins, et je veux aussi ton sexe. » C'était quelques mois après notre rencontre. On n'était qu'une femme et un homme en construction. On commençait à soupçonner de grandes envies en nous. À deviner des intentions. Mais comme on avait des horaires de fous, on était plus souvent séparés qu'ensemble. Le manque finit par creuser des tunnels. Il construit un monde souterrain. Il est rare qu'on se définisse par l'absence. Un jour, une seconde dans un jour, et l'autre devient essentiel. Les promesses font surface comme l'oxygène dans l'eau. Et soudain, on divise et multiplie notre existence avec une autre. Je lui avais dit de se calmer, en riant, pour décharger le moment et faire baisser l'émotion. Je croyais que j'allais exploser devant elle. Ses mots, c'était tout ce que je voulais entendre. Tout. « Mettons que tu me le dis une autre fois, ça se pourrait que je t'aime pour vrai, sois avertie. »

Elle avait redit les mêmes mots. Et à la fin : « Tu veux que je répète ? »

Chaque fois que je lançais la mouche et chaque fois que la mouche touchait l'eau, un poisson montait la prendre. Et la canne se raidissait. Erik Makusie restait là, assis sur une grosse roche, à sourire, un fusil de calibre 12 sur les genoux. Gardien des ours. Il fumait un cigare pendant que je ramenais des ombles sur les galets. Ceux qui n'étaient pas blessés étaient remis à l'eau. Les autres, fatigués ou amochés, s'empilaient dans une glacière. Juste avant de se poser ici, Erik avait atterri sur un plat enneigé au sommet d'une montagne, pour emplir la glacière. Après-midi du 26 juillet. Ces neiges-là restent éternelles. Et conservent le poisson au frais jusqu'au retour. Quand on a soif, on boit l'eau la plus près de nous. Quand la faim se pointe, on découpe au couteau des tranches de *char*, qu'on sale et poivre. Réduire les gestes au plus simple. Aller au cœur. Ne plus tourner autour. Alice.

Ici, on a mangé cru toute la vie. Parce que c'était direct et que, dans l'équation des énergies, c'était le plus efficace. Pas d'arbres ni rien d'autre pour faire un feu. La végétation met plusieurs vies humaines à s'en faire une. Ramasser quelques branches peut prendre une journée entière. Pour un feu de quinze minutes. Le poisson passe de la rivière à la bouche en quelques secondes. La chair fraîche n'a rien à voir avec celle qui voyage pour se rendre jusqu'aux villes du Sud. Cette chair est fine, et pleine d'énergie pure. Erik souriait. On s'est tout de suite entendus. On sait dans l'instant. C'est comme pour les femmes. En une fraction de seconde, on sent toute la distance qu'on pourrait parcourir ensemble. Avec Erik, c'est facile. Il était heureux de me voir ravi. Une générosité sans calcul.

Cette journée sur la rivière aux Mélèzes a racheté bien des jours et des nuits de ruminations. Le bruit des chutes. Ce paysage sans fin. Le bruit des galets sur lesquels on marche. Le son du moulinet quand le poisson pris s'enfuit dans le courant avec la soie. Mon cœur qui bat. Mes cœurs qui battent, aux tempes et dans la poitrine. L'impossible présence humaine. Sentir qu'avec tout ce qu'on voit, à perte de vue, nous n'irons pas plus loin. Nous contenter d'ici, maintenant. Devenir capables de nos sentiments. Les assumer intégralement. Être capable de ses sentiments. Être capables de sentiments. Surtout, reconnaître que tout ce qui nous entoure peut exister sans notre présence. Être capable de mes sentiments pour elle. Pouvoir les porter. Le Nord est une leçon d'humilité. Un mouvement lent qui fait le paysage qu'on devient. Même quand cette femme est toujours un coup de foudre. Je me suis toujours méfié de ce qui apparaît évident. Ça vient des hommes avant moi. Ils ont tracé le sol avant et l'ont fait à force d'années et d'efforts.

Même les histoires laides et croches nous forment. Alice a été une rivière. C'est devant l'immense humilité de ce paysage solitaire que j'ai voulu l'aimer à nouveau. Une prise de conscience affective. J'irais à elle. J'avais découvert son espace.

Après plusieurs heures dans la fosse, j'avais des ampoules dans la paume de la main gauche, au pouce et à l'index, et le bras qui tremblait à force de ramener des poissons. J'ai demandé à Erik si je pouvais me reposer un peu. Il a dit oui, il ferait le guet.

Je n'ai pas dormi, mais dans cette confiance, j'ai réussi à imaginer la suite. Une merveilleuse évidence. Ce que je n'avais pas fait depuis que j'avais quitté Alice et notre appartement en février. J'étais bien là, à ce moment précis, couché sur des pierres de rivière, dans le bruit des chutes. J'ignore comment on peut définir le bonheur, mais je sais qu'on peut momentanément prétendre que tout est OK. Sans vraiment savoir si tout va vraiment. Elles sont floues alors, nos émotions. Une montagne, des nœuds, des poissons, un ventre plein et du temps. Je me suis demandé si j'étais simple ou si, au contraire, j'aurais besoin de cette femme, comme un *junkie*, pour m'accrocher et continuer. C'était de plus en plus évident : mon histoire et celles de mes aïeux ne suffiraient plus à me justifier cette fuite ni mon inexplicable affection pour Alice. Et s'étaient allumées des images d'elle devant moi. Je me suis mis à voir une suite possible à ce qui n'en avait pas jusqu'ici.

L'odeur crue des poissons frais et le vent avaient attiré un ours. Erik a tiré un coup de semonce. L'ours n'a pas bronché. Il s'est immobilisé quelques secondes, a remonté le nez pour renifler encore plus précisément et a continué d'avancer. Le pilote a tiré un autre coup de semonce. Les premiers coups sont des cartouches *bear guard*, des balles sonores inoffensives qui explosent en bruit sur la cible, capables de les effrayer quand elles détonent au-dessus de leur tête. Mais la bête continuait de foncer sur nous. Pas à la course, mais d'un bon pas. Erik a épaulé et miré. Cette fois, c'était des cartouches à chevrotine. Il a tiré. Plusieurs fois. Au septième coup, l'ours s'est effondré à cinq mètres de nous, comme une poche de sable. Défoncé et troué de partout. Mon rythme cardiaque a ses limites. Deux coups de semonce. Cinq dans l'animal. Une masse sanglante encore surréelle. Les yeux ouverts. Les charognards viendraient sous peu. D'autres ours aussi.

On a vite tout remballé sans parler. C'est quand même étrange d'avoir aussi peur et de tuer un animal.

En bouclant sa ceinture, Erik a dit que c'était le quatre-vingt-treizième ours qu'il abattait. On a décollé. Pendant le trajet de retour, je lui ai raconté l'incident de la rivière George, il y a des années. Il s'est dit étonné d'apprendre que cette histoire était la nôtre, il en avait entendu parler.

On s'est posés derrière chez lui, en fin d'après-midi. J'avais la face chaude et brûlée par le soleil. Surdose de grand air. Il m'a reconduit, avec la glacière et mon équipement, jusqu'à ma maison-roulotte. Je me suis couché tout habillé, épuisé, me disant que j'avais assez de poissons pour nourrir Alice pendant une semaine. Et j'ai rêvé à elle tout de suite et sans inquiétude. Je me suis endormi dans la clarté du jour. Je me suis réveillé, le lendemain matin, dans la clarté d'un autre jour. Au bout d'un long sommeil. Un peu perdu. J'ai dû me rappeler où j'étais. Ce plafond, ces tuiles d'amiante. Chez moi. Le bruit des véhicules tout-terrain à l'extérieur. Mon portable, fermé, sur le comptoir de la cuisine.

J'ai décidé dès le réveil que je n'aurais plus envie des femmes sur le web à partir d'aujourd'hui. Révoquées, leurs fonctions. Et je me sens bien. Plus fort. Tous mes désirs lui sont réservés. Je ne veux pas flancher. Je veux être fort. Aimer seulement son corps. Lorsque je pense aux hommes qui m'ont précédé, quand je soustrais leurs vies de la mienne, il ne reste qu'un désir simple : être et appartenir à une seule, dans la vraie vie. Mon arrière-grand-père Roméo est né l'année même où l'écrivain essayiste américain Ralph Waldo Emerson est mort. Emerson a écrit qu'un homme était ce à quoi il pensait toute la journée.

29 juillet.
De retour à l'urgence. Encore un enfant intolérant au lactose. Des vomissements violents. Après une

vingtaine de minutes, son petit corps, secoué par des contractions, ne vomissait plus que de la bile. Le sucre blanc, la farine, l'alcool et le lait. Les intolérances sont faciles à identifier. Pour les enfants, neuf fois sur dix, le lait de vache cause ces malaises. Ils n'en ont jamais bu. Ni jamais mangé de fromage. À l'épicerie, on vend des tranches de *processed cheese* coloré, du Cheez Whiz. Dix-sept dollars le pot. Leur métabolisme ne peut pas s'en accommoder. Les réactions sont physiologiques. Elles engendrent des rejets. Diagnostic évident.

Les policiers rôdent. Ils surveillent. Ils suspectent. Ils vérifient. Les policiers viennent toujours me poser des questions. Ils me font confiance. Si j'éprouve le moindre doute, je leur en fais part. Au bout du compte, c'est pour se donner bonne conscience. Pour l'inscrire dans leur rapport officiel, au cas où les étrangers ou le monde politique viendraient se mêler de leurs affaires. C'est le Far West du Nord, ici. J'ignore s'ils veulent faire régner l'ordre et appliquer les lois, ou s'ils veulent que l'ordre fasse semblant d'exister. La plupart du temps, à part les cas de meurtres et les crimes très violents, tout ce qui se passe ici reste ici. Les lois viennent d'ailleurs. Le système veut circonscrire les délits et les garder pour lui. Les étrangers qui viennent s'installer l'apprennent rapidement, à leurs dépens. Si on te vole tes bidons d'essence et que tu as vu qui a fait ça, mieux vaut parler à la mère du voleur qu'aux policiers. Elle fera respecter l'ordre. Ça vaut pour tout le monde, et pour tous les crimes.

J'ai un pied dans un monde qui enverra bientôt un homme sur Mars et l'autre dans celui qui tait systématiquement le viol d'une femme et même son meurtre. Les policiers ne restent jamais dans le Nord très longtemps. Ils craquent un jour et retournent dans le Sud. Cyniques, ils savent que les lois qu'ils devraient appliquer viennent d'une autre planète. Incompatibles.

Le silence règne en juge absolu. Même constat d'échec que pour la foi. Un homme qui viole une femme devrait être puni. Mais avec ces lois, quand on l'accuse, on veut croire en même temps qu'il peut être réformé. On l'excuse, on fait semblant de lui pardonner. Ou on ne dit rien. Le Nord n'a pas d'empathie, de vengeance. Et n'a plus de chamans. Ils ont disparu. Victimes du pouvoir. On les a remplacés, voilà plus d'un siècle, par des hommes en robe noire qui savent lire et écrire et parler. Depuis se sont construites des violences secrètes. Silencieuses. Des regards bas. Des haines et des dénis. Le prix de la vie est à la baisse. Les codes de lois sont devenus des épouvantails qui n'effraient plus personne. Je comprends maintenant pourquoi Alice trouve justes et nécessaires les guerres. Le territoire a forgé sa nature et son intolérance.

Un matin, à Queens. Elle revenait de son quart de garde. J'étais sur l'ordi en train de lire des scans à distance depuis le serveur de l'hôpital. Je gagne un temps fou avec cet accès à distance. Je peux poser des diagnostics de la maison et prendre en charge certaines urgences. Alice s'était assise à côté de moi. J'avais souri. Elle, à peine, du bout des lèvres. Elle m'avait pris par le cou d'un bras et m'avait serré très fort.

« Qu'est-ce qu'il y a ? » j'avais demandé. C'était loin de ses habitudes de ne pas m'embrasser. Elle et moi, dans les secondes où on se retrouvait, peu importe où, on s'embrassait. Elle avait respiré, une fois, deux fois, trois fois.

« Ça va sonner faux ou sortir tout croche, ferme les yeux s'il te plaît, elle avait dit.

— Tu m'énerves, j'avais répondu en fermant les paupières.

— Je suis enceinte.

Silence. Sourire. J'avais pris sa main, elle s'était mise à parler de tout en même temps : ses règles, son

210

sommeil, sa faim, ses rêves, son travail, le test clair et précis du matin, qu'elle s'en doutait depuis une semaine. Pourtant, on était prudents. Elle comptait ses jours en me disant si c'était dangereux ou si c'était OK.

« Six jours de retard. Ce matin, à l'hôpital, j'ai passé un test. Une moitié de goutte seulement, et la croix est apparue. Aucun doute. J'ai des nausées, je dors mal, mes seins sont gros et enflés, j'ai des crampes. » J'essayais juste de l'imaginer avec un gros ventre. Ma tête brûlait comme si j'avais la fièvre, mais c'était heureux. « Les deux dernières fois, t'as joui dans mes mains. J'ai été partie en stage une semaine avant ça, à Washington. Ça veut dire que ça remonte au 16, et c'était trois jours après le début de mes règles, je comprends rien. » Pendant nos gardes de nuit, on faisait l'amour moins souvent. Elle était enceinte. De moi. On était amoureux, et nos corps aussi.

Trois semaines plus tard, Alice s'est fait avorter. Ce matin d'automne là, j'ai pensé aux fausses couches de ma mère, de mes grands-mères et de mes arrière-grands-mères. Elle ne pouvait pas et ne voulait pas garder l'enfant alors qu'elle était encore résidente en médecine obstétrique. Je n'ai pas tenté de la convaincre du contraire. Ce n'était pas mon corps, mais le sien. On a quand même vécu trois semaines et demie avec elle enceinte. « Une partie de toi vit en moi, et c'est ça le plus difficile », elle avait dit, en route vers la clinique. Ces trois semaines, j'ai aimé la voir changeante. Enragée et impatiente, ou aimante à outrance dans la même minute. Un jour : « Je te suis, Alice, si tu veux une bedaine, je te suivrai. Si c'est pas ça, je serai là aussi. » Un matin froid et ensoleillé de novembre, elle est entrée dans la clinique, on lui a fait respirer du protoxyde d'azote, un gaz relaxant, et on a extrait le bébé. L'infirmière s'est d'abord assurée, en privé, que ce choix venait bien d'elle. Elle lui a aussi dit que, dans la majorité des cas, un avortement était aussi un point de contrôle. *Checkpoint,* elle avait dit. Cette conversation s'est déroulée sans moi. J'ai été tenu à l'écart du monde des femmes.

Puis on l'a emmenée. Vingt minutes plus tard, la même infirmière est venue me chercher dans la salle d'attente pour me conduire en salle de réveil. Je l'ai cherchée partout en scannant chaque lit. Jusqu'au sien. J'avais mes yeux dans les siens, engourdis. Elle pleurait. En silence. Elle a quand même réussi à mettre sa main derrière mon cou pour m'attirer et m'embrasser. Tout au long de l'intervention, elle avait regardé une carte du monde accrochée au plafond de la petite salle d'interventions, en fixant le continent africain. On a passé le reste de la journée chez nous, collés, elle à dormir et moi à veiller notre amour.

Un fil de soie invisible entre nous, pour toujours.

1er août.

À toutes les occasions, même pour quelques heures, je vais à la pêche. Ici, directement sur la Koksoak à Kuujjuaq, avec des Inuits qui m'amènent en chaloupe de mer. On va près des affluents. On se met en amont, à l'ancre, et je mouche là où les cours d'eau se rencontrent. Les confluents regorgent toujours de poissons. Les eaux diffèrent de rivière en rivière. Les débits, la nourriture, l'oxygène, la température, les courants, l'odeur. Les poissons y font escale comme dans les fosses, y mangent ou y attendent le bon niveau afin de continuer leur remontée. On n'attrape jamais ceux qui retournent à la mer. On attrape toujours ceux qui remontent le courant. Ils viennent pour se reproduire, encore plus haut. Et on ne pêche pas dans les frayères.

La fraie. Les femelles pondent leurs œufs sur un lit de cailloux de rivière tard à l'automne. À l'endroit précis où elles sont nées. Un nid, dans les graviers. Des petits galets, ronds, aplatis, sur des fonds sablonneux, à l'abri des grands courants, des sécheresses, des glaces et des décapages des crues printanières. Le mâle répand sa semence et féconde huit mille œufs. De ce nombre, quatre se rendront à maturité. Une loterie. Les alevins naissent en avril, après mille dangers dont ils n'ont même pas conscience. Et mille autres, une fois qu'ils commencent à nager et doivent se nourrir. Et puis, un jour, ils vont à la mer. Devenir des adultes.

Et, un autre jour, ils reviendront dans leur rivière. Et ça recommence.

J'ai hâte qu'Alice arrive. Dans deux semaines, selon ce qu'elle m'a dit au lendemain des funérailles. Je compte les jours et les nuits. Quatorze à partir de maintenant. Jour pour jour. La date de sa venue m'a aidé à me projeter en avant. À attendre. Une raison d'exister. Certaines espérances valent plus que d'autres. C'est à elles que je m'attache. Je sacrifie les autres. Comme les disciplines sportives, ou les livres, ou les films, ou l'âge. Le torrent du temps. Des secondes, des minutes, et des heures, et des années. Trop souvent on harnache les rivières pour les dominer. Il faut les attendre. Prendre le temps et sauver d'autres secondes, d'autres minutes, d'autres heures. Encore. C'est triste de forcer le débit, parce que dès qu'on apprend à compter, on commence à vouloir battre les années. Dès qu'on apprend à nommer, on cherche à comprendre. Le courant nous définit autrement mieux que ce qu'on souhaite. Il ne se remonte pas ailleurs que par les mots et les idées.

On va s'en faire un tas, de souvenirs, Alice, comme des bouées et comme les remous au fond des eaux. Des repères. Pour nous guider. Pour nous abriter, nous consoler. Nous définir un peu. Justifier l'avenir d'avance. Sans doute de crainte d'être déçu.

« La vie n'est pas si merveilleuse que ça », elle avait dit un soir en revenant de l'hôpital. Je n'avais pas posé de question.

3 août.

Je m'apprêtais à repartir à la pêche. Tout mon équipement était chargé dans la boîte de pick-up de mon guide. Quatre heures du matin. Une infirmière nous arrête en route. Urgence. Une jeune femme de Tasiujaq, le village le plus proche. Dix-sept ans. Elle est quand même venue jusqu'ici en chaloupe avec des contractions toutes les deux minutes. Normalement, les femmes du village l'auraient accouchée, mais ça faisait trente-deux heures qu'elle était en travail et perdait ses forces. Sa mère, au début de la trentaine, l'accompagnait. Inquiète. Elle m'a raconté qu'elle aussi avait failli y laisser sa peau en accouchant de sa fille. Elle m'a agrippé par la chemise d'une main et par le bras de l'autre, en me faisant promettre de sauver sa fille et le bébé. Ses ongles enfoncés au creux de ma main. Ça faisait plus de vingt-quatre heures qu'elle avait rompu ses membranes. Crevé ses eaux. Sérieux danger d'infection pour les deux. Je soupçonnais une pré-éclampsie. J'ai effectué un bloc péridural en quatre minutes, directement dans la salle d'examen. Je fais tout ici. Même percer dans la colonne entre les vertèbres. Les infirmières n'avaient pas terminé d'installer la perfusion que j'avais ouvert le ventre de l'adolescente. Le bébé est sorti indemne. La mère m'a dit *nakurmik* quand je lui ai tendu le bébé de trente-deux semaines qui respirait, emballé bien serré dans une jaquette d'hôpital. Les deux ont été traités aux antibiotiques. La jeune maman a mis une semaine à retrouver le sourire et la faim. En attachant les agrafes sur son ventre de jeune femme, je me suis promis de ne pas poser de questions sur le père de l'enfant. Ni sur la suite.

À neuf heures, du sang de l'opération encore sous les ongles, j'étais sur une fosse à truites de mer et j'éviscérais mes prises. Je sens qu'elle se rapproche.

J'imagine souvent ses journées à elle. Elle suit et accouche des femmes enceintes. Elle les reçoit, les rassure, les pèse, mesure leurs ventres. Elle lit les échographies, regarde les variations de poids et répond à leurs questions. Les femmes sont de plus en plus inquiétées par leurs grossesses. Elle fait des accouchements. Dans les moyennes. Elle n'en perd pas plus que les autres. Mais quand ça arrive, elle maudit la vie et envoie toutes ses pensées noires au ciel.

Alice n'a jamais cru à rien. Elle a rejeté jeune les croyances fourrées dans la gorge de ses parents par les hommes en robes. Elle s'est retrouvée ailleurs, dans un état d'être qui a plus à voir avec le mien qu'avec le sien. Ici, dans le Nord, les intoxications au plomb, une explosion de cas de tuberculose, les influenzas, les troubles dentaires, jusqu'au sida, c'est comme pour le sucre, ça vient d'ailleurs. Avant, lorsqu'une femme portait un enfant, personne ne comptait les semaines de grossesse. La médecine blanche a imposé les contrôles réguliers et les courbes de croissance. Avant, les suivis n'existaient pas. Un jour, les ventres sont délivrés. La vie sort quand elle est prête à surgir, et elle continue, portée par d'autres. Des cycles, avec des fins et des espoirs. Un homme, souvent voulu, entre des jambes, des hormones trafiquent les sensations, ça gonfle, un jour il vibre, se tord, et un enfant en sort. Il n'y a pas d'infini alors. Ni d'ego. Soit un garçon, soit une fille. Un homme ou une femme. Et ça recommence. Tous les désirs, même ceux que Goethe a cru deviner, relèvent d'une science de la nature. Une nature dont l'unique intention est de traverser le temps. Un jour peut-être, comme mes pères, je pourrais concevoir un enfant avec toi, Alice. Ne va pas croire l'art ou la littérature, ce sont des religions comme les autres. Avec beaucoup de ruines, et des gens qui en meurent humblement.

« Comment je peux savoir que tu m'aimes ? » elle avait demandé, la journée où elle avait accouché une femme d'un bébé mort-né. « Je ne fais pas de calculs et ferai n'importe quoi pour toi. T'as juste à me tester. Ou à t'inquiéter si un jour je te dis non. Et, surtout, si je cesse de parler ou de t'écrire. Ce sera une alerte. » Elle avait pleuré, à cause de l'hôpital. On s'était couchés sur notre lit, elle avait posé sa tête sur ma poitrine en pleurant doucement, et on s'était endormis. Au matin, la nuit avait poncé un peu la douleur. Alice avait pris une douche et elle était retournée au travail. Avant de partir : «Je voudrais que ça dure longtemps.» Je me sentais fort quand elle parlait de nous et nous projetait loin.

Ça fait presque sept mois qu'on se construit des mondes parallèles. Elle dans un décor qui ressemble plus au mien et moi, ici, dans le sien. J'ai fui en toute conscience. En empruntant sa terre. Pour essayer de la comprendre et de la sentir. Je veux tout de sa vie. Savoir d'où elle vient. Afin que les années qui l'ont précédée me la révèlent. Les années de sa mère, et des autres avant. Jusqu'à son temps à elle. Ici. J'ai pris ton sol, Alice. Je soigne ton monde. Des corps que tu connais. Tu n'auras pas à me raconter. Je saurai. Tes frères, tes sœurs, tes oncles, tes tantes, tes cousins. J'ai toujours cru qu'il me revenait de faire des racines, mais là, aujourd'hui, c'est ton sol qui monte en moi. Comme une chaleur. Des pierres, de l'eau, des neiges, des montagnes, le temps qui s'oublie et la lumière qui pousse en dedans de moi. Je veux survivre. Et je crois que j'aurai besoin de toi. On fera ensemble nos guerres, celles des sentiments et de la durée. Je suis devenu sauvage. Dans cet espace, cette minute, tu me transperces. Je n'existerai pas longtemps sans nous. Pour les bonnes raisons.

Avec elle, hors d'un monde que j'ai fui. Un monde qui glisse élégamment vers son échec. Je n'irai plus au Sud. Je ne retournerai pas en arrière.

7 août.
Encore une semaine. Je compte les jours. J'attends les nuits, elles sont plus indulgentes qu'avant. Les heures

qui coulent à notre insu sont plus faciles à compter que celles qu'on vit en plein éveil. Par moments, je comprends les junkies. Et l'alcool. J'ai encore espéré que des cas graves se présentent à l'urgence. Pour passer à toi plus rapidement. Je voudrais qu'il soit minuit toutes les heures. Souvent je trouve qu'il ne se passe rien dans ma vie. Ce soir, mon ordi est resté fermé. Des jours, des semaines que les femmes nues du web sont disparues de ma vie amoureuse. Elles n'existent plus. Je vais exploser. C'est une nuit d'étoiles filantes. Elles marquent le ciel comme des tisons. Éclairant le sol une fraction de seconde. Au nord-est, loin sur l'horizon sombre, au petit matin, une aurore boréale. Ici, à l'hôpital, personne n'en fait de cas. Ça fait des siècles qu'on en voit. Plusieurs minutes d'un ruban multicolore aux proportions impossibles à mesurer. Dans un rythme lent. Celui du vent des altitudes. On dit que se faire arroser par le souffle d'une baleine rend immortel. Peut-être que respirer les couleurs d'une aurore peut influencer ceux qui veulent y croire. Je suis seul, sur la voie d'accès d'urgence de l'ambulance. Je ne veux plus me poser de questions en regardant le ciel. Je préfère étouffer les envies de magie. Je déteste les prières. Ce sont ses mains et ses yeux que je veux. Alice est redevenue un désir. Une véritable envie. Un besoin physique. Je me promets de lui dire tout. Et tout ce qui est au-delà des mots et des phrases. Ouvrir. Le plus difficile. Ouvrir sans égard. Sans retenue.

Quand on allait manger une soupe tonkinoise, elle attachait toujours ses cheveux. Elle pouvait aussi arrêter au milieu d'une phrase et me fixer de longues minutes. C'est moi qui baissais les yeux le premier. Jusqu'au jour où j'ai tenu son regard, un 17 novembre. Cette fois-là, je me suis rendu compte qu'on doit se rattacher aux autres. À ceux qui nous précèdent et à ceux qui respirent les mêmes secondes que nous. Tous ces fils insensibles qui nous lient. Les routes excusées. Qu'on devine. Comme celles que l'on veut. Mais, surtout, celles que l'on croise. Et celles qui nous font dévier. Alice. Même si c'était inscrit en silence dans les chairs de ma généalogie, je ne croyais pas pouvoir un jour t'aimer. J'ignorais ce que ça pouvait être. Et je sais que je suis la somme de ce qu'ont dit et fait tous les hommes de mon sang avant moi. Envers qui ai-je une dette?

Il est possible de partir à pied de Queens et de se rendre jusqu'ici, dans la baie d'Ungava. Une année de marche, hiver compris. Cette route existe. On ne la voit plus. Mais des hommes l'ont tracée. À des époques où migrer était important. Des sentiers joints par des hommes de volonté. Pendant des siècles. Encore d'autres centaines d'années. Et d'autres mondes. Le long des cours d'eau. Au flanc des montagnes. Sur les lacs, les fleuves. Par les côtes ou par le centre, du Sud au Nord. Suivre les arbres, jusqu'aux pierres. Orientés uniquement par un soleil et des étoiles. Être vertical. Se résumer à avoir faim, boire et manger. Je me demande souvent si la morale a sa place quand on a un vent de face. Il y a cent ans, aurais-je eu le droit de vouloir autant son sexe que son amour?

Je suis rentré chez moi à six heures. La lumière, encore. J'ai mangé du poisson cru, sur une tranche de pain beurré. Les matins sont toujours paisibles dans le Nord. Les Inuits dorment aux premières heures du jour. J'ai aussi dormi un peu. Et je suis retourné à l'urgence vers midi. Une femme au visage enflé m'attendait. Les dents brisées. Impossible de la faire parler. Elle fait semblant que ça lui fait mal de dire des mots. Toujours le même silence familial. Tout le monde sait, mais elle n'a nulle part où aller. Même si elle dénonce celui qui l'a brutalisée, ça ne mènera nulle part. Nommer, ici, veut dire changer de monde. Refaire sa vie ailleurs. On ne peut pas faire condamner un homme sans le payer par l'exil. Et l'abandon. Le jugement des autres. Tenter de se rebâtir une autre vie. Mais demeurer stigmatisée. On ne change pas de village parce que quelqu'un a abusé de vous ou infligé des sévices. Il n'y aurait pas assez de villages. La chair de la femme désenfle. Cicatrise. Les sourires reviennent. On oublie un peu. On pleure la nuit. On rit le jour. Et toutes les fois, c'est le mari ou le frère agresseur qui vient chercher la femme ou la fille pour la ramener à la maison. Contrit comme un enfant. Et les hommes se chargent à nouveau d'autres violences démesurées. Et ça recommence. C'est la même chose dans Brooklyn et dans Queens. Et il en va de même dans tous les autres pays. Alice les voit aussi, ces violences. Elle travaille dans un hôpital qui soutient un programme social pour les grossesses à risque et les mères défavorisées. Elle suit des jeunes femmes et des filles-mères à longueur de semaine. Enceintes. Violées, ou engrossées trop jeunes, forcées, ou leurrées par les promesses de garçons et d'hommes pressés. Alice a voulu s'éloigner de ces réalités. Mais en soignant les corps, on se place aux premières lignes de toutes les humanités. Et il y a là très peu d'espace pour l'art et la poésie.

Ce matin, je me suis endormi avec l'image de Naka, cette adolescente de quinze ans, le cou brisé dans un accident de motoneige la semaine de mon arrivée. On ne contrôle pas la nature de nos souvenirs. Beaux et laids. Ils nous hantent pour des raisons qu'on ignore. Ou parce qu'on n'arrive pas à les classer sous clé. Je me suis souvent endormi en pensant aux yeux d'Alice, à sa peau, sa langue, sa chaleur, son parfum sur mes doigts, ou sa main dans la mienne. Heureux. Et d'autres fois en pensant à des images inventées venues de nulle part, appartenant à des épisodes inconnus qu'il nous faudra nous expliquer.

10 août.

Un avion privé a atterri cet après-midi. Un Global Empress. Cinquante millions de dollars. Tout Kuujjuaq le sait quand un avion privé arrive. C'est le Sud qui débarque. L'argent. Le pouvoir. On s'imagine un monde meilleur. Un univers de réussite. Depuis longtemps, les vivres et les urgences empruntent les voies du ciel. On en connaît l'importance. Et, quand c'est un symbole comme un jet privé, certains s'en offusquent et s'en foutent à voix haute, d'autres se font admiratifs. Dans le Nord, il y a seulement trois pistes assez longues pour les accueillir : Kuujjuaq et Salluit au Nunavik, et Iqaluit au Nunavut. Iqaluit, à cause des entreprises minières internationales, commence à ressembler aux grandes villes du Sud. Pour la première fois de l'histoire. On y construit des immeubles d'une dizaine d'étages. Des sièges sociaux. Sur un sol gelé en permanence. Mais qui va finir par dégeler, car le Sud monte peu à peu. Et ça va pencher, un beau jour. Coloniser, encore, pour extraire les richesses locales : métaux, minerais, diamants. Toujours pour ce que d'autres possèdent mais ne peuvent exploiter. Dans les rues, les gens soûls, des locaux se tapent sur la gueule.

Le Global Empress s'est posé d'urgence, le pilote a eu un malaise qui avait toutes les apparences d'un infarctus. Le copilote a conduit l'appareil ici, sur la première piste de dégagement, en route vers Montréal, en provenance d'Iqaluit. L'électrocardiogramme du pilote a montré des signes de tissus cardiaques nécrosés. Il n'en serait pas mort. Mais on l'a tout de même hospitalisé. Je lui ai administré de l'héparine, pour éclaircir son sang et empêcher la formation de caillots dans les artères irriguant son cœur. Son patron est venu me voir. Je le connaissais de réputation. Il s'appelle Charles Minsky. Je trouve inquiétante cette relation qu'entretiennent les médias avec la richesse.

Une fascination. Montrer et marquer le pouvoir et l'argent. À la fois idoles et suspects. Début quarantaine. Famille milliardaire. Un *holding* d'assurances, de banques, de produits financiers, d'objets de luxe, d'organes de presse, de mines et ressources naturelles et d'ingénierie. À travers le monde. Une de leurs sociétés avait d'ailleurs participé à la construction des centrales hydroélectriques de la baie James.

Il a d'abord pris des nouvelles de son pilote. « Il va s'en sortir, j'ai dit. Il sera sur pied dans quarante-huit heures, il devra rester en observation jusque-là. Je lui signerai son congé, il aura besoin de repos, de faire de l'exercice physique et de prendre une médication pour le restant de ses jours. » Charles Minsky m'a serré la main et m'a remercié. Il m'a paru assez sincère pour que je sente qu'il se souciait de la santé de son employé. Pourrait-il piloter à nouveau dans deux jours ? Sinon, il devait faire venir un autre pilote. « Il sera passager pour quelques semaines », j'ai répondu. Charles s'est retiré, a sorti de sa poche un téléphone satellite et il a donné rapidement des ordres à quelqu'un. Quand il est revenu vers moi, il a demandé ce qu'on pouvait faire ou voir ici. Je lui ai répondu qu'il était au pic de la saison de pêche. Il a souri et m'a proposé de l'accompagner demain. « Certainement », j'ai dit, heureux d'avoir une autre occasion d'aller moucher.

J'ai confié à Erik Makusie le soin de trouver un bon guide pour le saumon sur la George. On s'est donné rendez-vous à cinq heures du matin devant l'hôtel Fort Chimo, où Charles irait dormir, à quelques centaines de mètres de l'aéroport. Charles a précisé qu'il lui fallait un modèle particulier d'hélicoptère, car son assurance vie ne lui permet de voler que dans des appareils à deux turbines. Erik l'a rassuré : son appareil est un B-Star A4 d'Aviocoptère, une compagnie qui appartient à Skairbus, laquelle appartient à HEADS, dont Charles et sa famille sont les actionnaires majoritaires.

11 août.

À cinq heures pile, j'étais devant l'hôtel avec l'équipement de pêche, un sac de provisions, un réchaud au butane et un Bodum pour le café. Charles m'attendait. Erik est venu nous chercher avec son pick-up. Déjà à bord, Abraham Mitkijuk et Issac Angatak. Abraham, je le connaissais trop bien depuis mon entrée en service aux urgences. Isaac avait à peu près le même âge que moi. Son sourire laissait voir qu'il n'avait qu'une dent sur deux. «Les deux meilleurs guides de pêche du Nunavik», nous a dit Erik, le plus sérieusement du monde. Et pas le genre à parler pour plaire ni à faire de l'enflure. «Ils connaissent toutes les fosses et toutes les roches de la George, et toutes les rivières affluentes où se tiennent la truite et le *char* sur la côte.» Il avait mis le paquet. Le Nord, c'est aussi une mécanique de pourboires. Les guides valent de l'or. Une fois rendus ici, les pêcheurs veulent voir de leurs yeux l'abondance qu'on raconte, et surtout raconter à leur tour l'abondance qu'ils ont vécue et constatée. Et, pour ça, il faut des hommes qui vivent le territoire. Comme d'autres avant eux, encore. Des relais de savoir dont aucune archive ne subsistera jamais. Ça prend des yeux de la place pour montrer du doigt des courants, de l'eau, des pierres et des remous. Un gars qui dit quelle mouche utiliser selon la date, le soleil, la limpidité, la température et le niveau de l'eau. Et qui sait où lancer la mouche, la distance et le bas de ligne à utiliser à ce moment précis. Une science imparfaite, mais des hommes qui savent lire les signes de l'eau et qui restent calmes. Les gens qui savent sont toujours calmes, je m'étais dit en les voyant. Et ils sourient un peu quand la ligne se tend et que la perche plie. Heureux d'avoir partagé leur art naturel et d'avoir eu raison pour d'autres. Fiers. J'ignore si les guides pêchent parfois, eux aussi. S'ils ont encore du plaisir à déjouer le poisson. Je devine leur réponse. Ce que nous considérons comme un sport, à leurs yeux, a les attributs d'un luxe. Quand ils pêchent, c'est en accrochant les poissons avec des trépieds ou avec des filets qu'ils tendent. Pour manger. Ou pour les vendre comme trophées à des pêcheurs d'orgueil. Mais tout ce qu'on attend d'eux, aujourd'hui, c'est de nous amener sur des fosses poissonneuses. Charles et moi, on ne prendra pas de photo avec des captures qu'on va remettre ensuite à l'eau. Quand on fait de la remise, on ne devrait jamais le dire, c'est d'une grossière vanité. Il n'y a que ceux qui les mangent qui peuvent s'en vanter. Mais on veut pêcher des poissons. On veut, au moins, savoir qu'il y en a. La rivière est si vaste qu'on pourrait la fouetter avec nos perches pendant une vie entière sans jamais croiser l'œil d'un saumon. On a besoin des guides. D'un peu de connaissance, de chance et de beaucoup d'humilité. Le reste appartient à la Providence.

Une nuit, juste avant de s'endormir, elle m'avait dit : « Ne m'aime pas seulement en silence, s'il te plaît. » J'avais commencé à la fuir, même à mon insu.

Alice sera ici dans trois jours. Aujourd'hui, j'irai prendre du poisson frais pour elle. Nous sommes dans la cour d'Erik Makusie, qui a retiré les sangles sur les pales du rotor. Il fait le tour de l'hélico pour une inspection visuelle. Il touche les ailerons arrière, juste devant le rotor de queue. Il fait tourner le rotor, satisfait. Il a mis lui-même l'équipement dans les compartiments de stockage, pour calculer et répartir les charges de poids. Il a fait venir le camion de carburant de l'aéroport jusqu'à l'appareil, un peu en retrait de la piste. Et il l'a fait emplir. «Jusqu'au bouchon», il a demandé. Du Jet A. Pour moteurs à turbine. Comme pour les jets. Autonomie de vol de trois heures. Le maximum pour un hélicoptère. Un ravitaillement doit être prévu avant chaque envolée. Calculer le temps de retour surtout. Il n'y a pas de route ici. Une panne sèche signifie une, deux ou trois journées d'attente. Du temps inuit.

J'ai pris place à l'avant, à gauche d'Erik. Derrière, Charles et nos guides. Erik a décollé et l'hélico a pris la direction de l'est. Nous avons survolé la rivière à la Baleine, en direction de la George. Pêche au saumon. Après une trentaine de minutes de vol, on s'est posé sur la berge ouest du secteur de Helen's Falls. Des rapides aussi larges et violents que dans les plus grandes rivières du monde. La George devrait être un fleuve puisqu'elle coule vers la mer. Helen's Falls est à une soixantaine de kilomètres de la baie d'Ungava. Un magnifique fleuve à saumons. Sur cette berge se trouvent des dizaines de fosses auxquelles on accède à pied. Une pêche à gué. On ne peut pas se passer de guides. Rien ne nous permet de deviner les dangers du relief, les trous, les courants trop forts. Il faut connaître les ombres et la forme de l'eau depuis sa surface, et depuis des décennies. Certaines pierres du rivage sont peintes avec des numéros, pour marquer des lieux. Mais nos guides savent lire bien mieux encore. Ils ont appris de leurs pères. Pour se rendre jusqu'à nous.

On n'a qu'à lancer la soie à l'endroit qu'ils indiquent et poser une mouche fabriquée ici, par eux, pour faire monter un saumon et voir une *Black George* disparaître dans sa gueule. Les saumons sont preneurs. La perche de Charles se tend à chaque lancer, il est avec Abraham sur la 9, et moi avec Isaac sur la 8, une fosse en aval à cinquante mètres de là. La rivière doit faire deux cents mètres de largeur. On n'entend que le bruit de l'eau. Une force sublime. Il faut lire sur les lèvres ou tourner le dos aux rapides et hurler tant le bruit est assourdissant. Nous, on gracie les poissons. La ressource, pour les Blancs, est un loisir. Les Inuits, quand ils ont faim, tendent des filets sur les routes migratoires, le long des berges. Les saumons ont compris depuis longtemps qu'il ne faut jamais prendre le courant de pleine face. Au péril de leur vie. Ils savent, nagent là où le débit est le moins épuisant, se reposent des heures ou des jours dans les fosses, à l'abri, et reprennent leur remontée. Pour aller se reproduire où la rivière s'alanguit, tranquille. Loin des prédateurs et des risques. Les mâles et les femelles se retrouvent des années plus tard, à des milliers de kilomètres de la mer qui les a vus grandir. Pour la suite. Une chaîne naturelle, sans question. Une, deux ou trois fois en tout.

On a attrapé chacun une douzaine de saumons depuis notre arrivée. Il est neuf heures du matin. La journée est belle. Et parfaite. On n'a gardé que deux poissons en tout, trop épuisés du combat pour survivre. On les mangera. Saumon sauvage de l'Atlantique. Qui a laissé l'eau salée et qui aura omis de se nourrir plusieurs mois, pour retrouver l'eau douce de sa rivière natale. Anadrome. Une furieuse révolte d'adaptation aux territoires que de passer de l'océan à la rivière.

Isaac m'a parlé d'une rivière à *chars* sur la côte est de la baie. L'endroit semble magnifique. Je suis allé trouver Charles, qui pêchait toujours. Je me suis assis derrière lui et l'ai regardé moucher pendant une dizaine de minutes, avec Abraham à côté de lui. Isaac fumait des cigarettes à la chaîne. On parlait du mieux qu'on pouvait. Il était guide depuis vingt ans. Depuis l'âge de quinze ans. Il avait l'air plus heureux que moi. Moins troublé par le luxe des sentiments. Deux enfants déjà. Un troisième en route. Il était né à Killiniq, plus haut sur la côte est. D'où cette rivière à *chars* qu'il connaissait par cœur. Il souriait toujours. Une dent sur deux. Les dents n'ont donc rien à voir avec l'image du bonheur, je me suis dit.

La George. Nous étions à quelques kilomètres de l'endroit où Alice et moi avions un jour campé. Cette fois où un ours polaire lui avait presque arraché un bras. Ce matin, je vis des heures plus tranquilles que celles du souvenir. J'avais raconté mon histoire à Isaac, qui lui aussi en avait déjà entendu parler. Jamais, il a dit, il n'avait été si près d'un ours blanc.

La rivière devant nous n'avait rien de celle où j'avais campé avec Alice. Ici on dit que seuls l'idée d'un lieu et son nom restent. Jamais la même eau ne repasse dans une rivière.

Quand il s'est retourné, j'ai fait signe à Charles, en agitant un doigt dans les airs : on se ramasse et on va voir ailleurs.

Abraham et Isaac se sont parlé un instant, avant de s'adresser à Erik, qui a fait oui de la tête. Et Erik m'a demandé si on pouvait se «fueler» à l'aéroport de Kangiqsualujjuaq. Isaac et Abraham voulaient nous amener encore plus haut sur la côte voir une autre rivière. Il n'était pas encore dix heures. On avait toute la journée. Un ciel dégagé, et déjà vingt-quatre degrés Celsius. On a décollé et mis le cap vers le nord en suivant la George. Une soixantaine de kilomètres dans la vallée, à dix mètres au-dessus de l'eau. J'étais hypnotisé. Si loin des mots. Seulement le souhait d'Alice. Elle sera ici dans trois jours.

On a mis du *fuel* à l'aéroport. Charles a payé le gars en argent comptant. Les transactions de main à main se passent en dehors de toutes les économies connues. Les carburants proviennent des minières, ou d'Hydro-Québec, ou d'un conseil de Première Nation, ou du gouvernement du Nunavik, ou d'une compagnie aérienne. Mais personne ne sait à qui ils appartiennent vraiment. On paie un gars. Deux barils. Mille six cents dollars. Mieux vaut ne pas poser de questions. Erik l'a prévenu, en inuktitut, qu'on allait refaire le plein au retour, en fin de journée. Le gars a acquiescé. Il a mis l'argent dans ses poches et il a roulé les deux barils maintenant vides sur le bord de la piste.

Et puis on a quitté la George, en piquant vers l'est. Un peu au sud. Erik a voulu nous montrer la rivière Barnouin et sa chute. Quand on arrive devant ce précipice, on oublie que le reste existe. Il n'y a plus de doutes. On est en face d'une beauté grandiose. Profonde. On prend la mesure de nos failles. Un canyon de plus de deux cents mètres. Un mur d'eau et de soumission, où on doit se résigner à être petit. S'il s'était trouvé au Sud, cet endroit aurait été pollué par des stationnements d'autocars depuis un siècle. Chaque année, seuls les oiseaux et quelques hommes peuvent se rendre ici. J'avais déjà entendu parler de Barnouin par Alice. Une histoire racontait qu'un jour un prêtre y avait été tué. « Aucun corps ne pourrait survivre à cette chute, et ce qui en resterait serait avalé par les ours, elle avait dit. Pas de corps, pas de crime. » La nature se moque de nos amarres et elle a ses propres lois.

On a aussi survolé la Koroc, encore plus au nord. Une autre rivière majestueuse, qui prend sa source dans les monts Torngats et qui va jusqu'à l'océan. Un peu avant de sortir à la mer, sous nos yeux, nous avons aperçu des hommes qui traînaient un béluga sur la rive. De la nourriture pour tout un village. Puis la baie est apparue, avec tous ses icebergs à la dérive. Des masses blanches et lentes. Des glaces millénaires qui flottent et meurent, portées par la mer, vers le sud. Des éternités qui fondent.

Nous avons repris la direction du nord en longeant le littoral et tous ses fjords. Isaac et Abraham se querellaient en inuktitut. Ils comprennent et parlent aussi l'anglais et le français. Abraham, comme les Inuits de Kangiqsualujjuaq, disait qu'on allait sur la rivière Abloviak. Isaac, qui est né tout près, à Killinik, disait que la rivière s'appelle Alluviaq. Erik, en voulant mettre fin à leur querelle, s'est tourné vers moi en disant en anglais, avec le sourire : « On l'appelle la rivière aux Vents. »

On est entrés par la baie. Fjord Alluviaq. Je préfère les noms locaux. Plus fiables. Ils ont moins d'affects. On a suivi le cours. Au fond de la vallée. Creusée par des millions d'années d'érosion. Nous sommes loin de nos mémoires. On a survolé un camp de prospection d'uranium. Qui appartient au *holding* de la famille de Charles. Il nous l'a dit. Il ne l'avait jamais vu de ses yeux. Que sur des photos. Sa famille est riche depuis neuf générations. Il est convaincu que l'avenir du monde sera assuré par cette énergie, quasi parfaite à ses yeux.

On a survolé peu après une dizaine d'ours noirs, deux meutes de loups et trois ours polaires. Erik nous a dit que les ours polaires ont une hargne aussi grande que leur mémoire en nous racontant l'histoire d'un jeune pilote français qui l'accompagnait lors d'une mission de forage. Lors du vol de retour au camp de base, le gars avait décidé de descendre pour survoler à basse altitude un ours blanc. Les ingénieurs dans l'hélico voulaient prendre des photos avec leurs téléphones. Le pilote avait poursuivi l'animal sur des centaines de mètres. Cent milles nautiques entre le camp de base et la bête. Cent quatre-vingt-cinq kilomètres de distance. Une heure de vol en ligne droite. Au réveil, le lendemain, sur cinq hélicoptères stationnés à l'héliport, un seul était éventré, celui du jeune pilote français. Déchiqueté en morceaux. Ouvert et décharné. Les sièges détruits. Le filage au sol. La carlingue déchirée. Les autres appareils étaient intacts. J'ai voulu le croire.

Puis Isaac a fait signe à Abraham qu'on y était en montrant à Erik, du doigt, une petite décharge de rivière droit devant. Un rétrécissement rocheux et dénivelé, de l'eau blanche et un étroit bassin d'eau calme au pied d'une dénivellation. On a fait un grand détour pour contourner la décharge. Le bruit et les vibrations de l'hélico peuvent faire fuir les poissons. Du haut des airs, l'eau cristalline était foncée à un endroit : un banc de *chars*. Le poisson préféré d'Alice. Des centaines. Empilés au pied d'un courant, presque immobiles, attendant de monter. On s'est posés le nez au vent, à l'écart de la fosse. On a pris l'équipement et on est descendus sur la petite berge de cailloux, à dix mètres de cette grande masse sombre. Abraham et Isaac, ça m'a frappé soudain, portent des prénoms bibliques. Des noms venus d'ailleurs. Imposés. Ils marchaient devant avec nos équipements sur les bras. Nos guides étaient fiers de leur coup. Les guides, comme les aubergistes, sont heureux quand les clients sont heureux. Et nous avancions vers le bonheur. Charles Minsky s'agitait comme un enfant. Il a parlé sans arrêt, les dix minutes du trajet à pied jusqu'à la fosse. Entre les anecdotes de politiciens que sa famille a fait élire en Europe, d'accords de libre-échange forcés, de quotas fixés par l'ONU sur l'aide humanitaire, de faux efforts de paix au Moyen-Orient à cause du lobby des armes et du pétrole et du commerce ouvert de la Chine, il nous a aussi raconté qu'ils ont fait élire le président de la France aux dernières élections. Quelques familles se sont mises d'accord pour influencer syndicats et médias, pour trancher entre les deux candidats, qu'il a nommés par leurs prénoms. J'avais juste dit en souriant : « C'est pas ici qu'on va refaire le monde. » Et lui : « Vous seriez surpris des endroits où on le refait. » J'ai eu un peu peur de la vérité. Et je me suis imaginé que les hommes, et les femmes, intelligents et puissants savent et sauront nous guider. Je souhaite que leurs vues soient vastes. Des envies et des volontés. Même naïf, j'espère toujours que la bonté naturelle existe.

Arrivé devant la fosse, Erik nous a prévenus : « Y a de la brume de mer qui se forme dans la baie. Si ça avance et qu'elle baisse, on a dix minutes pour se ramasser et décoller. » C'était tout entendu.

On a mis les mouches à l'eau. Des *streamers*, puis des nymphes. Ces dernières allaient faire l'affaire. À voir les sourires et les hochements de tête de nos guides, on saurait faire. Charles et moi on pêchait en alternance. On avait droit à un seul lancer chacun. On s'échangeait l'eau. Chaque fois, ça mordait. On ne ramenait pas tous les poissons, quatre fois sur cinq les *chars* se décrochent. L'eau était si claire qu'on les voyait reprendre leur oxygène avant de retourner dans la fosse. De temps en temps, un poisson décidait de remonter la rivière. On suivait ses sauts, dans les cascades et les chutes. On arrêtait. Nous le regardions tous, fascinés par ce déploiement de volonté et d'instinct. Par la naïveté cruelle de la vie. Et on poussait un soupir de soulagement quand on le voyait atteindre les eaux calmes en amont du rapide. Nous sommes empathiques. On s'y projette. Selon Isaac, la zone de fraie se situe à moins d'un kilomètre, plus haut. Où la rivière devient un simple ruisseau. Au pied des monts Torngats. Une chaîne de montagnes moins hautes mais aussi majestueuses que les Alpes et les Rocheuses.

Il était treize heures. On s'apprêtait à manger quand Erik nous a crié qu'il fallait partir rapidement. Vers le nord-ouest, la lumière de la baie s'était éteinte, remplacée par un rideau gris pâle opaque qui s'avançait vers nous. On voyait à cent kilomètres, mais un mur immense s'approchait à vue d'œil. «Si on reste ici, on peut être cloués au sol trois heures ou trois jours.» Erik nous faisait comprendre qu'il était urgent de décoller. Il n'était pas nerveux. Il avait déjà vécu cette situation. On a remballé à toute vitesse, empilant l'équipement pêle-mêle dans les compartiments d'entreposage. Erik a démarré les turbines, les voilures ont tourné et on a décollé juste avant d'être engloutis par la masse dense, silencieuse, lugubre et inquiétante d'un fabuleux brouillard de mer.

Alice croyait que je lui en voulais de s'être fait avorter. Comme si mes valeurs avaient une préséance sur les siennes et son geste. Inquiète. Une femme. Naturelle. Elle avait pleuré une semaine avant et une semaine après. Puis elle avait fait le grand ménage. Et voulu parler. Je l'avais écoutée. Touché par sa voix, éteinte, atteinte, enrhumée par les sanglots. Je lui avais tenu la main, posée dans la mienne. Sans attente. Juste nous. Les baisers de désir nous avaient désertés. Mais on s'était embrassés quand même dans nos peines. J'aurais voulu lui faire l'amour. Juste cette fois pour l'aimer. Sans plaisir. Sans jouir. Être intimes. Me rapprocher d'elle. Lui faire sentir que si un jour elle voulait un enfant, on le ferait ensemble. Une suite à nous. Je savais qu'à travers nos mots, nos silences, nos blessures, les cris, les heures de haine et les distances, celles amoureuses, je savais que je lui appartenais. Même si j'avais de la difficulté à le dire, je savais qu'elle était la femme avec qui je souhaitais mourir.

Je connais maintenant les efforts. Les lieux. La grâce et le temps que ça m'a pris pour me rendre jusqu'à mes sentiments. Alice ne serait plus jamais seule. Ce matin du 11 août, au pied des monts Torngats, à fuir une brume épaisse qui fonçait sur le continent, en route vers Kuujjuaq. Je lui dirai. Sans cérémonie. Sans mettre un genou au sol. Sans mise en scène. Les secondes s'enchaîneront et je dirai d'un trait : «Je t'aime et je veux vivre avec toi.» J'ai enfin épuisé toutes

233

les vies que je ne pourrai vivre sans elle. De toutes les vies possibles, une seule nous choisit.

Je ferai comme d'autres avant moi.

Assis à côté d'Erik. Nous avons d'abord suivi la rivière. À quelques dizaines de mètres du sol. Cap à l'est, puis sud-est. Il a voulu que je l'assiste. Il était calme, mais soucieux. «Si ça continue, on va devoir se poser.» Le brouillard venait d'ouest-nord-ouest. Et, même si on virait franc sud, il faudrait quand même fourcher à l'ouest pour rejoindre Kangiqsualujjuaq et «refueler» l'hélico. Une longue heure de vol. Erik pourrait retourner en rasant le sol et en passant par les petites vallées. On aurait assez de carburant. Maître de lui comme un curé, mais aux aguets. Après une dizaine de minutes, le temps s'est éclairci un peu devant nous. «Je vais monter à la verticale, mettre le cap sur George et essayer de nous trouver un trou dans les brumes, pour redescendre ensuite.» Seul un pilote expérimenté, et qui a absolument confiance en ses instruments avioniques et de navigation, peut défier la mort et faire du «blanc». Le «blanc», être dans un nuage en hélicoptère, c'est une perte de repères, même l'inclinaison. Plus aucun axe de référence. Il faut normalement quinze secondes à n'importe quel pilote pour se tuer à travers un *whiteout*. Erik a fixé ses instruments, il a coupé la vitesse horizontale, lancé le moteur à pleine puissance et on s'est mis à monter en sentant les G. Une vingtaine de secondes interminables. Et il a soudain donné un grand coup pour corriger le tangage et la seconde suivante nous sortions en plein soleil, au-dessus de tout. Quatre mille six cents pieds d'altitude. On a tous respiré. Silence complet. C'était limite. «Je n'aime pas forcer», il a dit. Et nous avons suivi la direction indiquée par le GPS. Personne n'a cru bon parler. Les mots inutiles. Après une vingtaine de minutes : «Je vois un trou devant, je vais redescendre parce que ça a l'air bouché jusqu'à la George. On est au-dessus de la Koroc, je vais la suivre. Je connais toutes les petites rivières qui se jettent dedans.» On est redescendus.

Et puis, tout d'un coup, le sol est subitement monté vers nous.

On venait de s'écraser.

Alice.

Tout s'est passé au ralenti. Erik a dit «*fuck*», je me suis fermé les yeux et tout a bougé. On est descendus sur un flanc escarpé de la Koroc. L'hélico a frappé une paroi. On n'avançait pas vraiment, on descendait, et tout s'est déroulé doucement. Loin de l'idée violente et rapide qu'on se fait d'un *crash*. Quand j'ai rouvert les yeux, ça sentait le *jet fuel*. J'étais toujours attaché sur mon siège. J'ai d'abord bougé mes pieds, puis mes mains. Rien de sectionné dans la colonne. La carlingue était inclinée sur la droite. Erik parlait et demandait si nous étions OK. Pas de réponse. Il n'y avait plus personne à l'arrière. L'hélico était ouvert derrière les bancs. On avait dû fouetter le sol à cause de la force centrifuge du rotor en s'immobilisant. On s'est détachés. J'ai repris du service la minute où j'ai vu Erik grimacer. «Je suis cassé.» Il se tenait les côtes. Respirait par secousses. Je l'ai aidé à se sortir de son siège. En le tirant par la portière, j'ai trébuché sur Isaac. Son corps replié sous le patin de l'appareil, les yeux ouverts. Il ne bougeait plus. Je l'ai cru mort. Mais il respirait. J'ai levé l'hélico juste assez, en coinçant des pierres sous les patins, pour le tirer de là. Il ne sentait plus ses jambes. Quand il essayait de parler, du sang sortait de sa bouche au lieu des mots. Ses yeux inquiets. Je l'ai rassuré en lui disant qu'il reverrait sa femme et ses enfants, mais qu'il ne devait pas bouger. À première vue il n'avait pas de dommage neurologique. Il survivrait. On sait toujours en quelques secondes si c'est grave ou pas. Charles, à une dizaine de mètres de là, avait les deux jambes fracturées. Dont une avec une fracture ouverte au niveau de la cuisse, et l'artère fémorale qui fuyait. J'ai pris le lacet d'une de mes chaussures pour en faire un garrot, et je lui ai sauvé la vie sans lui dire. « Ça va. OK. Isaac est mort ? » « Non, il va s'en sortir », j'ai dit. « Va vers la rivière, Abraham a crié, mais je ne le vois pas. » Abraham avait été éjecté plus loin que Charles. J'entendais l'eau à quelques pas en bas de nous. Et j'entendais Erik jurer calmement. Il répétait à Isaac pour se convaincre qu'il venait de se planter pour la troisième fois : *It's the third fucking time!* Quand j'ai trouvé Abraham, il était couché sur le ventre, à travers les pierres, à quelques mètres de la Koroc. Il avait mal et gémissait. On ne voyait pas à deux mètres devant nous. Je l'ai trouvé à l'oreille. Il avait les deux bras derrière le dos, disloqués. Dans une position anormale. S'il était tombé dans l'eau, il serait mort noyé. Je l'ai retourné sur le côté. Il a hurlé. Puis encore un tour pour le mettre sur le dos. Il avait une jambe sortie de la hanche. Il respirait très lourdement, sans doute à cause d'une forte compression de sa cage thoracique et des poumons. Mais il aurait survécu. Quelques mois de soins, et la vie reprendrait son cours. Je ne suis pas certain qu'il a eu le temps de comprendre ce qui se passait. Incapable de bouger. J'avais toujours en tête l'image de cette jeune femme qu'il avait tuée dans un accident de motoneige, en lui brisant le cou, l'hiver dernier. J'ai levé la pierre la plus lourde que j'ai pu trouver jusqu'à la hauteur de ma taille et j'ai marché jusqu'à lui. Et l'ai laissée tomber sur sa tête. D'abord le bruit horrible des os qui craquent, puis celui des pierres qui se frappent. Ses quatre membres ont eu des mouvements involontaires en même temps. Visage et crâne défoncés. Un accident.

J'ai espéré que le bruit de la rivière avait masqué celui de mon geste. Une intention aussi naturelle que celle d'aimer. Une partie de moi. Sans hésitation. Charles n'a rien dit quand je suis revenu à lui pour stabiliser ses jambes. Erik, lui, a dit : « Abraham est mort ? » J'ai fait un signe de la tête en direction d'Erik. Je sais que nous n'allons jamais en parler par la suite. Abraham Mitkijuk est mort dans un écrasement d'hélicoptère. Traumatisme crânien ayant causé la mort.

On a déclenché les balises d'urgence et on s'est mis en mode attente. Charles avait un appareil IridiumGO sur lui, qui peut envoyer un signal de détresse à NORAD et notre position précise à cinq mètres près. Les vents se sont levés. La visibilité est revenue. Quelque part, tous les services d'urgence disponibles étaient sur un pied d'alerte. Fort probablement que la disparition de Charles, un homme riche et important, nous a aidés à battre de vitesse les ours. Quand les secours sont arrivés, un ours polaire, à quelques dizaines de mètres de nous, mangeait le corps et broyait les os d'Abraham sans s'occuper de notre présence. Quatre heures durant. C'est l'Armée canadienne qui nous a trouvés et ramenés. Je connaissais le médecin en fonction dans l'hélicoptère de secours : « On dirait que ça a brassé. » J'avais ramassé la cafetière en verre, intacte, et je la tenais nerveusement. L'ours polaire s'était éloigné. On a mis sur une civière ce qui restait du corps d'Abraham.

Quand on s'est posés à Kuujjuaq, des dizaines de personnes nous attendaient à l'aéroport. Une ambulance et des pick-up pour le transport. À l'urgence, les infirmières se sont inquiétées pour moi. Elles ont voulu s'assurer que j'étais OK. On a soigné les blessés. Pendant que sur les écrans du monde, on couvrait la disparition et le sauvetage d'un milliardaire dans l'Arctique canadien. Plus on a d'argent, plus on a d'histoire. L'autre, la vraie, la seule qui compte à mes yeux, ne rassure et n'intéresse personne.

Le soir du 11 août, de retour dans ma petite maison préfabriquée, j'ai remercié le ciel d'être en vie. Rien de spectaculaire. Une grâce toute simple. Comme de l'eau quand on a soif. Comme un verre de vin avec une femme qu'on aime. Ou quand elle dit qu'elle a hâte au printemps pour mettre une robe et se faire belle. L'accident qui vient de se produire sur la Koroc n'est rien. Je suis simplifié. J'ai surtout retrouvé ma ligne de vie.

Alice va bientôt arriver.

Je me suis souvent demandé quelle importance j'accordais aux traces que je laisserais. Est-ce nécessaire ? Pour s'expliquer. De soi à soi. À travers d'autres. Je sais, à cause de la science et de l'usure des corps, que vivre quatre-vingts ans ne suffit pas. Cette courte durée nous évite d'affronter des vérités qui nous dépassent. Elle les cache. Par atavisme. Mes ancêtres demeurent des preuves trop simples. Comment un caractère ancestral peut-il ressusciter ? J'entends Alice : « Parce qu'il n'est jamais mort. » Et elle aurait raison. Encore. Nous sommes constitués d'une banale accumulation de jours ordinaires. Et plus tard les autres à travers nous.

12 août.
J'ai dormi treize heures sans interruption. Quand je suis retourné à l'hôpital, tout avait l'air normal de l'extérieur. Dans la petite salle d'attente, une douzaine de journalistes, caméras et micros tendus. Ils se sont tous levés quand je suis entré, je devais être le médecin impliqué dans l'accident d'hélicoptère. Conférence de presse. Ils ont été très respectueux. J'aurais aimé qu'ils soient cavaliers. J'aurais eu une raison d'être cynique, car la nouvelle d'un personnage riche blessé dans une scène spectaculaire en Arctique faisait la manchette du monde occidental. Divertissement inquiétant, j'ai pensé. Faudrait fermer les portes du Nord aux riches du Sud. N'y venir que pour aimer. Je n'ai pas vraiment répondu aux questions qu'on me posait. Pas sérieuses.

Des questions de médias. Anecdotiques. Les seules réponses possibles auraient été trop intimes. Dans la petite salle utilisée d'ordinaire comme station de soins intensifs, on préparait Isaac Pagnitak pour son transfert à Montréal. Ses lésions à la moelle épinière demanderaient une réadaptation de plusieurs mois. Si c'est coupé, c'est irréversible. Je sais qu'il ne va plus pouvoir marcher. Quand les infirmières sont venues le chercher pour l'amener à l'avion-ambulance sur une civière de contention, j'ai mis ma main sur son épaule : ses deux garçons étaient chanceux de l'avoir comme père, même s'il allait passer le reste de ses jours en fauteuil roulant. Sa femme m'a souri en tenant son ventre arrondi, heureuse qu'il soit vivant, et ils sont partis tous ensemble. J'étais sincère.

13 août.
La sœur, le frère et la femme d'Abraham Mitkijuk sont venus chercher les restes de son corps. Le frère leur a suggéré de ne pas ouvrir la boîte de carton rigide. Il était passé l'identifier la veille. Un tatouage rouge de bateau, sur la poitrine, « c'est lui », il avait dit. Et il avait signé. Au-delà de toute légalité, j'aurais pu imiter la signature. Je savais pertinemment qu'il s'agissait des restes d'Abraham Mitkijuk. Je l'avais tué. L'ours n'avait pas touché à sa tête éclatée. Il avait pris des bouchées au niveau de l'estomac et des cuisses. Là se trouve la viande la plus accessible et la plus riche.

Charles et son petit cirque sont aussi partis aujourd'hui. Avec une cour de journalistes et son entourage immédiat. Ici, ces différences sont obscènes. La fascination pour la richesse et le pouvoir est vulgaire. L'admiration du pouvoir est inutile. Une vanité. Alice a survécu des milliers d'années sans ressentir le besoin de se raconter. Elle ressemble à sa mère et à sa grand-mère. Aux faims et aux soifs, seules nécessaires.

Évidemment que je suis venu ici pour fuir. D'abord pour m'éviter. À cause d'elle, oui, mais sans le savoir, tous les indices, ceux des mots surtout, ont fini par se taire et laisser place à un seul impératif : l'humilité d'un sentiment. Celui de mon identité. Ici, j'ai réussi à réconcilier l'homme que je suis avec tous ceux que j'ai été. Et celui, simple, amoureux et empathique, d'une femme qui arrivera ici demain. J'ai rêvé de sa peau. De la tenir. La serrer. L'embrasser. Faire l'amour la fenêtre ouverte.

Avant de partir, Charles a tenu à me remercier. Rien de pathétique ni de cérémonieux. Un remerciement chaleureux. À lui aussi, je serai lié. Beaucoup plus lui que moi. J'aurais pu le laisser mourir. Personne n'aurait su. Avec tout le sang qui sortait de sa jambe, cinq petites minutes auraient suffi. Il aurait eu la tête lourde, sa vision se serait brouillée et il se serait endormi. Sans douleur. Mort au bout de son sang. Les accidents ne sont jamais des accidents. Ou pas complètement. C'est une bonne chose qu'il quitte aussi tôt. Des médecins veillent sur lui à plein temps. Une bonne chose qu'il parte, j'aurais pu en apprendre beaucoup trop. Je sais, parce qu'il me l'a dit, qu'une famille influente comme la sienne ou quelques grands conglomérats peuvent intervenir discrètement sur la géopolitique des pays et des continents. La consommation se retrouve à la base de tous les pouvoirs. Et ces instances contrôlent l'information et le divertissement. Les maladies et les cures. Elles pourraient guérir les épidémies et nourrir les affamés, mais elles s'en gardent bien. C'est aussi notre nature. À plusieurs niveaux de conscience, ils font penser des milliards d'humains comme ils veulent. Ils font pencher des balances. Ils entretiennent des peurs pour vendre des assurances et des produits financiers. Ils prolongent les vies avec des miracles pharmaceutiques pour allonger la facture des traitements et ignorer la mort. Et, à toutes les récriminations que j'aurais opposées à ses idées, il aurait pu me répondre que tout fonctionnait. Il avait raison. Et, si j'avais un meilleur système à proposer que le système en place, il serait le premier à le financer et l'appliquer. Je n'ai aucun respect pour les nouveaux riches. Mais j'admire ceux qui ont su traverser les générations en préservant leur mémoire. Charles est parti, comme il était arrivé, par le ciel, dans son Global Empress.

Le sang nous lie dans le temps. Les gestes de mes ancêtres que je m'explique. Ou imagine. Pour me justifier et éviter d'avoir tort. Ce sont les jours qui nous font et définissent ce que nous sommes. Ce qu'on fait tout autant que ce qu'on évite. Les actes manqués aussi. Mes larmes et mes sourires demeurent des vides que j'essaie de combler. Et de renflouer quand c'est un naufrage amoureux. Pour assourdir les alarmes. Surtout celles qui annoncent la fin. Les années comme des ondes. Elles nous relient et nous condensent. On célèbre son idée, mais nous ne sommes pas vraiment libres.

L'hôpital est redevenu calme. Erik est couché sur une civière à l'urgence. À chaque mouvement qu'il fait, ses côtes le glacent de douleur. Respirer est un calvaire. C'était le meilleur pilote du Nord. Il s'en veut d'avoir « crashé » bêtement. Normalement, il n'aurait pas dû décoller d'Alluviaq. Je l'ai rassuré en lui disant qu'on s'en était bien sortis. Il m'a regardé sans sourire. Il sait.

« Ton état va s'améliorer de jour en jour », j'ai dit. Il m'a demandé quand il pourrait voler de nouveau. « Tu le sauras bien avant moi, mais si tu crois en quelque chose, tu peux toujours prier pour que ça aille plus vite », j'ai répondu en souriant. Ce sera encore plus long d'attendre les résultats de l'enquête du bureau de l'aviation et de trouver un autre appareil que de le remettre en forme. « J'aimerais retourner à la pêche avec toi, en septembre, si la neige tarde un peu », j'ai ajouté avant de tourner le dos. Il a fait signe de la tête et il a souri en me remerciant. *Nakurmik.* J'aime cet homme. Nous serons liés à vie. Je le sais.

Le reste de la journée s'est passé sans histoire. Je suis demeuré anormalement calme. On aurait pu m'apprendre que la Terre avait arrêté de tourner que rien ne m'aurait dérangé. J'attendais plus grand que la terre de mes aïeux. Je la souhaitais elle, ma trop belle louve, et elle prenait toute la place. Tenir son corps. Sentir qu'elle existe. Je mettrai une main sur sa joue pendant qu'elle respire, pour qu'on s'arrête. Son corps, je le sais, n'est qu'un accessoire, mais c'est par lui que je peux la rejoindre. L'embrasser, la faire jouir. Encore. Et encore. Elle n'a pas de fin. Alice-ma-louve-pas-de-fin. Elle occupe toute la place dans ma vie. Ce n'est un secret pour personne : toutes les autres femmes disparaissent quand un homme touche celle qu'il aime. Ce n'est pas une décision, mais une évidence. Rien ne peut plus jamais s'immiscer entre nous. « Tu ne m'aimeras pas quand tu vas connaître mes défauts. Je suis détestable, j'ai mauvais caractère, je doute tout le temps de moi. Des fois tu vas devoir me dire que tu m'aimes cent fois par jour pour me rassurer. Me dire que je suis belle, me protéger, me regarder dans les yeux, m'embrasser comme je veux l'être, me faire l'amour comme on fait, chaque jour, me tenir, tolérer mes silences, mes mots, mes contradictions, me faire jouir encore, ne pas avoir peur de mes larmes, toute ma collection de larmes, les douces et les tristes…» elle avait dit. «C'est tout?» Alice-de-toutes-les-Alices : «Pis ça se peut que je mette des belles robes pour toi.»

À minuit, quand je suis retourné à la maison, il faisait encore jour. Tous les patients dormaient. La nuit a été tranquille. Mais c'est aussi durant la nuit que les patients meurent. Souvent vers la fin, à l'aube, entre chien et loup. Fatigués. Épuisés des heures. Ou peut-être aussi pour ne pas avoir à vivre une autre journée. Je marchais tout léger. J'ai souhaité que l'avion qui amènera Alice demain ne tombe pas. Ma demande du jour au ciel. J'ai toujours souhaité que les avions des autres ne s'abîment pas. Aujourd'hui, j'ai vraiment prié pour que le sien se rende ici sans encombre. Je deviendrai croyant si on me promet que ma prière sera entendue. Sait-on jamais. Même si c'est dans l'autre sens qu'on invente les croyances. Peut-être nos souhaits font-ils des différences. Je soupçonne le destin de se jouer de nous. De ceux qui espèrent trop.

Je veux qu'Alice arrive ici saine et sauve. Et qu'elle ne meure jamais. On s'inventera tous les lendemains nécessaires. Peut-être qu'elle restera ici. Qu'elle en aura assez du monde qui se croit le centre du monde. Peut-on faire partie d'une Histoire qui ne nous raconte pas et exister quand même? Comme ces personnages de pierres millénaires au milieu de nulle part, qui indiquent les routes à partir de leur existence silencieuse.

Je me suis couché en souhaitant que ça soit la dernière sans elle. Je voudrais qu'elle dise : «J'ai rêvé que tu venais me chercher pour me ramener. J'aurais tout laissé tomber pour que tu me cries de rester avec toi, que tu me voles.» Et je me suis endormi en me demandant pourquoi les corps portaient des mémoires.

À quoi servent-elles? C'est pour aider à survivre qu'on s'aime? Ou c'est une autre invention, comme la foi? Elle venait me retrouver, chez elle.

14 août.

Matin. Encore un autre qui commence. L'ordre du jour est respecté. Un ciel lumineux. Je suis resté au lit éveillé. À nous imaginer. Je suis nerveux. Ces premières minutes après des mois de distance gênée sont pleines d'inquiétudes. Je me dis qu'elle aussi sera fébrile. Je ne veux pas que mes mots s'enfargent. Ou qu'ils embarquent les uns sur les autres. Je l'ai imaginée à la descente du vol en provenance de Montréal. Pressée. Sur le tarmac. Dans l'aérogare, et jusqu'ici en deux minutes. Je ne saurai pas quoi dire, et pourtant je lui dirai. Quand je suis seul, je me fais plein de promesses et je vise la vérité, mais quand je suis au présent du présent, j'oublie tous mes vœux. Il faut faire des efforts pour s'y rendre. Ça commande des sentiments. Et une modestie aussi simple que factuelle. On peut perdre sa vie dans la très grande distance qui vit entre le cœur et les mots.

Je me suis fait un café dans le Bodum. De l'Amérique du Sud à celle du Nord. Par les airs. Ou par une route de marine marchande aussi interminable qu'un tour du monde. Une Amérique que j'ai fuie pour une autre, silencieuse et sauvage. Et pour fuir une femme que je veux retrouver et qui vient me retrouver. Je ne pourrai jamais justifier sobrement ces mouvements. Ils défient mon corps et mes idées. Alice se moquait de l'obsession du café de l'Amérique blanche. Elle souriait quand elle voyait la petite feuille, ou le cœur, dessinés par le lait sur le dessus de son *latte*.

Puis elle roulait des yeux. « Tu vois, de tout ce qui peut m'expliquer, ça, c'est la dernière chose », elle avait dit un jour en mettant le couvercle sur sa tasse en carton. Au Nord, l'art doit aussi être utile.

J'ai mangé une tranche de pain avec du beurre, du sel et des tranches de *char* cru. Mangé comme si ma vie en dépendait. Oublié de prendre ce temps depuis hier matin. Mon corps me fait mal. L'accident. Mais il est heureux d'être empli d'énergie. Comme s'il savait. Nos corps savent-ils ce que nos raisons ignorent ?

Ni radio, ni télé, ni ordi. Juste ma tête. Et ce corps encore que j'habite et qui m'habite de plus en plus à mesure qu'elle approche. Toutes mes cellules, et toutes les aiguilles de toutes mes boussoles pointent vers elle. Ici, j'ai peut-être trouvé un lieu. Elle au milieu des pierres, de l'eau et des neiges. Quand j'aurai envie de lui promettre ma vie, c'est sur les berges de la rivière Koroc que je le ferai. Sans témoin. Juste le présent, juste elle et juste moi. La seule promesse que je peux tenir. Devenir le passé de nos enfants. S'inscrire dans une suite et éviter les grandes déceptions. Sans que les attentes soient trop élevées. Survivre au temps. Le déjouer, en marchant dans la même direction. Accepter le sort. Se moquer de la mort humblement, sans faire d'histoires.

J'ai prévenu l'hôpital que je n'irais pas aujourd'hui. À moins d'un cas majeur. La matinée s'est écoulée entre des lectures, des rêveries et quelques nœuds. D'autres. J'ai rêvé de faire avec Alice ce que je fais sans elle. Lui raconter d'où je viens. Mes histoires. Lui dire qu'à partir de maintenant, je ne porte plus les hommes d'avant moi. Je suis déchargé de mes attentes et présages. Je saurai être à elle. Sans amarres. Sans destin. Libre. Suivre les vents. Suivre l'eau.

L'avion de Montréal atterrit tous les jours à 11 heures 40. Parti au petit matin. Pour la poste, les journaux, les médicaments, les urgences et des ravitaillements. Je sortirai dehors quelques minutes plus tôt pour le voir atterrir. L'hôpital est dans l'axe de la piste. L'aéroport est dans le village.

J'ai décidé de laisser tomber les craintes et les espérances. Ce sont les seules déceptions que je connaisse. Je ne veux plus pleurer ni rire en silence. On partira de là. D'ici. Simplement. S'inventer. Pour qu'un jour ceux qui nous suivront puissent raconter notre invention à nous.

On a cogné à ma porte. Je file à l'urgence. Une petite fille. Trois ans. Elle vomit du sang. Je n'ai pas posé de questions. Sa mère crie à côté d'elle et des infirmières. On l'intube, pour lui siphonner l'estomac. Ses yeux sont révulsés. On l'a calmée, et elle s'est endormie. Je n'ai rien demandé. Ni à la mère ni au père. Je l'ai juste soignée. La petite dort. Elle ira mieux. En sortant de sa chambre, j'ai croisé le gars de l'aéroport qui nous apporte les médicaments chaque jour, dès l'arrivée de l'avion de Montréal. Il est 12 heures 40. Elle devrait être ici.

Alice. J'ignore ce qui restera de moi si on s'aime encore. Je peux te promettre qu'il y aura un homme sur ta route.

Il est quand même troublant, ce besoin de toujours se dire qu'on existe.

Remerciements

Champlain Charest, Pierre Filion, Thierry Lebeau, Norman Nakodak.

127 MAX BECKMAN
 38 -9
 41
 52
 77
 84
 85
 88
102

~~117 YOLANDE~~ ?
125 PENICLLINE
129
731
143 MORAVES
161   BREECLAMPSIE
167   CHARLES MINSKY
168
169
193
201
208 -9
219

Achevé d'imprimer en octobre 2015
sur les presses de
Marquis imprimeur
Dépôt légal : 4ᵉ trimestre 2015

Imprimé au Canada